De repente, esclerosei

De repente, esclerosei

UM FAZ DE CONTA DE VERDADE

MARINA MAFRA

MARTIN CLARET

Para meu pai,
não por suas falhas e seus abandonos,
mas pelo fim.

Para meu pai,
que por mais telhas e mar, lha ecoa
nas pelo Sul.

"Por vezes é necessário abraçar a magia para encontrar o que é real na vida e no nosso próprio coração."

SARAH ADDISON ALLEN

Prefácio

Há momentos na vida em que recebemos a dádiva de conhecer pessoas maravilhosas... que nos acolhem, que nos apoiam, que nos incentivam e colocam para cima. E, veja... pessoas que sempre, para sempre mesmo, serão um exemplo de garra e perseverança por tudo o que representam na vida de todos ao redor. Seja num post singelo, numa foto delicada bem tirada, numa opinião compartilhada sobre a relevância de determinado livro, bem como o que ele tocou o coração... Foi assim que conheci Marina. A pessoa por trás do blog.

E então, essa mesma Marina, que para mim, passou a ser Ninoka, por razões óbvias, já que conquistou meu coração, decidiu voar mais alto. Decidiu que tinha muito que compartilhar. Não só as impressões que tem sobre tudo aquilo que lê... mas decidiu que poderia tocar a vida das pessoas, dividindo um pouco daquilo que ela enfrenta.

E isso é lindo.

Vê-la criar uma história de ficção, mas com elementos tão não-ficcionais... tão reais... foi mais do que maravilhoso. Foi tocante. Enternecedor. É como mergulhar um pouco na cabeça e nos sentimentos que muitas vezes já estiveram em sua companhia, mas que a tornaram a pessoa fantástica que hoje ela é.

E o livro é lindo. De um primor e uma maestria ímpar. Com personagens tão vívidos que poderiam ser seus amigos, vizinhos, primos... Eis uma dúvida que nos assola, porque chega um momento em que realmente nos perguntamos se eles existem, ou apenas estão na imaginação daquela que lhes deu vida através das páginas deste livro...

Espero que sua leitura seja uma viagem, que te faça compreender que a vida foi feita para ser vivida com a maior intensidade possível, que sempre há esperança, não importam as dificuldades que muitas vezes apareçam no caminho... e que sempre devemos ser gratos a Deus. Além de tudo, espero que faça algo com sua visão quanto à vida que tantos portadores da doença levam... e como muitos deles não se entregam em hipótese alguma, vivendo um dia de cada vez.

É necessário que você se deixe esclerosar em algum momento durante a leitura, e tente viver na pele, sentir no âmago, tudo aquilo que Mit e tantos outros portadores de Esclerose Múltipla sentem. E mais importante... que aprenda com eles que a vida é como uma revoada de tsurus: ela deve ser vista sempre como um belo presente. Uma dádiva.

Recomendo este livro para a vida. Para o coração. Para a alma. Para a estante.

MS Fayes

Opiniões

"*De repente, esclerosei* é o tipo de livro que me faz lembrar o porquê amo tanto ler. Mitali me mostrou que eu preciso olhar mais para dentro e perceber o quanto necessito melhorar como pessoa. Aprendi demais com ela."
Leila Cunha: @vampliteraria

"Existem histórias que emocionam a alma, e existe essa história, que emociona, sensibiliza e mostra o quanto a vida é frágil, mas é bela e precisa ser vivida."
Kalyne Lauren: @oreinodaspaginas

"A vida surpreende, seja com a boa sorte que os tsurus são capazes de trazer, seja com as tempestades enfrentadas sem sequer um guarda-chuva. A autora presenteia o leitor com uma história que vai bem além da descoberta de uma doença; *De repente, esclerosei* é sobre aprender a viver e a confiar naqueles ao nosso redor, inclusive, em nós mesmos."
Renata Borges: @retipatia

"Aquela história que te desperta tantos sentimentos, que é como estar em uma montanha-russa. E tudo que você quer quando chega ao final é ir de novo."
Camila Carvalho: @foxliteraria

"Marina Mafra nos envolve com um enredo verossímil personagens carismáticos desde o início em *De repente, esclerosei*.

Ela nos faz entender que falar e rir de nossos dramas é prova de sanidade mental, e a minha agradece por essa leitura."
Chrys Queiroz: @chrysindica

"Leve, inebriante, um romance que traz mais empatia e amor ao coração. Impossível parar de ler e não se apaixonar por Mitali e Dimitri! Um romance para ser devorado em horas."
Hannah Monise: @hannahmonise

Nota da autora

Querido leitor, esta não é uma história real, mas nem tudo é ficção. Alguns momentos felizes aconteceram, já os tristes, escrevi como gostaria de tê-los vivido. Mantive os aprendizados e descartei o que não valia a pena. Talvez seja difícil descobrir o que vai se encaixar nas descrições acima. Então, saiba apenas que o sentimento que há em cada palavra ainda pulsa dentro de mim junto com o meu coração.

Embora seja muito do que eu presenciei ou senti, os personagens descritos foram criados por mim. Qualquer semelhança com outras pessoas será apenas coincidência.

A história não deve, em hipótese alguma, ser considerada como uma opinião médica. Para dúvidas e diagnósticos, recomendo que procure um neurologista. Mas se quiser conhecer uma mente esclerosada, de quem entende na pele o que é Esclerose Múltipla, recomendo a leitura deste livro, que nasceu do meu desejo de conscientizar o mundo sobre a doença, pois acredito que a experiência seja tão eficiente quanto a teoria.

Acrescentei uma pitada de contos de fadas, pois já que estamos falando de um faz de conta, ainda que verdadeiro, bom... tudo pode acontecer. ;)

Boa leitura!

Com carinho,
Marina

Prólogo

Menos de 1% das pessoas do mundo possui diagnóstico de Esclerose Múltipla.

Eu sou uma delas.

Alguns chamam de privilégio, sorte, ou dádiva por ter nas mãos o poder de mostrar a superação na pele. Esse discurso de dádiva não consola ninguém. Você não trocaria de lugar comigo, e se estivesse no meu lugar, não se sentiria privilegiado.

Todos os dias, formigamentos e rigidez muscular não me deixam esquecer que a doença segue comigo. Vivo um pesadelo, sem o alívio de poder acordar.

A vida não é mais fácil por eu ter uma doença. Não estou imune a outras fatalidades e não há uma trégua entre uma tempestade e outra. Tudo segue um fluxo invisível, sem importar se estou pronta para a próxima etapa.

Os pontos positivos são que a doença não me deixará maluca, caduca ou derivados, embora tenha me sentido perto de enlouquecer. E o mais importante, ela não mata. Só que essa não é uma história de superação. Como se supera uma doença sem cura e que pode piorar com o tempo? É a história de como, de repente, eu esclerosei.

De repente,

esclerosei

Capítulo 1

— Ele quer sair de novo — Aurora começou a tagarelar, logo cedo. — Mas você sabe como eu sou, não gosto de me apegar.

Nem olhei para ela. Estava com muito sono para discordar que, na verdade, ela *sempre* se apegava. Resolvi apenas escutá-la enquanto descíamos de elevador até a garagem.

— E se eu mandar uma mensagem? — continuou, depois de alguns segundos olhando para os pés.

— Às seis da manhã?

— Não, Mitali, mais tarde! — respondeu impaciente.

— Ele não disse que ia te procurar?

— Disse, mas e se estiver esperando que *eu* faça isso?

— Rora, ele te deixou em casa às três horas da manhã. Nem deve estar em casa ainda. Vai assustar o rapaz.

Bocejei e apertei várias vezes o botão da garagem, mesmo sabendo que isso não faria o elevador descer mais rápido.

— Tudo bem. Não quero parecer desesperada — admitiu.

— Então, espera ele te procurar. Quer dirigir?

Como ela negou com a cabeça, assumi o banco do motorista do nosso velho Corsa.

— Tem razão — disse, apesar de não parecer concordar. — Como se sente hoje?

— Com sono — respondi de imediato.

Não costumava ser muito falante pela manhã.

— Estou falando das sensações estranhas que comentou — ela insistiu.

E para ser sincera, eu já havia entendido, só queria fugir do assunto.

— Ainda sinto as pernas formigando.

Passei a mão pelas coxas com a sensação de tocar um corpo que não era mais o meu.

— Teve alguma melhora desde que começamos a academia?

— Na verdade, piorou. Achei que pudesse ser sedentarismo, *pela vida que a gente leva* — debochei. — Não sei mais o que fazer.

— Talvez procurar um médico...

— Não acho que seja necessário — cortei o discurso que vinha aguentando nos últimos dias.

Ela não entendia o quanto pessoas de jaleco me assustavam. Desde pequena tive experiências traumáticas com agulhas, motivo pelo qual nunca fiz tatuagens, embora até ache que elas tenham certo charme.

— Estou levantando antes de amanhecer, em um sábado, só pra malhar. *Tenho* que melhorar — brinquei.

Rora não achou graça.

— Continua falando do menino de ontem — pedi.

Qualquer coisa seria melhor do que ela me importunando sobre médicos.

— Avisa se piorar?

— Como se eu tivesse mais alguém na vida — confirmei, e nem precisei olhar para saber que ela sorria.

Sempre funcionava. Era só alimentar o seu ego, que ela me deixava em paz.

Liguei o rádio, que abriu automaticamente as músicas do pen drive. O som de *Dire Straits* preencheu a nossa manhã, encerrando o assunto.

Aurora era minha única amiga desde o berço. Talvez pela quantidade de tragédias, essa amizade tenha acontecido por instinto de sobrevivência, mas, pulando os traumas de infância, papai se justificando, e eu? Correndo para a casa da Rora, de pijama ou da forma que estivesse, em qualquer horário.

Quando fiz dezoito anos, mudei para a capital. Arrumei emprego em um café, dentro de uma livraria. Aluguei um pequeno apartamento e comecei a minha vida sozinha. A saudade que sentia de alguns era confortada pela paz de não precisar mais suportar outros.

Quatro anos depois, passei a gerente do café, tive um bom aumento de renda e com o que havia guardado, consegui comprar o Corsa e alugar um apartamento com um quarto a mais, para quando Rora quisesse me visitar.

Foi nessa mesma época que, voltando de um retiro da igreja, Rora e os pais sofreram um acidente na estrada. O motorista, que bateu de frente com o carro deles, estava bêbado. Tio Luca faleceu na hora, tia Léia a caminho do hospital, e Rora passou dias internada, mas a maior sequela que teve foi a necessidade de aprender a viver sem os pais. Não desgrudei dela até que tudo estivesse resolvido. Ela não tinha condições de nada.

Quando finalizamos a parte burocrática, a convidei para morar comigo. Com a venda da casa onde moravam, os seguros pelo acidente e de vida dos pais, ela conseguiu uma boa reserva de dinheiro, pediu transferência para a faculdade da capital, finalizou o curso de veterinária e continuou morando comigo.

Úrsula faleceu um ano depois, de infarto.

Restamos apenas eu, Rora e meu pai, com o qual nunca tive muito contato. Nos falávamos uma vez ou outra, geralmente em datas comemorativas. Ele deveria dar graças a Deus todos os dias por eu não lhe dar trabalho.

No fim, Rora era a única família que eu tinha.

— *Pilates em um minuto, pessoal!* — a professora gritou, enquanto caminhava para a sala.

— Será que é aquela aula em que as pessoas parecem um corpo sem ossos? — Rora perguntou, enquanto descíamos das esteiras.

— Não. Isso é *Yoga*. Já espiei algumas aulas de pilates, eles costumam usar bolas de borracha — respondi, e logo tivemos a confirmação.

Entrando na sala, a professora orientou que cada um escolhesse uma bola do tamanho das de vôlei. Escolhi uma.

— Muito bem, pessoal. Deitem de barriga para cima, acomodem a bola no meio das costas. Assim, equilibrando o peso — a professora falava e demonstrava.

Tentei imitá-la, mas as coisas não começaram muito bem.

Não conseguia me equilibrar e as pernas não davam a sustentação que eu precisava.

Observei que Rora realizava corretamente o exercício e, um tanto ofegante, sorria para mim. Retribuí o sorriso, só que completamente frustrada. Parecia tão simples. Por que eu não conseguia?

Quando achei que estava dando certo, a professora mudou o exercício. Agora tínhamos que, ainda deitados de barriga para cima, levantar as duas pernas e acomodar a bola no meio das canelas. Foi mais difícil do que o exercício anterior. E, para piorar, percebi que Aurora me observava preocupada. Minha visão embaçou um pouco pelas lágrimas que começaram a se formar. Esfreguei os olhos. Não faria uma cena na frente de todos. Recuperando o pouco de dignidade que restava, abandonei a bola e sentei em um canto da sala, observando o resto da aula em silêncio.

— Sua bola estava com defeito? — Rora zombou, quando saímos da sala de pilates.

— Cala a boca! — xinguei e rimos da situação.

Sabíamos que eu era um desastre ambulante na vida e a cada vez tinha mais certeza de que ser *fitness* não era para mim. Mas a brincadeira pareceu mais a nossa maneira de lidar com a situação.

Havia alguma coisa estranha, eu só não sabia explicar o que estava sentindo.

— Quer tentar as bicicletas?
— Você acordou animada — brinquei.
Caminhamos em direção à sala com os aparelhos.
— Bom dia, pessoal, a aula começa em dois minutos! — gritou outra professora.
— *O quê?* Tem aula disso também? Pensei que fosse só sentar e pedalar — sussurrei.
— Parece que tem.
Nós nos acomodamos nas bicicletas, não haviam muitos alunos. E até que comecei bem. Pedalei algumas vezes, empolgada por conseguir fazer alguma atividade, até que me desequilibrei e quase bati o rosto no guidão.
— *Ai!*
— Que foi? — Rora perguntou, sussurrando.
— Meu pé escapou do pedal! — tentei sussurrar de volta, mas a voz saiu um pouco exaltada.
Pensei que pedalar seria mais fácil que a aula de pilates.
Vi minha amiga descer da bicicleta e se aproximar para examinar os pedais, com uma expressão de quem *salvaria a nação* com suas observações.
— Você pode prender os pés nos pedais. Viu que tem fivelas?
Ela me ajudou a prender os pés e retomou o treino.
Dispensamos a ajuda da professora que veio ver se estava tudo bem.
Mais um dia foi salvo pela *super* Aurora. Era incrível como ela sempre tinha uma solução para tudo.
Respirei fundo e comecei a pedalar de novo. Na terceira pedalada aconteceu de novo.
— Eu não consigo — lamentei.
Ou a fivelas estava quebrada, ou os meus pés estavam com algum problema, pois nada parecia segurá-los nos pedais.
— Tudo bem. Estou um pouco cansada hoje por te chegado tarde. Podemos ir embora, se você quiser — ela propôs e concordei com a cabeça.
Não conseguia entender o que havia de errado comigo.

Estávamos caminhando em silêncio para o carro, quando o celular dela vibrou. Assim que viu do que se tratava a mensagem, ela sorriu.

— Então, ele enviou mensagem primeiro? — perguntei o óbvio. — Qual o nome dele?

— Filipi — disse e sua voz saiu mais como um suspiro. — Quer me ver hoje de tarde.

— Que rapaz grudento.

— Eu *também* quero vê-lo. — Ela deu uns pulinhos, animada.

— Que *duas pessoas* grudentas.

Aurora gargalhou. Em seguida ficou séria.

— Você vai ficar bem?

— Claro que sim — menti.

— Ótimo. Pode me emprestar o vestido florido? Não o curto, o outro, do Natal, acho que vai combinar com a sapatilha verde, sabe? A que eu trouxe da... *Mit!*

Ouvi Rora gritar como se estivesse em um universo paralelo.

Em um minuto eu estava ao lado dela, no outro, largada no chão.

A minha bolsa voou longe, esparramando as coisas por todos os lados. Não sei bem como, mas torci o pé, ao ponto de perder totalmente o equilíbrio, sem ter tempo de segurar em nada.

— *Ai! Caramba!* Qual é o meu problema hoje? — gritei, irritada.

A dor não veio no primeiro momento. Segundos depois, comecei a sentir o tornozelo queimar e não tinha forças para levantar.

— O que eu faço? Deixa eu te ajudar a levantar. Ou... quer que eu chame uma ambulância? — Rora tagarelava, rodando em volta de mim.

Seu desespero era quase palpável.

— Rora, por favor, para. Respira. — Ela arregalou os olhos me encarando e acho que não estava respirando. — Consegue pegar as minhas coisas? — pedi.
Observei ela obedecer, enquanto criava coragem para levantar.
— *Oi, meninas. Está tudo bem?* — Ouvi alguém perguntar. Apareceram dois rapazes da academia. *Que vexame!*
— Ela caiu... — Rora começou a explicar, enquanto terminava de juntar as minhas tralhas.
— Mas já estou bem. Obrigada — respondi envergonhada, tentando dispensá-los.
— Posso te ajudar a levantar? — O mais alto deles perguntou.
Acabei aceitando, já que me ajudaria a sair mais rápido daquela situação.
No segundo em que coloquei o pé no chão, um choque percorreu o meu corpo e uma dor aguda me fez gritar, de forma quase involuntária.
A dor era tanta, que não segurei as lágrimas dessa vez. Rora soltou um gritinho reprimido na garganta e colocou as mãos na boca, sem tirar os olhos de mim.
— Não vai conseguir caminhar — o rapaz falou. — *Pra onde estavam indo?*
— *Pro* carro. — Minha voz saiu fraca. — Aquele preto, ali.
— Qual o seu nome? — ele perguntou, e fiquei um pouco irritada.
Não estava em condições de fazer amizade.
— Mit, Mitali.
— Muito prazer, Mitali. Me chamo Pedro. Acho mais seguro eu te carregar até o carro.
Ele só estava sendo educado. Fiquei constrangida por ter pensamentos tão rabugentos. Concordei com a cabeça.
As lágrimas rolavam pelas minhas bochechas. Eu não sabia se era mais de dor ou constrangimento.

— Coloca ela no banco da carona. Pode deixar que eu dirijo, Mit. — Rora vinha atrás de nós, falando e carregando as coisas.

— Obrigada — agradeci, assim que estava acomodada. — Desculpa o incômodo.

— Precisam de mais alguma coisa?

— Estamos bem. — Tentei sorrir, limpando o rosto com as mãos. — Obrigada mesmo.

— Não por isso.

Assim que Pedro e o outro rapaz, em quem eu mal reparei saíram, Rora arregalou mais os olhos, encarando as minhas pernas.

— Eu vou te levar no médico, Mit. *Agora*! Eu que vou dirigir, você não pode fazer nada sobre isso.

Ela estava certa.

— Tudo bem. Vamos agora cedo, assim temos a tarde livre. E você consegue ir encontrar *o grudento*.

Minha amiga ligou o carro.

— *Você* é prioridade — soltou.

Seu tom era sério, mas tão dramático que acabou me fazendo sorrir.

Capítulo 2

Estava sentada, na recepção do hospital, observando Rora vir na minha direção.

— Quanto tempo de espera? — perguntei quando ela me encontrou.

— Até duas horas — respondeu, com um suspiro.

— Vou acabar com o seu encontro — lamentei. — Pode ir embora, eu te dou notícias depois.

— Claro que não, Mit. Eu vou ficar aqui com você.

— Então, vamos embora. Podemos voltar depois.

— Eu nem estou pensando nisso. Pelo amor de Deus, Mitali.

Ela parecia ofendida. Desisti de insistir.

— É ridículo. Eu só torci o pé — reclamei.

Nenhuma de nós disse mais nada. Sabia que ela não acreditava que havia sido apenas isso. Eu também não acreditava.

— *Senhora Mitali Montez.* — Ouvi alguém chamar horas depois.

— Aqui! — Rora gritou.

Levantei e tentei colocar o pé no chão, de forma leve, sem apoiar toda a força do corpo. Foi o suficiente para perceber que ainda estava dolorido. Rora se aproximou e me ajudou a caminhar até o consultório.

— Bom dia, como posso ajudar? — a médica perguntou, assim que entramos.

— Eu torci o pé na academia, só quero ter certeza que não foi nada grave.

— Foi em alguma atividade da academia?
— Não. Eu torci no estacionamento, quando estava indo embora. Acho que só estava cansada.

Rora me encarou com irritação.

— Vamos dar uma olhada. Consegue sentar na maca? Por favor.

— Sim. — Sentei e tirei o tênis. Deu para ver, mesmo com a meia, que o tornozelo estava inchado.

— Pisou em algum buraco?

— Acho que o meu pé escorregou dentro do tênis, forçando ele para o lado.

A frase não fez o menor sentido para mim, mas foi o que aconteceu. Esperava que a médica compreendesse.

— Não parece estar quebrado. Vou pedir uma tomografia só para ter certeza — disse, após examinar.

— Doutora, ela vem sentindo coisas estranhas nas pernas... — Rora começou e me olhou, como se pedisse autorização para continuar. Como eu não disse nada, ela continuou: — Pode ter alguma coisa a ver?

— Que tipo de coisas estranhas?

— Sinto as pernas dormentes, formigando — admiti, insegura. — Constantemente.

— Já procurou algum ortopedista? — perguntou desviando o olhar e preenchendo alguns papéis.

— Não. A senhora é a primeira para quem eu falo disso.

— Então, procure um ortopedista — disse secamente, após finalizar o que estava escrevendo e levantou. — Vou deixar vocês na frente da sala da tomografia — concluiu e saiu da sala.

Nós a seguimos.

Duas horas depois, saímos do hospital.

Não quebrei nada, mas engessaram o meu pé mesmo assim, dizendo ser necessário pela luxação.

Que maravilha!

— Eu não faço ideia de como andar sem forçar o pé machucado — reclamei quando entramos na garagem do nosso apartamento.

— Tenta se apoiar em mim — Rora ofereceu.

Aceitei irritada. Sentia o pé bom um pouco fraco. Não estava dando tanta firmeza, justo quando eu mais precisava dele. O pior era que essa fraqueza não tinha nada a ver com o tombo. Fazia parte das sensações estranhas que vinham me perturbando. Eu não podia dizer isso para Aurora, ela já estava paranoica por nós duas.

Conseguimos entrar no nosso apartamento. Precisei de ajuda para tomar banho e vestir o pijama.

Logo estava no sofá, com a perna para cima, comendo o macarrão que ela havia feito.

— E o seu encontro? — eu quis saber.

— Vai ficar pra outro dia.

— Não pode estar falando sério. O que acha que pode acontecer? Eu vou ficar aqui, quieta, e você vai sair com o grudento. *Por favor*, não quero mais falar disso.

Ela me analisou e disse:

— Liga se precisar?

— Na hora, sua chata. Sai logo daqui!

Rora levou um bom tempo se arrumando e, quando finalmente saiu — depois de perguntar umas quinze vezes se eu realmente ligaria —, me ajeitei na cama e escolhi uma série policial na Netflix.

Não sei quanto tempo passou, um episódio vai levando ao outro. Eu precisava fazer xixi e não havia pensado nessa possibilidade. O que foi muita burrice. Comecei a pensar e montar uma logística do trajeto até o banheiro. Era perto, porém, com um pé engessado e outro com preguiça de funcionar, não seria tão simples. Resolvi engatinhar, com todo cuidado.

Assim que cheguei ao banheiro, apoiei as mãos na lateral do vaso e ergui o corpo lentamente, mas escorreguei e bati o gesso no boxe.

Só ouvi o *crec*.

Olhei pra baixo e vi uma pequena rachadura no gesso, na altura do tornozelo.

Que raiva!

Fiz a *droga* do xixi e depois arranquei o gesso do pé.

A médica havia sido clara que, se quebrasse em qualquer parte, não ajudaria mais.

Estava tomando outro banho, para tirar o resto de pó branco do pé, quando ouvi um barulho em casa, e sabendo que Rora havia chegado, só esperei pela bronca.

— Eu não acredito que já arrancou o gesso! — Entrou ofegante no banheiro.

— Eu fui fazer xixi e ele rachou, não foi minha culpa — respondi irritada e enrolando a toalha em volta do corpo, para sair do box, quando senti que estava pisando em alguma coisa.

— Derrubamos areia aqui?

— Areia? Como assim?

Ela abriu o boxe e passou a mão no chão.

— Não é do gesso? — perguntou.

Pensei que poderia mesmo ser o gesso esfarelado.

— Não estou sentido nada, Mit.

— Como não?

Abaixei e passei as mãos como ela havia feito.

— Está no chão todo? Ou só aí onde está pisando? — Rora perguntou, já tateando próximo aos meus pés.

— Com as mãos eu não sinto — acrescentei, encarando o chão, enquanto Rora me olhava.

Estava ficando cada vez mais esquisito.

A sensação de pisar em areia poderia ser formigamento na sola dos pés. Eu só não estava sabendo entender.

— Vamos voltar no médico amanhã.

— Não quero, Aurora. Já basta a demora de hoje. Você não vai me obrigar — desafiei.

Ela mais uma vez ajudou em tudo, até que eu estivesse deitada de novo, mas dessa vez para dormir.

— Só descanse — pediu e beijou a minha cabeça. — Amanhã resolvemos, combinado?
— Tudo bem — falei, desanimada.
Ajeitei o travesseiro e deitei.
— Boa noite, Rora.
— Boa noite, Mit.
Observei-a apagar a luz e fechar a porta.
Estava tão preocupada que achei que não fosse conseguir dormir, mas o cansaço me dominou.

* * *

O dia seguinte chegou muito rápido. Aurora já estava pronta para sair quando abriu a porta do quarto com uma bandeja de café da manhã.
— Bom dia, Mit. Fiz tudo que você gosta.
Meu apetite despertou assim que observei a bandeja. Tinha até cereal colorido. Ela se empenhou.
— Isso não é tudo que eu gosto — comentei após observá-la por alguns segundos —, é suborno. — Ela riu. — Pelo jeito você já decidiu sozinha o que *resolveríamos hoje*.
Eu não queria voltar ao hospital.
— Vamos agora cedinho e logo estaremos em casa.
Tentei fazer cara de sofrimento. Minha amiga não se sensibilizou.

Horas depois, mais uma vez, alguém chamou:
— *Senhora Mitali Montez.*
Dessa vez era um doutor. Fiquei feliz por não ter o azar de pegar a mesma médica do dia anterior.
Entrei no consultório com Aurora grudada em mim. Eu mancava um pouco, mas estava melhor.
— Bom dia, moças. Por favor, sentem-se. Me contem o que aconteceu... — Ele parecia mais simpático.

— Ela caiu ontem, doutor. — Rora tomou a frente da conversa. Ainda bem, pois eu estava com preguiça de repetir tudo. — Torceu o pé. Viemos aqui e o engessaram, só que o gesso quebrou em casa. Achamos melhor retornar. Trouxemos os exames de ontem para agilizar.

Ela os entregou para o médico.

— Deixe-me ver como está o seu tornozelo.

Enquanto ele lavava as mãos em uma pia dentro do consultório, eu sentei na maca.

— Já peço desculpas pelas mãos geladas — ele brincou, e tocou na minha canela.

Eu tinha colocado um vestido antes de sair de casa, para facilitar caso fosse necessário colocar o gesso novamente.

— Não estão frias — comentei distraída.

— Como disse?

— Suas mãos. Não estão frias.

Ele me olhou franzindo a testa, e sem dizer nada, começou a mexer no computador.

— Vocês passaram aqui ontem?

— Sim. Eu não recordo o nome da doutora...

— Melinda — respondeu Aurora, de imediato. — Melinda Souza. — Eu a olhei, impressionada.

Ela deu de ombros, sorrindo.

— Você reclamou de formigamentos, correto?

— Sim, doutor. Ultimamente venho sentindo nas pernas e acredito que nos meus pés também, pois ontem, no banheiro, senti areia no chão, mas, quando passava as mãos, não tinha nada. Sei que parece loucura, é o meu próprio corpo e não consigo entender o que está acontecendo — desabafei.

— Sente as minhas mãos frias? — Ele tocou os meus braços e em seguida as minhas pernas. — Do mesmo jeito que sente aqui?

Não era igual.

— Nas pernas elas parecem menos frias — disse, embora não entendendo onde ele queria chegar.

— É de extrema importância que você procure um neurologista. Infelizmente, não temos essa especialidade no pronto-socorro. Recomendo que vá o quanto antes.

— Claro. Farei isso. — Desanimei com a notícia. Cada um falava uma coisa diferente. — E quanto ao gesso? — Mudei o assunto, ignorando as encaradas da Rora.

— Percebi que não quer colocá-lo. Então, só prometa que irá repousar, combinado? — Seu olhar foi acusador. — Precisa de atestado?

— Sim, por favor.

— E marque o neurologista. Cuide-se — concluiu o médico.

Saí pensativa. O que um neurologista teria a ver com as pernas? Pelo menos a doutora que indicou o ortopedista fazia mais sentido.

— Vai procurar um neurologista ou eu procuro? — Rora intimou, assim que saímos do consultório.

— Eu procuro e te aviso — prometi, sem entusiasmo.

Capítulo 3

2 ANOS DEPOIS

Alguns meses depois de torcer o tornozelo, os formigamentos aliviaram. Não achei necessário procurar outros médicos e prolongar o assunto. Havia sido apenas uma fase de muito estresse. Na verdade, foram anos complicados desde que resolvi sair de casa, agora que as coisas estavam melhores. Rora conseguiu um emprego fixo em um pet shop, que parecia gostar bastante. Os encontros com o menino grudento renderam e não demorou muito para assumirem o namoro. Não era um relacionamento tranquilo, mas o que era tranquilo com ela?

Eu continuava trabalhando no café da livraria, nunca cansando da apaixonante combinação dos cheiros de livros e café. Diferente de muitas pessoas, eu amava o que fazia e passaria a vida toda trabalhando ali.

— Bom dia, Mit. — Ouvi a voz do meu chefe, enquanto me preparava para começar mais um dia.

— Bom dia, sr. Braga.

Tantos anos juntos fizeram esse pequeno senhor, com um coração gigante, se tornar o mais próximo de uma figura paterna para mim. Diariamente ele aparecia para tomar café da manhã comigo e jogar conversa fora. Ser proprietário de toda a rede de Livrarias Braga Nobel lhe permitia uma aposentadoria, mas mesmo assim, ele preferia acordar cedo e cuidar de tudo nos negócios. Era um ser admirável e uma das minhas pessoas favoritas no mundo.

— Quero te apresentar o novo gerente da livraria — disse, batendo os dedos no balcão, de um jeito agitado.

Embora o café fosse dentro da livraria, era necessário um gerente para cada função. Não conseguia me imaginar gerenciando os dois. Acho que enlouqueceria.

— *Finalmente* finalizou a seleção. Achou alguém à altura?

— O melhor — se gabou, piscando para mim.

— Eu posso imaginar...

Estava tão distraída em nossa conversa, esperando que ele começasse a falar das qualidades do novo contratado, que não percebi a aproximação de alguém, só notei quando o rapaz já estava bem na minha frente.

— Bom dia, Sr. Braga. Queria falar comigo? — ele perguntou.

— Sim. Quero te apresentar a Mitali, gerente da parte do café. Vocês farão serviços independentes, mas é bom que a conheça.

Quando meus olhos encontraram os do novo colega de trabalho, fiquei hipnotizada e dominada por algum tipo de corrente elétrica que acelerou o meu coração e acordou as borboletas que dormiam na minha barriga. Seja lá quem fosse esse moço, o que causou em mim foi algo novo e extraordinário. Não apenas pela sua aparência, que era incrível. Havia algo a mais nele. Como a lembrança de um sonho, que esqueci e recordei no instante em que o vi. Como um presente que recebi após desejá-lo por muito tempo. Se perguntassem como seria o homem ideal para mim, eu o descreveria, porém sem imaginar que pudesse existir.

Acho que o encarei demais, pois percebi que ele sorria, apesar de um pouco constrangido.

— Mit, esse é Dimitri Mifti — Sr. Braga o apresentou, interrompendo meus pensamentos.

— A sua filha favorita — ele comentou.

Olhei com carinho para o meu pai postiço, enquanto Dimitri estendia a mão para mim. Observei-a por um tempo no ar, com medo de tocá-la e ele sumir, ou eu acordar.

— E você foi o melhor candidato a gerente — consegui dizer, enquanto aceitava o cumprimento.

Ele levou a minha mão aos lábios, e beijou com delicadeza, demorando mais do que o necessário para soltá-la. Senti um riso estranho sair da garganta, enquanto ele me encarava e o Sr. Braga nos olhava com divertimento.

— Bom, vou deixar que se conheçam. Preciso resolver algumas coisas no escritório.

Nosso chefe tomou o último gole do seu café.

— Aproveite que ainda está cedo e prove o café. Recomendo o extraforte — sugeriu.

Deu dois tapas leves nas costas de Dimitri, piscou para mim e saiu.

Ele vivia querendo me arrumar um namorado desde que não aceitei nenhum dos seus filhos. Eram todos incríveis, só não havia química, o que com Dimitri parecia ter de sobra.

Ponto para o Sr. Braga. Meu amigo, pai e casamenteiro.

— Acho que vou querer um café extraforte.

— Eu prefiro o *cappuccino* — confessei.

— Se o chefe não ficar sabendo, aceito a sugestão — ele sussurrou.

Nós nos olhamos por alguns segundos, ambos sorrindo e comecei a achar que talvez o que quer que estivesse acontecendo não era apenas comigo.

Quebrei o silêncio, enquanto preparava a bebida para ele.

— Qual a sua história, *novo gerente*?

— Fiquei sabendo que aqui havia uma moça muito bonita... — eu logo desanimei com a sua confissão, virei de costas e fingi pegar algo, disfarçando sem muita habilidade, então ele completou: — e que ela prepara um excelente *cappuccino*. Eu precisava conhecê-la, então, me candidatei.

Fechei os olhos, sentindo as bochechas esquentarem. Esperei alguns segundos, em uma tentativa frustrada de melhorar a cara de boba e virei para ele.

— Poxa, que moça de sorte — comentei, enquanto lhe entregava a bebida quente.

Notei que até suas mãos eram bonitas. Precisava achar algum defeito nele, pelo bem da minha sanidade.

— Isso está maravilhoso — disse, após beber o primeiro gole. — Não está frio, nem quente demais e adoçado na medida certa. Como consegue?

— Não sou eu. É a máquina — falei e apontei para a máquina de café. — Não conta para o chefe, ou eu perco o emprego.

— Seu segredo está a salvo comigo.

— Fico aliviada.

— Soube que está aqui há bastante tempo.

— Sim — não foi uma pergunta, mas respondi mesmo assim. — A primeira vez que entrei aqui, me encantei de um jeito inexplicável.

Olhei em volta, para as estantes de livros que subiam até o teto, as escadas em formato de caracol, a divisão dos livros por conteúdos, editoras, autores, que eu conhecia de cor. Havia tanto de mim nesse lugar, boa parte das minhas melhores lembranças.

— Olha só esse lugar — comentei. — Tem como não amar?

— Impossível — ele disse, e por um instante, sua voz pareceu falhar.

Quando voltei meus olhos para ele, era para mim que olhava e não para a livraria.

Constrangida, observei enquanto ele terminava o café. Não sabia o que dizer, ao mesmo tempo que queria falar tanta coisa. Era tudo estranhamente familiar nele e seu olhar continuava hipnotizante.

— O café estava ótimo — ele agradeceu. — Acho que preciso ir. Te vejo de novo?

— Ao que tudo indica, todos os próximos dias que trabalhar aqui — brinquei.

— Foi um prazer, senhorita.

Ele levantou e saiu.

— O prazer foi meu — sussurrei.

Não sei se ouviu. Até ele sumir de vista, eu ainda estava na mesma posição.

O restante do dia, passei observando Dimitri trabalhar. A alegria espontânea, a atenção com cada pessoa que o chamava e, principalmente, as escapadas que dava para me olhar. O ambiente que sempre amei estava ainda mais mágico. Sentia o coração sendo aquecido a cada vez que ele sorria. Era como beber o chá da tia Léia, só que numa dose mais forte.

Quando o expediente acabou, eu não conseguia ir embora.

O caixa já estava fechado, os funcionários haviam encerrado as suas atividades, mas eu precisava ver Dimitri só mais uma vez antes de ir para casa.

Eu costumava fugir de qualquer um que demonstrasse sentimentos por mim. Tinha como base dois tipos de relacionamentos. O dos meus pais, que eu não queria, *jamais*! E o dos pais da Aurora, que só existia em contos de fadas. A possibilidade de encontrar alguém bacana era tão impossível que evitar retribuir sentimentos se tornou um hábito, congelando tudo em mim. Porém, com Dimitri, apesar do medo, meu corpo não obedecia. Se ele fosse uma ruína, algo dentro de mim acreditava que valeria a pena.

Ainda estava elaborando algum plano de ação, quando reparei que ele se aproximava e meu coração começou a pular em vez de bater.

— Primeira a chegar e a última a sair? — ele puxou assunto.

— Nem sempre — respondi e notei que minha voz saiu engasgada.

Pigarreei, limpando a garganta.

— E você? Tentando impressionar o chefe?

— Sim — admitiu. — Acha que estou indo bem?

— Se está aqui, com certeza já o impressionou — garanti.

Não havia mais nada para fazer ali. Então, peguei minha bolsa e saí de trás do balcão.

— Bom, eu já estava de saída. Até amanhã, *novo gerente*.

— Vai direto para casa? — ele quis saber.

— Acredito que sim — falei, sem compreender o motivo da pergunta.

— Não quis parecer intrometido — disse, um pouco sem jeito. — Posso tentar de novo?

— Tudo bem. — Comecei a perceber o caminho daquela conversa e mordi sutilmente o lábio inferior, para tentar parar de sorrir como uma boba.

— Gostaria de sair comigo para comer alguma coisa? Tem algum compromisso agora?

Ele estava me chamando para sair! Algo dentro de mim gritava, alertando perigo, mas eu não estava emocionalmente normal para atender aos meus instintos.

— Adoraria — aceitei, tentando parecer indiferente, o que foi difícil com os fogos de artifício estourando dentro de mim. — Onde iremos?

— Vi que tem uma praça aqui na frente da livraria.

— Sim, vai amar. Esse horário ela fica muito iluminada.

— Passei lá pela manhã, estava tudo fechado. O que são aqueles carros parados? Algum tipo de exposição?

— São food trucks. Funcionam o ano inteiro, na parte da tarde até a madrugada. É sempre bem movimentada. Tudo muito limpo e bem-cuidado. Um dos lugares que eu mais gosto da cidade.

— Então está decidido, vamos lá.

Achei fofo o seu entusiasmo por um passeio tão simples.

— Podemos? — ele perguntou.

— Sim — concordei, também animada.

Deixei meu lado racional em algum lugar que não lembrava no momento. Dimitri não parecia real e a magia que transmitia, de uma forma maluca, tornava estar com ele o lugar mais certo do mundo.

Capítulo 4

Caminhamos até a praça, que ficava do outro lado da rua. Luzes coloridas enfeitavam árvores e postes, iluminando tudo. Não havia música, mas o som das pessoas animava o ambiente.

Uma garotinha passou por nós correndo, em seguida tropeçou e caiu. Observei um homem que parecia ser o pai dela se aproximar e a ajudar a se levantar. Ela apontou para o joelho e resmungou algo que deveria ser sobre o machucado que se destacava na sua perna pequena. Escutei-o dizer que já havia avisado para ela não correr. Senti um pouco de inveja dela, pois não lembrava de momentos assim com o meu pai.

— Esse lugar é realmente incrível — Dimitri disse, interrompendo os meus pensamentos.

Não pude deixar de notar o quanto a presença dele é que tornava tudo *ainda mais* incrível.

— O que vai querer comer? — eu quis saber.

— Quais são as opções?

— Tem um pouco de tudo aqui e esse cheiro está me matando de fome, consegue escolher logo? — reclamei, fingindo impaciência.

Ele olhou em volta.

— Eu amo pizza — confessou.

— Então vai gostar do Pizza Cone, da Dona Margarida.

— Você conhece até os donos daqui?

— Não menti quando disse que venho sempre. Vem, você vai amar — falei, entusiasmada.

Caminhamos até o food truck verde, com desenhos de pizzas e ingredientes.

— Como vai, Dona Margarida? — cumprimentei a dona do estabelecimento.

— Querida Mit, que bom que apareceu — ela disse e olhou para Dimitri. — Quem é o rapaz?

— Dimitri, muito prazer, Dona Margarida. Sua pizza foi muito bem recomendada.

— Se foi por essa mocinha, ela é mais do que suspeita — respondeu, enquanto me olhava com carinho. — Seja muito bem-vindo.

— Ele é o novo gerente da livraria.

— Então, deve ser uma ótima pessoa. O Sr. Braga nunca se engana.

— A senhora que está dizendo — ele disse, passando a mão no cabelo.

— Ainda é modesto — ela falou e gargalhou. — O que vão querer?

— Para mim o de sempre — respondi. — Quer olhar o cardápio? — perguntei para Dimitri.

— O que seria *o de sempre*? — sussurrou.

— Se chama Paraíso. Com *cream cheese*, frango desfiado, milho e azeitona.

— Quero o de sempre também — ele decidiu.

— Dois Paraísos, Dona Margarida. — falei e olhando para ele, perguntei — Bebe refrigerante? — ele concordou com a cabeça. — E dois refrigerantes — concluí.

Enquanto esperávamos os nossos pedidos em pé, um pouco afastados para não atrapalhar a fila, aproveitei que Dimitri pareceu se distrair para observá-lo um pouco mais.

Ele parecia inofensivo e diferente dos outros moços que conheci. Talvez por isso eu estivesse tão curiosa. Sentia uma necessidade de saber mais dele.

— Pronto. Aqui está, Mit — disse a Dona Margarida, após alguns minutos.

Ela nos entregou os pedidos e meu estômago roncou só de sentir o cheiro delicioso.

Como eu amava as pizzas dela.

— Volte mais vezes, Dimitri — ela completou de forma simpática.

Agradecemos e fomos procurar um lugar para sentar, mas todos pareciam ocupados.

Ainda estava procurando quando vi que Dimitri começou a caminhar em outra direção. Pensando que tinha encontrado alguma mesa vaga pelo parque, fui atrás dele. Para minha surpresa, ele apenas tirou o casaco e o estendeu na grama.

— Pode sentar, senhorita — ele ofereceu, de forma teatral.

— Nossa, mas que cavalheiro — falei, aceitando a gentileza.

— Todos dizem isso.

— Agora está sendo exibido.

Nossas risadas preencheram o pequeno espaço da praça que ocupávamos.

Nós nos acomodamos e observei ele começar a comer, torcendo para que gostasse.

— E então? — quis saber assim que ele engoliu o primeiro pedaço.

— É a melhor pizza que eu já comi, e não só pelo sabor. Essa forma que ela enrola, parece ter muito mais recheio.

— Que bom! — comemorei. — Eu sempre fico satisfeita com uma, mas se quiser, podemos pedir mais.

— Parece grande, mas eu aviso — ele me tranquilizou e bebeu um gole do refrigerante.

— Tudo bem — eu disse e em seguida puxei assunto: — Como soube da vaga na livraria? A verdade agora. Nada de me enrolar com a história da moça da cafeteria — pedi, direcionando para ele o meu melhor olhar ameaçador —, por favor.

Ele riu.

— Eu trabalhava na concorrente. Sempre soube do relacionamento do Sr. Braga com os funcionários. Acho isso bacana. O salário era maior também. Resolvi arriscar. Não pretendo ficar ali para sempre, mas o clima parece agradável e gosto de livros.

— E qual seria o emprego dos seus sonhos? — perguntei.

Ele me observou parecendo decidir se deveria ou não me contar.

— O que foi? Pode falar — incentivei, tentando passar segurança. — É tão ruim assim?

— Você vai rir e, *droga*, agora não dá mais tempo de mentir — respondeu, frustrado.

— Não vou rir. Prometo.

— Eu queria ser astronauta.

Eu ri, foi involuntário, mas ele não, então eu parei.

— Sério? — perguntei e ele concordou. — Isso é tão... diferente. — Não encontrei nada melhor para dizer. — Nunca imaginei conhecer alguém que realmente quisesse isso da vida.

— Acho que não conhece muitas pessoas legais — debochou.

— Provavelmente não, minha rotina se resume a minha casa e a livraria — confessei.

Quando terminou de comer a pizza, Dimitri limpou a boca e as mãos com o guardanapo, então deitou na grama de barriga para cima.

Tudo nele era espontâneo, como se estivesse em casa e com uma velha amiga.

— Já parou para pensar no quanto possa existir além do que vemos quando olhamos para o céu? — disse olhando para cima. — Queria explorar o espaço sideral, ou pelo menos estar nele alguma vez.

Achei aquilo tão bobo, ao mesmo tempo tão fofo e não parecia brincadeira.

— Às vezes me sinto de outro planeta.

— Como um ET? — ele brincou.

— Não — falei, encantada com o quanto ele me divertia.

— Apenas diferente.

— Eu te acho diferente, mas de um jeito bom.

— Você também é.

— Quem sabe viemos do mesmo planeta? — ele perguntou e nos olhamos por um tempo.

Sentia as borboletas no meu estômago fazendo algum tipo de dança maluca.

Terminei de comer e deitei da mesma forma que ele. Tive uma visão linda do céu. Uma brisa gelada de abril nos envolvia, a noite estava deliciosa. A lua se destacava, iluminando tudo, e um tapete de estrelas cobria o resto. Por um momento, até esqueci onde estávamos e todos em volta. Só havia eu, ele e uma noite que, com certeza, eu guardaria para sempre.

— Se pudesse escolher qualquer outro planeta para viver, qual escolheria? — eu quis saber, me sentindo completamente envolvida pelo assunto.

Ele pareceu pensar por um momento.

— Eu escolheria Netuno — continuei, já que ele não disse nada. — O mais longe possível da Terra.

— Que moça mais amarga.

Talvez se conhecesse a minha história familiar, compreendesse essa amargura.

Em seguida ele virou a cabeça, ainda deitado, e me olhou.

— Eu gosto de Saturno — confessou.

— Acho um dos mais bonitos.

— Acha mesmo? Bom, eu poderia dividir Saturno com você, se me aceitasse.

Olhei para ele, me divertindo, mas antes que eu pudesse responder, ele continuou.

— Porque agora que já nos conhecemos, não gostaria de te perder para Netuno.

— Pensando por esse lado, realmente não gostaria de viver em um planeta onde você não estivesse.

— Então, sentiria a minha falta? — perguntou, um tanto convencido.

Olhei para ele por um momento e depois voltei a olhar para o céu.

— Acho que... — fiz uma pausa, buscando coragem e as palavras certas — eu sentiria a sua falta, mesmo se não te conhecesse. — O final da frase saiu como um sussurro.

Não tive coragem de encará-lo depois de abrir meus sentimentos dessa maneira.

— Mas que bom que está aqui — concluí, após perceber que ele não falaria nada.

— Parece que eu te conheço há tanto tempo — ele falou, acalmando meu coração que já estava quase arrependido pelas palavras ditas.

— Hoje foi, *realmente*, um dia longo — soltei uma tentativa de piada, para diminuir meu constrangimento.

Dimitri desequilibrava as minhas emoções.

— Não só por hoje — ele explicou, ainda com seu tom divertido. — É uma sensação, bem intensa. — concluiu, com a mão no peito.

— Eu acredito — garanti. — E sinto o mesmo.

— Mas não sabemos nada um do outro. Como isso é possível?

Mesmo inconformado, ele não parecia desgostar do que dizia sentir e isso eu também compreendia.

— Sei que você gostaria de ser astronauta.
— Só porque eu falei.
— Então me diga mais alguma coisa.
— O que quer saber?
— Tudo.
— Não é justo só eu falar. Quero saber de você também.
— Então, eu proponho um jogo. Cada um faz uma pergunta, que os dois devem responder — sugeri.
— Ótimo.
— Você começa. Já que eu perguntei primeiro sobre o emprego dos seus sonhos.

— Precisa responder sobre o seu emprego dos sonhos, então.
— Justo — concordei. — Acredita se eu disser que é o meu?
— Você gosta mesmo de *cappuccino*.
— É que não se limita a isso. Amo estar ali. Conquistei tudo por causa desse emprego. Devo muito ao Sr. Braga. Sinto que a livraria tem certa magia, faz eu me sentir bem.
— Ele parece uma ótima pessoa mesmo. E consigo entender sobre essa magia que você diz.
— Ele é. Você vai perceber mais a cada dia. Mas não vamos perder o foco, qual a próxima pergunta?
— Qual a sua cor favorita?
— Isso é sério?
Ele balançou a cabeça, fazendo que sim.
— Certo — concordei. — Rosa. E a sua?
— Cinza.
— Quem gosta de cinza? Nem deveria ser considerada uma cor. Escolha uma cor de verdade.
— Estou falando sério. Acho que os dias nublados têm o seu encanto.
A resposta me pegou de surpresa. Não soube bem o que dizer, pois não entendi se isso queria ou não dizer alguma coisa. Ele tinha um ar misterioso e eu estava obcecada por conhecer cada detalhe disso.
— Sua vez de perguntar — ele falou.
— Bom, seguindo a sua linha de raciocínio, já sei que ama pizza, então, deve ser a sua comida favorita, certo?
— Essa é a sua pergunta?
— Não, deixa eu elaborar uma melhor...
Ainda estávamos deitados na grama, ele virou de lado, para mim.
— Por que estamos aqui? — perguntei.
— Porque você recomendou e disse que era um dos seus lugares favoritos — respondeu com calma, mas debochando, já que parecia entender perfeitamente o que eu queria dizer.

— Se você se arrependeu, não é minha culpa — concluiu, levantando as mãos enquanto falava.

— Por que me chamou para comer alguma coisa? Por que aceitou vir aqui? Acabamos de nos conhecer.

Eu me ajeitei na mesma posição que ele. Deitados de lado na grama, um olhando para o outro, a *enorme* distância de um palmo entre nós.

— Porque... — ele fez uma pausa e segurou a minha mão — algo em você, me chama, feito ímã. — Ele olhava para a minha mão enquanto falava. — E eu precisava ficar mais perto, para entender o motivo.

— E já descobriu? — eu quis saber, um pouco sem ar.

— É a minha vez de perguntar — ele falou, cortando o clima, mas sem perder o charme. — Você mora aqui perto?

— Mais ou menos. Uns trinta minutos de carro.

A pergunta me fez lembrar que eu não havia avisado Aurora sobre o meu passeio.

— Ai, meu Deus. Que horas são? — perguntei e comecei a procurar o celular na minha bolsa.

— Que droga. Está sem bateria. Sabe que horas são?

— São dez e meia. Você é algum tipo de Cinderela? — perguntou parecendo se divertir com o meu desespero.

— Não. Mas serei um cadáver se não chegar em casa logo.

Levantei, limpando a grama do casaco e o devolvi para ele.

— Pais *super*protetores?

— Pior. Moro com a minha melhor amiga, mas ela é a pessoa mais dramática do mundo.

Ele riu e levantou também.

— Posso te deixar em casa?

— Eu sempre venho de carro, mas obrigada.

Caminhamos de volta para a porta da livraria.

— O meu está naquele estacionamento. — Apontei, indicando o local ao lado.

— O meu também. Eu te acompanho. Acho que só vou te ver de novo na segunda-feira — ele falou, e pensei que, pela primeira vez, gostaria de trabalhar no final de semana.

— Pois é — lamentei.

— Pode me passar seu telefone?

— Claro.

Ele me entregou o celular, para eu anotar o número.

— Pronto — falei, enquanto o devolvia para ele. — Pode chamar a hora que quiser — comentei, me arrependendo no mesmo segundo, por parecer desesperada.

— Eu vou chamar — prometeu, puxando a minha mão e a beijando.

Senti o meu corpo inteiro se derretendo.

— Combinado — consegui dizer.

Chegamos ao meu carro.

Sorri para ele mais uma vez e entrei. Observei-o pelo retrovisor, até sumir de vista.

Fui para casa o mais rápido que pude.

— *Estou bem! Estou bem!* — gritei assim que entrei.

A cena que vi foi típica da minha melhor amiga.

Aurora estava com o celular em uma mão e na outra o nosso telefone fixo, enquanto checava as minhas redes sociais no notebook.

— *Mit!* — Rora berrou, correu e me sufocou em um abraço.

— Estava tão preocupada.

Parou por um momento, recuperando o fôlego e observei a sua preocupação se tornar raiva.

— *Onde você estava?*

— Rora, me desculpe. Fui comer algo depois do trabalho e não percebi que tinha acabado a bateria do celular.

— E nem pensou em me avisar? Poxa. Sabe como eu fico preocupada. E se você tivesse morrido? Ou eu?

— Rora, respira — pedi.

Segurei seus ombros e fiz com que ela olhasse para mim.

— Não vai acontecer de novo. Já pedi desculpas. Você não morreu e eu estou bem. Mais do que isso... — Parei de falar ao pensar no quão feliz eu estava.

— O que *isso* quer dizer? — perguntou, mudando a expressão de irritada para curiosa. — Senta aqui e me conta tudo.

Joguei a bolsa na mesa e a acompanhei para o sofá.

— Não consigo explicar o que vivi hoje. Foi como olhar um rosto conhecido, mas que eu nunca tinha visto. Cada movimento dele. Mas eu saberia se já o tivesse visto em algum lugar. Ele *nunca* passaria despercebido. Uma ligação. Algo único, Rora. — Joguei as palavras sem pensar se ela estava compreendendo. — Não sei como vou viver até encontrá-lo de novo — concluí, suspirando.

— Ai, meu Deus, Mit! Você encontrou a sua alma gêmea? Nunca te vi assim — ela falou empolgada, mas parecendo desconfiada ao mesmo tempo.

— Eu sei, nem eu — confessei. — Mas para com essa palhaçada de alma gêmea.

Só a Aurora para acreditar nessas coisas.

— Você não acreditar não faz as coisas não existirem.

— Não vamos discutir de novo, por favor.

Ela era irritante quando acreditava em algo, pois não se conformava com quem não concordasse.

— Me conta mais, como foi?

— Eu me sinto estranha, me programei a vida toda para não acreditar em romances, mas ele é diferente. Não sei explicar, Rora — desabafei.

Afundei mais no sofá. Rora continuava me olhando com os olhos arregalados.

— Nem tudo precisa de explicação, Mit. Para com essa mania de buscar razão para tudo. Pela primeira vez na vida, deixe as coisas acontecerem. Se permita — ela implorou.

Olhei para minha amiga, refletindo sobre suas palavras e fazendo uma análise mental de tudo que poderia dar errado.

Será que quando meus pais se conheceram, já sabiam que brigariam tanto? Ou melhor, será que eu poderia fazer parte das pessoas como os pais da minha amiga, que só de se olharem já percebiam que foram feitos um para o outro?

Dimitri parecia perfeito para mim, eu só não conseguia entender como, em poucas horas, cheguei a essa conclusão.

Capítulo 5

Depois de passar um tempo ouvindo Aurora falar sobre o que o meu horóscopo dizia, consegui me livrar dela e tomar banho. Sequei o cabelo, deitei e comecei a pesquisar sobre almas gêmeas na internet.

É alguém que te ajuda a melhorar como pessoa
Não necessariamente as almas gêmeas se dão bem
Não é uma tarefa fácil encontrá-la
Uma alma dividida, vivendo em corpos separados

No dicionário, encontrei *pessoa que completa o outro.*
Dei risada, me sentindo um pouco ridícula. Qualquer que fosse o significado ou se isso realmente existia, nada mudaria o fato de que Dimitri era diferente de qualquer pessoa que conheci e em poucos segundos me fez agir como uma boba, encantada por ele.

Talvez Rora tivesse razão e eu não precisasse encontrar um significado para isso.

O som de uma nova mensagem no celular interrompeu os meus pensamentos.

Número desconhecido.

Seria possível que fosse ele? Passava da uma da manhã.

(Está acordada?)

Meu coração disparou. Só podia ser ele.

> Sim.

> Pode fazer o favor de sair da minha cabeça, pra eu conseguir dormir?

> Só se você sair da minha antes.

> Não sei se quero.

> Nem eu.

> O que estava fazendo?

> Lendo algumas coisas na internet.

Me poupei da vergonha de contar o tema da leitura.

> Já vai dormir?

> Não. Estou sem sono. O que você estava fazendo?

> Pensando

> Pensando?

> É

> Quer dividir comigo?

> O que vai fazer amanhã?

> Nada de especial. E você?

> Gostaria muito de te ver

> Seria muito bom

Foi o que eu escrevi, mas gostaria de ter escrito *vem agora*.

Isso foi um sim?

Não seria precipitado?

Totalmente! Você se importa?

Nem um pouco

Eu também não

Amanhã é o meu dia de fazer o almoço, para minha amiga que mora comigo e o namorado. Está convidado. Se quiser, claro.

Posso chegar mais cedo e te ajudar?

Pode. Vai ser divertido.

Com certeza, porque eu não sei cozinhar.

Que tipo de ajuda vai me oferecer, então?

Moral! Ou posso te alcançar objetos.

Acho que basta.

Ufa. Que horas posso chegar?

Às dez da manhã. Não gosto quando os meus funcionários se atrasam.

Estarei aí em ponto, chefe!

Vou te enviar a localização. Avisa se receber.

Recebido. Até amanhã, Mit. Bons sonhos.

Até, Dimi. Obrigada por hoje.

Acho que dormi sorrindo, abraçada ao celular.

* * *

Acordei mais cedo que o necessário. Tomei banho e fui tentar escolher alguma roupa. Estava um pouco arrependida de ter marcado algo em casa. Se fôssemos sair, seria mais fácil escolher, mas me vestir para cozinhar? Não era exatamente assim que eu gostaria que fosse o nosso primeiro encontro. Quando percebi que nenhuma roupa seria boa o bastante, optei por algo que fosse confortável. Aproveitei para caprichar na maquiagem, mas de uma forma discreta e encerrei a sessão tortura com um coque, para não cair cabelo na comida. Tentei passar algo mais ou menos "estou arrumada, pois sou sempre assim, não teve nada a ver com você".

Depois de pronta, ajeitei o meu quarto e fui para a cozinha começar a separar os ingredientes.

— Nossa, que cheirosa. Por que já está acordada? E, espera... isso é maquiagem? — Rora veio se arrastando de pijama e pantufa do seu quarto.

— Ele vem almoçar aqui hoje — falei animada.

— Não acredito! — ela gritou. — Lembro quando me chamou de grudenta por querer mandar mensagem para o Fi e você marca almoço no dia seguinte?

— Para de brincar com os meus sentimentos.

— Desculpa. Não sabia que você tinha sentimentos.

Gargalhei.

— Nem eu. Acha que estou bem? — Dei uma volta no lugar, para ela me avaliar.

— Você é linda, Mit.

— E você é suspeita.

— Apenas sincera. Que horas ele chega?

— Vai me ajudar a cozinhar.

— Que graça — ela disse e em seguida ficou séria.
— Que foi?
— Nada.
— Aurora? — insisti, pois conhecia aquele olhar.
— Ele parece perfeito demais. E se for um psicopata?
— Não começa com paranoia. É o primeiro cara que eu me interesso em anos. Não vai me encher de bobagens. — Ela não pareceu convencida, mas não falou mais nada. — E o Fi? — Mudei de assunto para espantar seus pensamentos malucos.
— Vou buscá-lo agora, parece que ele está com algum problema no carro.
— Mas está tudo bem?
— Ele vai explicar quando eu chegar. Vou me trocar e sair. Quer algo da rua?
— Não. Só volta logo.
— Tudo bem — ela falou e foi se arrumar.

Aproveitei para preparar *cappuccinos* para quando ele chegasse.

Pensei em fazer lasanha. Seria rápido e não faria tanta sujeira. Vi que não faltava nada dos ingredientes e fiquei mais tranquila. Era só começar a montar a lasanha e esperar o momento de colocar no forno.

O interfone começou a tocar. Olhei no celular, ainda eram nove da manhã.

Atendi ansiosa.

— *Senhorita, bom dia* — disse o porteiro.

— Bom dia, senhor João.

— *Tem um rapaz aqui, Dimi alguma coisa, não entendi muito bem.*

Não acreditei que ele havia chegado tão cedo.

— Pode deixá-lo subir. Obrigada.

Ainda estava absorvendo a informação, quando Rora saiu do quarto procurando algo pelos móveis da sala.

— Onde está a chave do carro? — Ela precisava tirar o meu da garagem para sair com o dela, já que eu tinha chegado por último ontem. — O que o Sr. João queria?
— Ele chegou! — respondi, quase tendo um ataque de alegria. Balançava as mãos, ao mesmo tempo em que apertava uma na outra.
Em menos de dois minutos, ele estaria aqui, na minha sala.
— Como assim? Marcou almoço ou café da manhã?
— Quem se importa, Rora? — falei animada, enquanto ela encontrava a chave do carro no rack.
— Você vai ficar bem, sozinha com ele aqui?
— Por Deus, não sou uma criança — falei irritada, mas ainda sorrindo. — Vai logo buscar o Fi. — Apontei para a porta e ela saiu rindo de mim pelo elevador de serviço.
Tive tempo de respirar fundo algumas vezes e ouvi a campainha tocar. Dei uma última olhada no meu visual no espelho da sala e fui para a porta com muita coragem. Abri e encontrei um Dimitri mais despojado, sorrindo e ofegante. Pensei em perguntar se ele subiu de escada, mas logo me distraí e esqueci até o meu nome quando ele falou:
— Oi. Acho que cheguei um pouco cedo — ele disse, e sorriu, dando de ombros.
Ele era tão fofinho. *Tão fofinho!*
— Tudo bem. Que bom que chegou. — Abracei-o mais tempo que o necessário e soltei sem vontade de me afastar. — Entra.
— Eu trouxe pão de queijo. Você gosta?
— Amo, mas eu só tomo *cappuccino* de manhã, não consigo comer nada, tudo me enjoa.
— Eu também.
— Então, por que trouxe?
— Eu não sei — ele disse.
Rimos da situação.
— Quer um *cappuccino*? — eu perguntei.

— Por favor.

Fomos para a cozinha, onde peguei uma caneca e enchi. Subiu um cheiro gostoso de café.

— Não é o mesmo da máquina, mas espero que goste. — Entreguei para ele, que bebeu me olhando.

— É muito bom. Você deveria trabalhar com isso.

— Mesmo? Nunca pensei nessa possibilidade — comentei, amando o clima descontraído.

Era possível viciar em um sorriso? Eu já estava viciada no dele.

— Está um pouco cedo para prepararmos o almoço, quer sentar um pouco?

— Claro. Desculpa pela minha ansiedade — respondeu enquanto caminhávamos do balcão da cozinha americana para o sofá.

— Por mim, já poderia ter vindo ontem — confessei, em um tom brincalhão.

Sentei no outro canto do sofá de três lugares. Virei de frente para ele, cruzando as pernas, ao modo borboleta, como fazia no balé da escola quando criança.

— A sua amiga está dormindo?

— Foi buscar o namorado.

— Você gosta dele?

— Muito. Não imagino mais a nossa vida sem ele. Eles são mais ciumentos entre eles do que eu considero normal, mas a vida é deles, não costumo me meter.

Eu tagarelava, mas quem poderia me julgar?

Ele estava no meu sofá!

— Vocês resolveram dividir as despesas da casa? Como decidiram dividir um apartamento?

— Crescemos na mesma cidade no interior, nossos pais eram muito amigos. Ela é como uma irmã, cuidamos uma da outra.

— Você parece gostar muito dela.

— Ela é tudo que eu tenho e eu, tudo o que ela tem.

— Que intenso isso. E os pais de vocês? — ele quis saber.

Suspirei.

Ele mal havia me conhecido, não queria já mostrar o lado problemático da minha vida.

— Faleceram.

— Todos? Meu Deus! Sinto muito, Mit — ele disse, um pouco desconcertado.

Nossa vida causava isso nas pessoas mesmo.

— Na verdade, o meu pai é o único vivo, mas é tão ausente que nem parece.

— Ele mora aqui?

— Não. Ficou na nossa cidade, Boieira. Conhece? — Ele negou com a cabeça. — Não é muito longe. Ele não parece fazer questão de mim. Também não faço dele. — Percebi o olhar de pena dele e precisei mudar de assunto. — E os seus pais? Você tem irmãos?

— Meus pais moram no mesmo prédio que eu. Vagou um apartamento e vi a chance de começar a minha vida sozinho, sem precisar ficar longe deles. Tenho uma irmã, Renata, que acabou de fazer dezoito anos.

— Vocês se dão bem?

— Muito. São a minha base. — O comentário me deixou enjoada. Famílias felizes me deixavam assim. Talvez fosse algum tipo de inveja, já que não fazia parte da minha realidade.

— Sua amiga trabalha? — ele perguntou, mudando completamente de assunto. Acho que percebeu o meu desconforto.

— Veterinária — respondi, cheia de orgulho.

— E vocês não têm nenhum animal de estimação?

— O espaço é pequeno e não paramos em casa. Teria pena do pobre bichinho aqui, sozinho. Mas eu gostaria muito de ter um cachorro.

— Adotado?

— Acho linda essa iniciativa. Mas meu sonho é ter um dálmata.

— Um pouco grande para o apartamento.

— Só por isso que eu ainda não tenho — brinquei. — Já acabou o *cappuccino*? — Apontei para a caneca dele.

— Sim, obrigado.

Ele me entregou e levei para a pia, junto com a minha. Voltei e dessa vez sentei ao lado dele.

— Você cheira bem — comentei como quem não quer nada, mas querendo tudo.

Ele sorriu e pegou a minha mão, beijou uma vez e deixou junto à dele, no seu colo.

— Você também.

— Espero que goste de lasanha. Será o almoço.

— Gosto muito. Podíamos já ir montando. O que acha?

— Acho ótimo. — Levantei, puxando-o do sofá.

Em meia hora montamos tudo e ele começou a lavar a louça que usamos para preparar a comida, dizendo que não queria acumular para depois.

Como Rora ainda não havia chegado, não sabia muito bem o que fazer com Dimitri enquanto esperávamos.

— Quer conhecer o meu quarto? — perguntei.

Ele concordou e me seguiu. Entrei e me acomodei na cama de casal, na minha posição de balé favorita e agarrei um dos travesseiros no colo. Ele observou o quarto em silêncio. Demorou mais tempo na estante de livros. Olhou as fotografias na cômoda e no meu mural. Todas de viagens que fiz com a Rora. Foi até a janela e afastou a cortina branca, para olhar a vista. Olhou para mim de lá. Eu só o observava, admirando cada pedacinho dele, com medo de perder algum detalhe.

Veio sorrindo na minha direção.

— Posso sentar?

— Por favor — concordei.

Ele se sentou e suspirou.

— O que foi?

— Estou fazendo um esforço imenso pra não tocar em você — confessou, sussurrando.

— Então, pare de se esforçar — falei, usando o mesmo tom sussurrado dele.

Ele encostou as costas na parede e me puxou para mais perto. Eu descansei a cabeça em seu ombro. Com o braço envolveu a minha cintura e estendeu o outro para pegar a minha mão, onde começou a acariciar, lentamente.

— Poderia ficar aqui para sempre — ele falou.

— Eu gostaria muito que ficasse.

Ouvi barulho de chaves.

— *Mit, chegamos!* — Rora gritou da sala.

Fomos encontrá-los.

Não pude deixar de reparar o olhar dela, analisando Dimitri. Acredito que até ele tenha notado. Discrição não fazia parte das qualidades dela.

— Rora, esse é o Dimitri. Dimi, essa é a amiga que te falei.

— Muito prazer — Rora falou, de forma simpática. Beijou o rosto dele e lhe deu um abraço, enquanto piscava para mim e fazia sinal de que aprovara a minha escolha.

— Obrigado por me receberem para o almoço em família.

— Esse é o Filipi — ela apresentou, e eles se cumprimentaram.

Fi era um amor. Aprendi a gostar dele e da sua presença em nossa casa.

— Tudo bem com o seu carro, Fi? — eu quis saber.

— Só manutenção. Aproveitei o final de semana — ele respondeu, mas parecia distraído. Fez uma pausa e olhou para Rora. — Temos uma novidade, Mit — completou, muito empolgado.

— Que novidade?

Olhei desconfiada para a minha amiga.

— Poxa, Fi — Rora chamou a sua atenção. — Prometeu que ia me deixar contar.

— Até eu estou curioso agora — Dimi falou, já parecendo de casa.

— Era para ter esperado o almoço e um pouco de vinho para eu criar coragem — Rora disse, aumentando o suspense.

— *Pelo amor de Deus! O que aconteceu?* — Gritei, não aguentando o mistério.

— Compramos uma casa! — Fi exclamou de uma vez, para Rora não dizer primeiro. Pareciam duas crianças.

A notícia me pegou de surpresa, congelei olhando para eles.

— Perto daqui, claro — ela acrescentou. — Mudamos no mês que vem.

Estava em choque, mas precisava dizer algo. Todos esperavam por isso.

Dimi me olhou sorrindo, mas ao ver a minha expressão, vi seu sorriso diminuindo.

— Eu não acredito... Que notícia maravilhosa — menti.

Estava feliz, mas como viveria sem ela aqui, todos os dias?

— Vocês nem me disseram que estavam procurando um. Então teremos um casamento?

— Só no civil. Estou juntando dinheiro para abrir a minha clínica, lembra? — Disso eu sabia, ela havia me contado. — E não te falamos porque eu não sabia se daria certo. Não quis te preocupar antes do tempo.

— Estou muito feliz por você, Rora — eu disse, e estava mesmo. — Só vou sentir saudade — confessei.

Não dependíamos mais financeiramente uma da outra, mas não imaginava a minha rotina sem ela.

— Eu nunca vou deixar você. Estarei sempre por perto.

Ela se aproximou e segurou as minhas mãos.

Sabia que isso não era totalmente verdade, *tudo* mudaria. Mas naquele momento ela precisava do meu apoio.

— Que bom. Parabéns, *parabéns!* Você merece tudo do melhor. Sabe disso, não sabe? — falei emocionada e prestes a chorar.

— Você também, Mit.

Ela me abraçou e eu quase a sufoquei retribuindo.

— Já podemos comer? — Fi perguntou brincando e quebrando um pouco o drama do momento.

— Vocês voltaram cedo. Mas é só colocar no forno. Vou preparar.

— *Nós* iremos preparar — Dimi me corrigiu.

— Ah, sim. Hoje eu tenho um ajudante. — Ele foi na frente e tirou a lasanha montada da geladeira.

— Você que pediu para eu não demorar — Rora sussurrou, quando os meninos se distraíram.

— Pedi? — Eu não lembrava disso. — Acho que só estava nervosa — falei confusa.

— E agora, como está?

— Muito feliz, Rora. Como nunca estive.

Capítulo 6

O assunto do momento era o casamento.

Se não estivesse empacotando as coisas da Rora, estava resolvendo algo dos móveis novos, da roupa que ela usaria ou do almoço que teríamos após a cerimônia.

Seria algo pequeno. Somente nós, os pais e o irmão do Filipi.

Quando conheci a casa que compraram, sumiram todos os sentimentos ruins de que eu estava perdendo a minha amiga. Era perfeita. Era a cara deles e eu sabia o quanto significava para Aurora. Ela sentia muita falta dos pais e iniciar uma família faria muito bem para ela.

Costumava brincar que, por causa da correria para o casamento, as minhas "horas vagas" eram as que eu trabalhava no café.

A presença de Dimitri na livraria era algo inexplicável.

Gostava de tê-lo ao alcance dos olhos. Não por ciúmes, mas pela ausência dele doer, de forma física.

Estava cada dia mais apaixonada e apegada à ele. Embora não tivesse acontecido nada que nos considerasse algo além de amigos. Trocávamos olhares durante o expediente, almoçávamos e saíamos juntos, todos os dias. Ainda não tinha conseguido conhecer o apartamento dele ou a sua família. O casamento estava tomando muito do nosso tempo. Mas confesso que gostei da forma como ele abraçou a causa, como se fosse sua. Vê-lo com a Rora e o Fi já era tão familiar. Não acreditava que havia uma vida antes do que vivíamos.

Será que meus pais tinham sido assim com os da Rora? Se foram, agora eu conseguia entender como passaram a vida inteira como amigos. Acho que posso dizer que, finalmente, eu e a Rora havíamos conquistado o nosso lugar no mundo. E só quem perdeu ou nunca teve, sabe o que isso representa.

Gostava de me afastar às vezes e observá-la ajeitando as coisas. Tínhamos a mesma idade, mas como a minha menina havia crescido. Gargalhava com as palhaçadas dos meninos enquanto lentamente a vida a levava para uma nova fase, reservada por muitas surpresas. As boas, ela merecia demais e o que viesse de ruim, enfrentaríamos juntas. Como tudo que fizéramos até hoje.

— Acho que chega por hoje — Rora disse ao se jogar na minha cama, de banho tomado, após mais uma noite exaustiva, empacotando as suas coisas.

— Semana que vem já estará na sua casa nova — falei animada, mas parei ao ver seu rosto preocupado. — Ei, o que foi? Vem aqui. — Ela se enfiou nas minhas cobertas e deitou no meu colo.

Comecei a acariciar a sua cabeça, como a tia Léia fazia quando éramos crianças, e por conhecer a minha amiga muito bem, sabia o que ela precisava que eu fizesse.

— Espera um minuto aqui. Eu já venho. — Ela concordou, mais quieta que o normal.

Corri na cozinha e preparei um chá, bem quente. Voltei com duas xícaras, entreguei uma para ela e me acomodei na cama.

Não choramos, não havia mais estoque de lágrimas para aquele assunto. E não dissemos nenhuma palavra também, não havia conforto quando a dor era pela ausência de quem partiu. Bebemos os nossos chás, sentindo o conforto que tínhamos na casa dos pais dela quando éramos pequenas. A paz de saber que tudo ficaria bem, assim que o chá acabasse.

— Tenho medo de não ser boa como a mamãe e não conseguir ter um casamento feliz — ela, finalmente, falou.

— Você já é a melhor, Rora. Conquistou um rapaz como o Filipi. Vocês se amam tanto.

— Mas brigamos. Nunca vi isso acontecer com os meus pais.

— O que não quer dizer que não acontecia.

— Você via eles brigando?

— Nunca, mas sua mãe sempre nos disse que relacionamentos são complicados. Lembra quando você foi reclamar com ela que o Lucas da escola só queria jogar bola e não te dava atenção?

Ela riu.

— Nossa, parece que foi em outra vida.

— Lembra do que ela te falou?

— Que para um relacionamento dar certo, eu precisaria entender que ele não era só meu e não ficar discutindo por bobagens.

— Só se quisesse virar os meus pais — debochei.

Era possível ouvir os berros da minha mãe da nossa escola.

— Não gosto quando fala mal deles. — Rora sempre os defendia.

Ela não se conformava por eu não procurar meu pai, já que, como ela gostava de me lembrar, ele estava vivo. Sei que ela os amava, mas eles nunca foram como os pais dela e isso ela não conseguia compreender, embora parecesse tão óbvio para mim.

— Eu sei, me desculpe. — Não quis prolongar o assunto, era um momento dela.

— E se ele cansar de mim? Quiser me trocar por outra? — ela continuou o seu desabafo.

— Lembra quando eu perguntei para a tia por que o meu pai não largava a minha mãe, já que ela só gritava?

— Não acredito que você perguntou isso, Mit.

— Pensei que você estava junto — eu disse, tentando me lembrar do momento exato.

Como ela continuou a me olhar feio, prossegui.

— Enfim, ela disse que todo relacionamento teria suas diferenças e que, com certeza, ele encontraria alguém com quem teria problemas em algum momento. Poderiam ser problemas diferentes, mas ainda seriam problemas.

— Como ela sabia de tanta coisa? — perguntou, de forma melancólica. — Queria que ela estivesse aqui.

Observei minha amiga por alguns segundos. Havia tanta semelhança em seus traços que, de certa forma, a tia Léia sempre estaria conosco. Jamais conseguiria suprir a falta que a mãe fazia na vida dela, mas tentei buscar algo pra dizer que a tia diria.

— Quando as coisas ficarem difíceis, lembre ao Fi de tudo que vocês representam um para o outro e entrem em algum acordo.

— Você fala como se fosse fácil.

— Não deve ser mesmo, mas aprendemos com a melhor — disse, sabendo que ela compreenderia de quem eu falava. — Sempre haverá algo a ser feito ou melhorado e quando realmente nos importamos, precisa valer a pena. Vocês são maravilhosos, Rora. E juntos, nem se fala. Ficará tudo bem. Eu tenho certeza.

— Obrigada, Mit. Eu te amo demais.

— Eu sempre vou amar você.

— Você vai ficar bem, não é? Prometa que sim.

— É claro que vou. E você estará perto, só a algumas ruas daqui. Não será como se fosse se ver livre de mim.

— Assim espero. — Ela sorriu e em seguida bocejou.

— Quer dormir aqui hoje?

— Quero! — respondeu animada.

Ela saiu correndo do quarto e voltou segundos depois com o seu travesseiro, uma das poucas coisas que ainda não havia sido empacotada.

Apagou a luz e deitou.

— Boa noite, Mit — disse assim que estava acomodada.
— Boa noite, Rora.

* * *

O dia do casamento chegou e o sol estava lindo, mas só não brilhava mais que a minha Aurora. Foi impossível não imaginar os pais dela conosco e o quanto estariam orgulhosos. Ela esbanjava sorrisos e eu esperava, do fundo do meu coração, que ela fosse feliz.

Filipi vinha se mostrando o par ideal para ela, não por fazer suas vontades, mas por tratá-la com tanta paciência. Lembrando de tudo que vivi com a minha amiga, ele realmente iria precisar dessa qualidade para lidar com ela.

A cerimônia foi simples, mas emocionante.

O almoço foi extremamente divertido com Dimi e Fi, e os dois possuíam a mesma natureza cômica, que os ligava cada vez mais.

Mas me despedir de Aurora no final do dia foi uma das coisas mais doloridas que já fiz. Prometemos que nada mudaria entre nós, mesmo sabendo que era o início de uma série de mudanças.

Dimi me deixou em casa, dizendo que voltaria no dia seguinte logo cedo, já que era domingo.

Sentindo um imenso vazio, tomei banho e deitei. Estava mais cansada do que o normal. Assim que o meu corpo relaxou, percebi que após meses bem, as minhas pernas pareciam formigar novamente.

Pedindo a Deus que fosse apenas reflexo do cansaço, adormeci.

* * *

O som estridente da campainha me despertou.

Sonolenta, olhei as horas e constatei que era cedo demais para qualquer visita, ainda mais para alguém que o porteiro não anunciasse.

Me arrastei até a entrada, bocejando.

Sorri ao ver Dimitri pelo olho mágico.

— Você subornou o porteiro? — falei ao abrir a porta.

— É o meu charme — ele disse, me fazendo suspirar.

— Quem resiste? — comentei e o puxei para um abraço.

— Qual o seu problema com o relógio? Tenho certeza que combinamos que viria de manhã, mas não assim que o sol nascesse — debochei e olhei para os seus pés, pois havia uma caixa ali que me chamou a atenção. — O que é isso?

— Trouxe pra você. Posso entrar?

— Claro. — Abri espaço para ele passar e o observei levar a caixa até perto do sofá.

— Abre — ele me incentivou.

Franzi os olhos para ele.

— É algum tipo de pegadinha? — eu quis saber.

— Não confia em mim? — ele perguntou, fingindo ter se magoado.

Analisei a caixa e as possibilidades de algo pular de dentro dela para me assustar.

O tamanho era pequeno e ela parecia inofensiva.

Olhei para ele mais uma vez, que se divertia com a cena e resolvi abrir a tampa.

— Ai, meu Deus! — gritei e levei as mãos à boca.

Um filhote de dálmata dormia tão tranquilamente que parecia de pelúcia.

— É de verdade? — perguntei.

— Sim — ele respondeu, balançando a cabeça e rindo de mim.

— Posso pegar?

— Claro que pode, é sua.

— Minha? É uma menina? — Pulei e bati palmas ao mesmo tempo.

— Isso. Eu sou o único menino que pode ficar perto de você — ele disse e eu gargalhei.

— Como se eu quisesse outro.

Abaixei e peguei aquele bolinho de pelo branco no colo. Ela resmungou um pouco, mas logo se acomodou.

Sentei no sofá, admirando a minha nova amiguinha e companheira de apartamento.

— Olá, sou a sua nova mamãe. — Beijei o focinho que ainda tinha cheiro de leite. — Eu não acredito que você fez isso, Dimi — falei, o olhando admirada.

Ele sentou ao meu lado e fez carinho na cabecinha da dálmata.

— Eu faço qualquer coisa por você — confessou.

— Mas... por quê? — perguntei, pois precisava que ele dissesse algo sobre os seus sentimentos.

Semanas haviam se passado desde que nos conhecemos e não falamos mais sobre nós com a confusão do casamento.

— Sei que posso parecer precipitado e obcecado por você. Me assusta demais perceber que desde que te conheci, tudo em mim passou a ficar sob o seu controle e não faço questão de controlar nada mesmo. Não quero te assustar, mas não consigo mais viver sem te dizer que posso ser o que você quiser que eu seja, desde que nunca mais precise ficar longe de você — ele disse, me deixando boquiaberta e encantada.

— A única certeza que tenho — ele continuou — é que tudo que eu sinto é real, mesmo que eu nunca tenha sequer escutado sobre algo parecido. Dizer que eu te amo poderia ofender o meu sentimento, já que parece tão pouco para a dimensão do que sinto.

Meus olhos, arregalados, piscavam vinte vezes por segundo. Meu peito doía de tanta emoção e eu não conseguia falar, nem me mexer, só ouvir aquela voz que parecia com uma música favorita, das que a gente quer colocar para repetir infinitas vezes.

— Eu preciso que você fique na minha vida, da maneira que desejar — ele concluiu.

Com a respiração ofegante, acariciei o seu rosto, admirando cada pedacinho daquele moço que invadiu a minha vida e os meus sonhos.

— Eu fico, se você ficar — consegui dizer, como uma promessa e o brilho que vi nos seus olhos me fez desejar olhá-lo para sempre.

Ele puxou a minha mão e beijou, do jeito fofo que sempre fazia.

— Eu fico — disse ofegante. — Fico — repetiu e beijou a minha testa. — Fico — disse, agora beijando cada uma das minhas bochechas. Beijou a ponta do meu nariz e com o rosto bem perto do meu, parou, como se esperasse permissão para o próximo movimento.

Eu sorri e, acabando com a tortura, o beijei delicadamente. Sem pressa ou ansiedade, pois sabia que agora ele seria meu, só meu, pelo resto da vida. Algo resmungou no meu colo e percebi que estávamos esmagando a cachorrinha.

— Queira nos desculpar, pequenina — falei, virando a filhote de frente para nós, mas ela nem se deu ao trabalho de abrir os olhos. — Mas que preguiçosa — comentei e rimos da cena.

Ela parecia um pedaço de pano nas minhas mãos.

Nós nos acomodamos no sofá, Dimi me abraçava e passava as mãos no meu cabelo, enquanto eu não parava de olhar para a dálmata.

— Ela precisa de um nome. Já pensou em algum? — ele quis saber.

— Só consigo pensar em Lila.

— Tem algum significado?

— Era o apelido da Aurora. Os pais dela só a chamavam assim.

— Eu gostei — ele disse e se aproximou dela, brincando com uma das suas patinhas. — Seja bem-vinda, Lila!

Sorri ao observá-los.

— Você é incrível — falei e beijei a sua bochecha.

— Então nós somos — ele disse, me puxando para mais perto dele.

O meu celular tocou, cortando o nosso momento família. Levei um susto ao ver que era o meu pai quem ligava.

— Pai? — Atendi, sem entender o motivo desse aparecimento repentino.

— *Mit, querida. É o papai.*

— Eu sei. Apareceu no visor, pai. Está tudo bem? O que houve? — falei, sem paciência.

— *Mudei hoje para a capital. Gostaria de saber se posso te ver. Está ocupada?*

Era só o que me faltava. Meu velho saindo das catacumbas.

— Pode ser amanhã à noite? — respondi de forma automática.

— *Claro. Posso passar no seu trabalho pra te buscar. Ainda trabalha na livraria?*

Típico dele, não saber o mínimo da minha vida.

— No mesmo emprego, desde que me mudei para cá, pai.

— Ótimo. Então me passa o endereço. Passo lá amanhã.

Se percebeu a minha ironia, ignorou.

— Combinado, então... — falei, ainda confusa.

— *Tchau, filhota. Um beijo.*

— Outro... pai.

Desliguei e fiquei olhando o visor do celular até apagar.

— Inacreditável.

— O que foi? — Dimi perguntou, analisando meu rosto.

— O meu pai... apareceu. Nem lembro quando foi a última vez que nos falamos.

— Ele disse o que quer?

— Me ver. Ou sei lá o quê. Eu não faço ideia — falei, mal--humorada.

Voltei para a posição que estávamos e tentei não aparentar o quanto a ligação me perturbou.

As coisas estavam finalmente se ajeitando na minha vida. Não deixaria nada atrapalhar, muito menos a aparição surpresa do meu pai, que nunca se importou comigo. Mas não havia como ignorar a curiosidade que crescia dentro de mim. O que teria acontecido para ele aparecer de repente depois de tanto tempo?

Capítulo 7

Cheguei na livraria com alguma coisa errada no estômago. Não poderia ser ansiedade por encontrar o meu pai, eu nem queria isso. Mas nem havia dormido direito pensando em encará-lo depois de tanto tempo.

— Ele vem para o almoço? — o Sr. Braga perguntou e só então percebi que eu estava em silêncio, olhando para o meu *cappuccino*.

Contei sobre a aparição de papai. Ele tentava parecer feliz por mim, mas sabendo de todo o histórico, me enchia de perguntas vindas num tom preocupado e acompanhadas de um olhar cuidadoso. Eu não poderia culpá-lo por isso.

— Disse que vem me buscar para jantar. Até vim com Dimitri agora cedo, já que não vou precisar do meu carro na volta.

— Dimitri, hein? — disse, malicioso.

Eu acabei sorrindo e a tensão ficou mais leve.

— Eu estou em uma fase tão feliz, não quero que o meu pai estrague isso.

— Não acredito que ele tenha essa intenção, querida. Deixe para se preocupar depois, se tiver motivos — ele disse, mas pude perceber que também não estava certo daquilo.

— Vou tentar — menti.

— Se precisar de mim, estarei no escritório. — Ele beijou o topo da minha cabeça e saiu.

Levei as nossas xícaras até a pequena pia do café e ordenei ao meu cérebro que só se preocupasse quando chegasse o momento de encontrá-lo.

* * *

Nem preciso dizer o quanto fracassei. Meu cérebro não me obedeceu e o dia pareceu ter duzentas horas, mas finalmente acabou e pude ver a figura do meu pai, mais velho do que eu me lembrava, entrando na livraria.

— Mit — disse ele, quando chegou ao balcão.
— Pai... — falei com a voz fraca e fiquei olhando para ele.
— Já pode sair? — perguntou, bastante sem jeito.
— Posso... posso sim — respondi.

Me sentia em piloto automático, sem controle dos meus movimentos.

Dimitri apareceu antes que eu saísse de trás do balcão, para meu alívio.

— O senhor deve ser o pai da Mitali — disse estendendo a mão. — Sou Dimitri. Gerente da livraria.
— E o meu namorado — falei ao me aproximar dos dois, forçando um sorriso.
— Namorado? Não sabia que estava namorando — disse me olhando.

Quase perguntei o que ele sabia de mim, mas seria grosseria demais. Percebendo que eu não ia dizer nada, ele voltou a olhar para o Dimi.

— É um prazer conhecê-lo, Dimitri. Me chamo Maurice, não sei se a Mit comentou.
— Não falei — respondi secamente. — Podemos ir?
— Claro. Até mais, Dimitri.
— Até, Sr. Maurice. — ele se despediu do meu pai e olhou para mim. — Me chame se precisar — falou e beijou a minha bochecha. — E me chama no WhatsApp quando chegar em casa? — Concordei com a cabeça e o vi me deixar sozinha com o *Sr. Maurice*.

Ele me levou em um restaurante italiano. Por sorte, eu amava. Mas ele não deveria saber disso.

Sentamos e começamos a olhar o cardápio.

— Pensei em pedirmos nhoque ao molho branco. Ainda é o seu favorito? — ele quis saber.

Por um segundo fiquei admirada, então ele se lembrava.

— Não — menti.

Ele fez uma cara que me deu dó, então completei:

— Mas podemos comer hoje. Tudo bem — falei e ganhei um sorriso, que eu não retribui.

— Sei que deve estar se perguntando o motivo de eu aparecer depois de...

— Vinte e quatro anos — falei, o interrompendo.

Ele me olhou, parecendo confuso.

— Vinte e quatro não é a sua idade? — Pensou um pouco e então compreendeu que era ironia. — Ah! Certo — falou achando graça do meu sarcasmo. — Eu mereci isso.

— E como... — consegui dizer antes de o garçom nos interromper.

Ele anotou os nossos pedidos e se retirou.

— Quero responder todas as suas perguntas, esclarecer tudo o que quiser saber — Meu pai retomou a conversa assim que ficamos sozinhos.

— Tenho apenas uma, na verdade — falei e ele me incentivou a continuar: — Por que me procurou?

Ele suspirou, bebeu um gole do seu suco e me observou por um tempo.

— Sei que você é jovem, Mit. Mas já se viu em uma situação que te fez refletir sobre o que fez com a sua vida? — Não tinha feito nada parecido, então, apenas esperei ele prosseguir. — Recentemente comecei a pensar no que eu fiz da minha vida. Eu amava tanto a sua mãe, que não me importava em fazer o que ela precisasse, mas isso me fez perder muitos momentos com você.

— Não se sinta culpado sozinho. Ela estava lá, mas também não estava. Sempre ditando regras e se esquecendo de que eu era humana e não um robô que ela controlava. Mas ela não está mais aqui. Sorte a nossa.

— Essa é exatamente a questão. Ela não está, porém eu ainda estou. — Ele ignorava com facilidade as minhas ironias e isso me irritava, muito.

— Vai querer me controlar? — debochei. — Não acho que isso seja possível.

— Não, Mit. Só gostaria de ser presente e saber mais de você.

— Não acha um pouco tarde para isso?

— Seria, se já estivéssemos mortos. Mas não estamos — ele disse, com a voz cansada.

Observei-o com atenção e constatei que parecia assunto sério.

— E como quer fazer?

— Eu não faço ideia. Você poderia me ajudar?

Engoli em seco.

— Não estou interessada em abrir um espaço, já curado, pra você me machucar novamente.

— Esse espaço realmente está curado, filhota?

Odiava esse tom doce que ele usava. E mais ainda a minha vontade de ceder.

— Você perdeu tanta coisa — respondi, cansada de ser durona.

Ele pegou a minha mão e segurou forte. Senti lágrimas querendo se formar nos meu olhos e desejei ter o controle sobre elas.

— Então, não quero perder mais nada. Podemos pelo menos conversar hoje? Viver um dia de cada vez — ele pediu.

Suspirei e consegui abrir o primeiro sorriso sincero da noite. Concordei lentamente com a cabeça.

Ele não merecia uma chance, só não queria passar o resto da vida me sentindo culpada por tê-lo rejeitado. Foi muita coragem ou cara de pau dele ter vindo até aqui. Jamais admitiria para ele, mas realmente nada havia sido curado dentro de mim e talvez, bem lá no fundo, eu precisasse desse momento.

Nas horas que se seguiram, falamos de tudo. Tentamos resumir a vida, para nos atualizarmos. Ele continuava como advogado, abrira uma filial na capital, para poder se mudar, mas já estava quase se aposentando. Nunca mais teve um relacionamento sério depois da minha mãe. Eles realmente se amavam.

No final do jantar, eu já havia diminuído as minhas grosserias e até me divertido. Papai era uma figura engraçada.

Quando me deixou em casa, prometendo que almoçaria comigo no domingo, foi como se a vida estivesse me dando uma segunda chance ou me preparando uma armadilha das grandes. O abraço dele era um tipo de lar, diferente do que Dimitri me dava e percebi, mesmo contrariada que, me fazia bem.

Enviei uma mensagem para o Dimi assim que entrei no apartamento.

> Cheguei

Como foi?

> Melhor do que eu imaginava.

Mesmo? Que notícia ótima.

> Ele vai me magoar de novo.

Não tem como ter certeza.

> Tenho sim, porque é o que as pessoas fazem.
> Mas desta vez, não vou partir ou fugir.
> Vou acertar as coisas e seguir a vida.

> Isso faz muito sentido.
> Como você está?

> Com a Lila. Ela continua dormindo só.
> Será que vai ser sempre assim?

Sei que ele perguntava do meu estado emocional, mas não queria falar disso agora.

> Dizem que essa raça pode ser destruidora.

Amava como Dimitri parecia me compreender sem precisar de explicações.

Olhei para o filhote dormindo de forma tão inocente. Era difícil acreditar que um dia acordaria, muito menos que destruiria algo.

> Espero que não.
> O que está fazendo?

> Ouvindo música, enquanto esperava você me chamar.

> Que música?

> Scorpions, mas não me julgue antes de ouvir.

> Eu gosto! "You and I" é a minha favorita.

> Não brinca?

> Sério. Tenho uma queda pelo guitarrista.

> Informação demais.
> Não tem vergonha? Ele é um senhor de idade.

> Mas que faz solos incríveis na guitarra.

> Então, você gosta de guitarristas?

Foi impossível não sorrir. Como ele me fazia bem. Toda a tensão de encontrar o meu pai já havia sumido.

> Eu gosto apenas do meu moço.

> Ele também faz solos de guitarra?

> Não, mas nem sinto falta, porque ele é o melhor em me fazer feliz.

> Esse sim, é um cara de sorte. Sabe onde ele está agora?

> Sei onde eu gostaria que ele estivesse.

> Onde?

> Aqui. Comigo e com a nossa filha de patas.

> Isso é sério?

> E por que não seria?

> Porque são onze da noite.

> O que me faz pensar que ainda tem muito tempo até poder te ver amanhã.

> Mit, isso é sério mesmo? Já estou levantando.

> Vem de pijama. Até daqui a pouco.

> Maluca! Te amo.

— Oi — sussurrei assim que abri a porta. Ele me puxou para o seu colo e me beijou, fechando a porta atrás de nós.
— Você é tão maluca.
— Eu sei.
Ele me carregou até a cama, deitou comigo e nos cobriu. Descansei a cabeça em seu peito, ouvindo o seu coração acelerado.
— Quer comer alguma coisa? Já tomou banho? — perguntei. Tê-lo ali estava me deixando ansiosa.
— Não, eu *tô* bem e tomei banho em casa.
— Que bom — falei, olhando para ele. — Dimi, eu não quero esperar mais para dormir com você — confessei.
— Eu notei. Por isso estou aqui.
— Não dormir de *dormir*. — Ele me olhou e quando compreendeu, foi quase um susto.
— Ah! — disse com os olhos arregalados.
Como pode um ser tão lindo, ser tão *lerdinho* para compreender as coisas?
Vi seus olhos descerem para a minha boca.
— Não me importo que seja agora — brincou e o puxei para que me beijasse logo.
Seus toques e beijos eram naturais e familiares. Não que fosse previsível, mas como se já soubéssemos o que o outro iria fazer. Havia sincronia. E tudo era incrivelmente bom.
Eu estava começando a colecionar momentos incríveis com ele, sendo cada vez mais difícil escolher um favorito.
Com ele, eu consegui compreender o real sentido da expressão "se tornaram um". Pertencíamos um ao outro, e agora, de todas as formas existentes e até as inimagináveis.

— Eu amo você — sussurrei depois de estarmos deitados nos olhando já há algum tempo.
Ele sorriu. Era a primeira vez em que eu dizia e a forma como ele me olhou foi tão especial, que não precisou dizer mais nada, eu já sabia que ele sentia o mesmo.

Quando Dimi adormeceu, agarrado em mim, percebi que o formigamento que eu vinha sentindo nas canelas e nos pés, agora estava também nas coxas.

Capítulo 8

— Bom dia, *preguicinha* — Dimi sussurrou, assim que abri os olhos.

Ele estava deitado de barriga para baixo, com o rosto bem perto do meu. Era ainda mais fofo pela manhã.

— Preciso passar em casa antes de ir para a livraria, podemos nos encontrar lá? — perguntou.

— Claro. — Ele me beijou duas vezes e ficou de pé num instante.

Em cinco minutos, já estava deixando o apartamento.

Sentei na cama, tentando ignorar o fato de as minhas pernas estarem formigando desde a noite anterior, até um pouco mais quando amanheceu. Levantei lentamente e assim que senti firmeza nas pernas, comecei a me arrumar.

Quando cheguei ao estacionamento perto da livraria, percebi que estava atrasada. Apressei o passo, não gostava de deixar o Sr. Braga esperando. De repente, um dos meus pés fez um movimento um pouco lento para andar e acabei chutando o chão, o que me fez perder o equilíbrio. Por sorte havia um poste na minha frente e me segurei. Olhei para trás, tentando entender no que eu tinha tropeçado, mas não havia nada.

Com o coração acelerado pelo susto, vi que estava bem e retomei o caminho.

— O que aconteceu? Que cara é essa? — o Sr. Braga questionou, assim que me aproximei do café.

— Eu chutei a calçada e quase caí. Tudo sozinha. — Ele riu.

— Mas está tudo bem?

— Está sim. Me desculpe pelo atraso. Já faço o seu café.
— Não tem pressa. Como estão as coisas com o seu pai?
— Ele realmente parece querer se aproximar. Vou ver até onde isso vai dar — comentei, enquanto preparava a sua bebida.
— Se está feliz, eu te apoio.
— Eu sei — falei, pois eu sabia mesmo, e entreguei a xícara para o meu chefe. — Obrigada por todo o apoio. — Ele fez um movimento com a cabeça, querendo demonstrar que não estava fazendo nada.

Mas ele fazia muito sim.

— E como está a sua amiga... a Aurora?
— O casamento fez bem pra ela. Parece muito feliz.
— Já falou sobre seu pai?
— Pensei em chamá-la para um almoço no domingo. O que acha? Papai estará lá. Vou fazer uma surpresa.
— Acho que ela vai gostar. Ela gosta dele, não é? Você me contou.
— Adora. Acho que vai amar a ideia de tê-lo por perto. E Dimitri me deu um cachorro, ela vai enlouquecer. Sabe como ela fica quando vê qualquer bichinho.
— Dimitri, Dimitri... — ele resmungou.
— Não precisa sentir ciúmes — falei, de forma carinhosa. — Você sempre será o primeiro no meu coração e você é o maior responsável por ele estar na minha vida. — Ele sorriu satisfeito, como um pai orgulhoso e levantou.
— Vou para o escritório. Tenha um bom dia, querida — falou, me entregando a xícara.
— Bom dia, Sr. Braga.

Esses nossos momentos diários renovavam a minha alma.

* * *

Dimi não estava respondendo minhas mensagens ou atendendo o celular, e como já estava quase na hora do nosso almoço, decidi ir procurá-lo pela livraria. Sabia que ele já havia chegado, pois vi quando entrou.

Encontrei-o conferindo algumas caixas de livros no estoque.

— Oi, moça. — Ele me puxou, beijando a minha bochecha rapidamente e olhando em volta com medo de que alguém estivesse nos observando. Não era permitido namoros no trabalho. — O que faz por aqui?

— Você não atendia o celular. — Ele colocou a mão no bolso, procurando o aparelho.

— Acho que esqueci no carro. Me desculpe. Já está na hora do almoço?

— Está sim. Podemos aproveitar para buscar o seu celular — falei, observando as caixas no chão e reparando que havia muita poeira.

Senti meu nariz coçar e espirrei no mesmo segundo. O espirro me desequilibrou e caí no meio das caixas.

— Mas o que foi isso? — Dimitri perguntou assustado e rindo ao mesmo tempo.

— Não faço ideia. Desde quando preciso de tanta força para espirrar? — falei do meio das caixas.

Ele me ajudou a me levantar.

— Você está bem? Se machucou? — ele quis saber, enquanto me examinava de todos os ângulos.

Não estava sentindo dor. Bati com a mão nos locais sujos da calça, para tirar a poeira.

— Acho que estou — falei, um pouco perdida. — Devo estar fraca de fome. Podemos ir?

— Melhor irmos logo, então, antes que se machuque — ele brincou.

— Te espero na porta. — Joguei um beijo no ar e saí, ainda rindo da situação.

Esperei Dimitri na porta da livraria, observando a praça do nosso primeiro encontro e pensando em como as coisas mudam quando ganham significados. Sempre haveria muito de nós ali.

— Oi, moça. Posso te acompanhar para onde for? — Dimi apareceu ao meu lado.

— Estou indo almoçar.

— Pode ser — ele disse, no seu tom divertido.

Assim que saímos, ele me abraçou pela cintura enquanto caminhávamos.

— Por que você está andando desse jeito engraçado?

— Não sei — respondi, olhando as minhas pernas. — Devo ter me machucado quando caí. — Foi o que eu disse, mas no fundo eu sabia que não era isso.

As minhas pernas estavam bem esquisitas de novo. E agora pelo jeito, eu mancava sem perceber.

— Fiquei com pena de você, mas foi engraçado.

— Foi patético mesmo.

— Quais os planos para o final de semana? — ele mudou de assunto.

— Vou preparar um almoço para a Rora, ela ainda não viu meu pai. Quer me ajudar?

— Claro. Quando vai ser?

— Acho que domingo.

— Posso ir para sua casa hoje à noite, então?

— Hoje é sexta, moço. Quanto tempo acha que iremos levar para preparar o almoço?

— E quem falou em cozinhar?

— Quais são as suas intenções comigo?

— As melhores possíveis — sussurrou quando entramos no restaurante.

Era oficial. Eu estava maluca por ele.

* * *

O domingo amanheceu mais bonito. Talvez por ser a primeira vez que eu me sentia em paz. Faria de tudo para mantê-la pelo maior tempo possível.

Ouvi o interfone tocar.

— Eu atendo! — Dimi gritou. — Bom dia, Sr. João. Pode deixar ele subir. — Ouvi ele dizer e desligar o interfone.

Aproximou-se de mim na pia da cozinha, enquanto eu organizava a nossa bagunça.

— Seu pai chegou — ele disse e me abraçou por trás, beijando a minha cabeça. — Está ansiosa?

— Um pouco — confessei —, mas a Rora o ama demais. Vai ficar feliz, com certeza.

A campainha tocou.

— Pode deixar que eu atendo — falei.

Respirei fundo e abri a porta.

— Oi, pai — eu disse e ele me abraçou.

— Trouxe sorvete. Ainda gosta?

— Sim. Obrigada.

Ele claramente estava com dificuldade de entender que eu não tinha mais cinco anos, porém, dava para notar que se esforçava.

— E a Aurora?

— Não mora aqui.

— Ah. É verdade, você me disse que ela casou.

Ele notou Dimitri na sala e sorriu.

— Oi, meu genro. Como vai? — Apertaram as mãos.

— Bom vê-lo, Sr. Maurice.

— Precisa de ajuda na cozinha, filha?

— Não, pai, mas pode ajudar o Dimi a colocar a mesa se quiser.

Eles se afastaram e aproveitei para dar uma olhada na Lila, que ainda dormia na sua caminha, no chão ao lado da minha.

Ouvi barulho de chave e sabia que era a Aurora.

— Que cheiro gostoso — ela disse enquanto entrava e deu um grito ao ver o meu pai.

— Tio! Ai, meu Deus! — Pulou nos braços dele, me deixando enciumada pelo que provavelmente perdi quando os deixei em Boieira. — Quando chegou?

De repente Rora pareceu se dar conta de quem ele era e onde estava, e me olhou assustada.

— Desde quando ele está aqui? Você está bem?

— Apareceu essa semana. Não te contei porque queria fazer surpresa. Estou bem, sim. — Sorri para ela, esperando que eu estivesse bem mesmo.

— Que alegria! Nossa, estou tão feliz. Tio, esse é o Fi, meu marido — ela explicou.

O coitado ainda estava na porta, olhando a cena sem entender nada.

— Fi, esse é o Tio Maurice, pai da Mit. — Fi se aproximou e eles se cumprimentaram.

— Tenho mais alguém para te mostrar — falei.

— Quem? — ela perguntou empolgada e olhou em volta.

— Dimi, pega ela? — pedi, ele foi até o meu quarto e voltou com a nossa pequena dálmata nos braços.

— Você tem um cachorro! Não acredito! Eu sempre quis! Que coisa mais fofa — Rora disse, eufórica e a pegou no colo.

— É uma menina. Se chama Lila e está muito feliz de conhecer a sua madrinha e veterinária.

— Lila? — disse, sorrindo. — Está tentando me substituir?

— Não seria possível — falei. — Ela foi um presente do Dimi.

— Muito bem, Sr. Dimitri — disse e olhou para Lila. — A madrinha já te ama demais, fofura.

— E esse almoço, não vai sair? — meu pai quis saber, no seu tom brincalhão.

Senti vontade de dizer que ele não deveria impor nada ali. A forma como ele se sentia à vontade me irritava um pouco.

— Vai sim, pai. Podem se acomodar na mesa, já está tudo pronto — falei e o tom da minha voz não saiu irritado como eu me sentia, ou achava que sentia.

Era a mesma sensação que tive ao abrir espaço para Dimitri se aproximar. Um medo que chegava a ser palpável de ser magoada, mas uma vontade tão grande que desse certo que servia de coragem no momento.

A magia que meu namorado trouxe para a minha vida parecia se estender em mais áreas do meu coração, pois naquele momento eu sentia algo quente derretendo mais barreiras dentro de mim.

Depois que todos estavam satisfeitos, deixamos os meninos assistindo futebol na sala e fomos para o meu quarto com a Lila.

— Mit, estou em choque. Seu pai, aqui? Me fala de verdade, como você está? — ela quis saber, enquanto sentávamos na minha cama. — Eu amei a surpresa, mas confesso que estou chateada por não ter me contado antes.

— No dia do seu casamento ele me ligou, dizendo estar aqui e querendo me ver. Aceitei encontrar com ele. Mas você me conhece, estava fria e sem expectativas — falei, enquanto acariciava a Lila.

— Eu imagino. E como foi?

— Tentei manter a pose de durona. Mas ele pareceu tão sincero. Não resisti por muito tempo. E é o que eu falei para o Dimi, sei que ele vai me magoar de novo, só não quero que esse seja motivo para nos afastar.

— Isso parece bom, antes você dizia não se importar — ela disse, me fazendo pensar um pouco.

— Algo mudou em mim nesses últimos dias, Dimitri me fez ver a vida de outra maneira e sinto que posso tentar aplicar isso em outras áreas — confessei.

— Fico tão aliviada, Mit. — Ela segurou a minha mão.

— Eu sabia que você ia gostar, mas não sabia como te contar — admiti.

Perder os pais sempre a fez querer que eu aproveitasse o meu.

— Foi tudo muito rápido e você estava em lua-de-mel. Me perdoa? — pedi, com sinceridade.

— Tudo bem, só não faça isso de novo — disse em tom firme, mas logo sua expressão suavizou. — Como senti falta dele. Ele está diferente. Emagreceu, não achou? — ela tagarelou e parecia conhecê-lo melhor do que eu.

Não me senti muito bem reparando nisso.

— Agora que falou, parece mais magro do que da última vez que o vi — falei, tentando lembrar quando foi a última vez que estive com ele.

Peguei Rora me olhando, desconfiada.

— Você está bem mesmo, Mit?

— É estranho, me programei para odiá-lo, essa reconciliação não estava nos planos.

— Estou orgulhosa.

— Eu sei. Obrigada, Rora — agradei e mantivermos o olhar por um tempo.

— E o casamento? — eu quis saber, mudando o assunto.

— É bem melhor nos contos de fadas — respondeu, e soltou um suspiro.

— Nas histórias não se relata os casamentos, apenas que "viveram felizes para sempre" — brinquei.

— Exatamente.

— Não pode ser tão ruim.

— A mamãe fazia parecer mais fácil.

— Já falamos sobre isso.

— Eu sei. Só é difícil conviver e dividir a casa com alguém que não seja você.

— Também sinto a sua falta. Mas iremos sobreviver.

— Espero que sim.

— Vou buscar mais refrigerante. Você quer? — perguntei.

— Não. Obrigada.

Fui e voltei o mais rápido que consegui, não sem antes dar uma olhada na sala e ver que os meninos se divertiam com o meu pai.

Velho persuasivo!

— Por que está andando desse jeito? — Rora perguntou assim que entrei no quarto.

— De que jeito? — devolvi a pergunta tentando parecer indiferente, mas eu sabia exatamente do que ela estava falando.

— Não está andando normal.

— Eu caí na livraria, ainda estou dolorida, deve ser isso — foi o melhor que consegui para dizer no momento.

— Caiu como? Se machucou muito? — ela perguntou e me observou como se seus olhos tivessem o poder de fazer um raio-x.

— Espirrei e me desequilibrei, mas sobrevivi — falei em tom de deboche, para ela perceber que estava exagerando.

Ela riu e balançou a cabeça.

— Sempre desastrada — comentou.

— Culpada — admiti, mas vi preocupação no olhar dela.

Não queria passar por nada daquilo de novo. Só que eu já estava passando e piorava.

Não dava para continuar fugindo. Decidi que no dia seguinte procuraria um neurologista, para acabar com todo aquele tormento de uma vez.

Capítulo 9

— O quê? Daqui a três meses? Mas eu preciso de uma consulta com urgência! — reclamei com a atendente do convênio.

— *Esse é o prazo mínimo, senhora* — respondeu com a voz mecânica.

Obviamente não estava preocupada com o meu problema.

— Não consegue me encaixar? Pode olhar se tem outro médico disponível? Não faço questão de nada além de ser atendida — implorei.

— *Senhora* — a atendente fez uma pausa, suspirou e continuou —, *eu sinto muito. Vai querer deixar agendado?*

— Claro. Para não correr o risco de ser atendida somente no Natal. — Faltavam seis meses para isso.

— *Certo. Então, está agendado.* — Ela ignorou a minha ironia. — *Precisa de mais alguma informação?*

— Não. Obrigada. — Desliguei indignada.

Como um convênio não tinha médicos para me atender? Ia precisar aguardar a consulta, torcendo para não piorar.

Em três meses, tudo estaria resolvido. Com certeza seria apenas mais um daqueles momentos que nos preocupam muito, mas acabam se resolvendo de forma tão simples que até nos sentimos bobos pelo sofrimento antecipado.

Os dias foram passando. Lila, já maior, começava a explorar a casa. Não foi difícil ensiná-la a fazer as necessidades no jornal, mas ela gostava de roer as coisas. Nem um rato roeria tanto.

Cada vez que eu chegava em casa, havia algo estragado, derrubado ou mastigado. Era difícil brigar com ela, com aqueles olhos lindos. A cada semana nasciam mais pintas nela e eu só torcia para que continuasse cabendo no apartamento. Era um relacionamento de amor e ódio na mesma medida, mas a companhia dela não tinha preço. Valia a pena.

Não estava conseguindo encontrar com Dimitri no trabalho. A quantidade de funcionários cresceu tanto na livraria quanto no café. Isso exigia demais de nosso tempo.

Chegávamos em casa tão cansados que às vezes não tínhamos pique para nada. Mas era sexta-feira e tínhamos combinado de passar o fim de semana grudados, sem interrupções. Saí mais cedo do trabalho e fui fazer depilação. Foram minutos sofridos, de angústia e dor, mas à noite eu seria recompensada.

Dimitri merecia.

Preparei tudo em casa, para não precisarmos fazer nada quando ele chegasse. Parecia uma adolescente, ansiosa, como se já não tivéssemos feito isso várias vezes. Eu só queria que essa noite fosse ainda mais especial.

Meu celular vibrou, avisando que havia uma nova mensagem.

(Precisa de algo da rua?)

(Só de você.)

(Chego em cinco minutos.)

(Estou te esperando.)

Fui ver se estava tudo ok em casa, até que ouvi o barulho na porta.

Ele já tinha a chave.

— *Mit?* — ele gritou e fui encontrá-lo.

— Oi — sussurrei, enquanto o abraçava.

— Você está cheirosa.

— Pensei em tomarmos banho — sugeri, sem jeito.

— Mas não cheirosa o suficiente. Acho que precisa de um banho — brincou e me pegou no colo, me levando até o banheiro.

Tiramos a roupa sem desviar o olhar um do outro. Não sei o que ele pensava, mas eu admirava os seus detalhes e desejava tocá-lo o quanto antes. Parecendo ler a minha mente, ele se aproximou e beijou a minha mão, como sempre fazia.

Caminhamos até o boxe. Ele esperou que eu entrasse primeiro.

Liguei o chuveiro e a água esquentou em segundos.

— Posso? — perguntou, apontando para as minhas costas. Eu balancei a cabeça, aceitando e ele começou a me lavar, ao mesmo tempo que massageava.

Era tão bom e perfeito. Como tudo nele. Talvez pelo cansaço ou pelo medo de estragar o momento, não falamos nada, só aproveitamos. Invertemos as posições, para que fosse a minha vez de dar banho e carinho nele. Não foi nada sexual, embora seu toque, por si só, já me causasse um imenso prazer.

Limpos e secos, fomos enrolados nas toalhas para o quarto, onde o clima ganhou um calor mais intenso com os melhores beijos já trocados entre nós.

Ele era incrível. Mais do que isso, era meu. Eu mal podia acreditar.

Suas mãos percorriam o meu corpo e as minhas o dele.

Eu me senti despertada daquele momento de prazer quando suas mãos tocaram as minhas coxas, pois o seu toque estava diferente. Não, espere... *as minhas coxas* estavam diferentes. O formigamento estava tão intenso que eu mal sentia as suas mãos.

Ignorei a sensação para não estragar o momento. Deixei que ele beijasse o meu pescoço e relaxei. Foi quando ele subiu a mão e tocou as minhas partes mais íntimas. Eu sentia desejo, e como sentia, mas a minha pele formigava ao ponto de não me permitir sentir o seu toque. Eu me assustei e o empurrei com mais força do que gostaria.

— Mit? Eu te machuquei? — perguntou assustado.

— Não. Eu só... — Como explicar aquilo? — Me desculpa — falei e abaixei a cabeça, olhando para as minhas pernas.

Eu não queria falar disso agora, então, o puxei de volta e me esforcei para terminar o nosso momento, sem mais crises de esquisitices.

— Você está bem? — ele perguntou quando estávamos deitados, ainda ofegantes e exaustos algum tempo depois.

Eu estava nos seus braços, tocando sua barriga e pensando em tudo que havia acontecido.

— Estou, sim.

— Não me leve a mal — falou sem jeito —, eu amei, como sempre. Mas não pude deixar de notar que você... — ele parou e pensou um pouco — que você não chegou... lá — concluiu, me matando de vergonha.

Ele havia notado.

— Foi maravilhoso para mim — falei, com toda a sinceridade.

Olhei nos seus olhos e beijei de leve a sua boca.

— Pare de pensar bobagem — pedi.

Ele sorriu e eu relaxei.

— Tudo bem — foi o que ele disse, mesmo parecendo frustrado.

Permanecemos deitados e em silêncio.

Essa situação estava começando a me apavorar, pois abaixo da cintura até os dedos dos pés, tudo formigava a ponto de tirar a minha sensibilidade.

Capítulo 10

Quando algo estranho ou ruim acontecia, só uma coisa me deixava melhor: conversar com a Aurora.

> Oi. Pode ver um filme hoje?

> No meio da semana?
> Está tudo bem?

> Está. Só estou com saudade.

Não era totalmente mentira.

> Certo. Quais as opções no cinema?

> Cinema não. Vem aqui em casa?

> Mit, o que aconteceu?

> Por que alguma coisa precisa ter acontecido?

> Nem sei por onde começar
> a apontar os fatos estranhos dessa conversa.

> Quer ver o filme ou não?

> Quero.

> Ótimo. Te espero depois do trabalho. Vem sozinha.

> Como se o Fi fosse se meter em uma noite das meninas.

— Oi, moça. Faz um *cappuccino* pra mim? — Dimi se aproximou do balcão do café, enquanto eu guardava meu celular.

Havíamos aumentado o espaço. A livraria vinha crescendo consideravelmente. E eu achando que a nova moda seria o livro digital. Muitos ainda apreciavam o bom e velho papel. Eu era uma delas.

— Só um minuto, moço — falei de forma simpática e fui preparar.

Vinha evitando-o desde o *incidente*, torcendo para ele não notar.

— A Rora vai lá em casa hoje — comentei enquanto lhe entregava a xícara com a bebida quente.

— Está tudo bem com ela?

— Noite das meninas.

— Ah, entendi. Acabo de ser dispensado.

— É claro que não — falei, tentando parecer natural.

— Acho que aguento uma noite sem você — ele disse.

E eu pensando que seria mais uma, já que o evitava fazia uns dias.

— Mas amanhã você será minha? — ele pediu, e vi súplica no seu olhar.

— Completamente — menti, descaradamente.

Precisava de uma boa desculpa para desmarcar, mas eu pensaria depois.

— Almoça comigo?

— Vou comer qualquer coisa aqui no café hoje.

— De novo? — ele perguntou.

Talvez ele tivesse notado as minhas desculpas, e eu achando que o enganava.

— Sim. Desculpa. Quero manter as coisas... tudo em ordem por aqui — falei, gaguejando um pouco.

— Tudo bem — ele disse e desviou o olhar do meu, olhando para baixo.

É claro que ele notou. Droga! Com certeza notou.

— Passo aqui antes de ir embora, então — disse e sorriu de forma triste, enquanto eu jogava um beijo para ele.

Assim que saiu de vista, soltei o ar, aliviada.

Quanto tempo mais eu aguentaria esconder dele essa situação?

* * *

Ouvi Rora chegando no meu apartamento e fui recebê-la.

— Oi, Mit. Eu trouxe lanche.

— Que bom. Me poupa de cozinhar. — Abri o saco de papel para examinar o conteúdo. — Batata frita? Você é a melhor amiga do mundo!

— Achei que fosse precisar — ela disse e me olhou desconfiada. — Pode começar a falar. — Ela foi direto ao assunto, mas neste momento Lila veio correndo do quarto e pulou em suas pernas.

— Lila! Pequena da madrinha. — Rora a pegou no colo, beijando o focinho. — Atendi um dálmata idoso hoje. Pensei tanto nela. Acho que ela vai crescer muito, Mit. Se eu fosse você, planejaria a mudança para um sítio — brincou.

— Deixa de ser exagerada — falei enquanto arrumava uma pequena mesa com os nossos lanches perto do sofá, para que pudéssemos assistir ao filme e comer ao mesmo tempo.

— Estou falando sério. É uma raça que cresce.

— Iremos sobreviver — garanti.

Fui buscar copos na cozinha e percebi que ela me observava andando.

— Ainda está mancando. Não melhorou?

Na verdade eu vinha piorando e era justamente por isso que ela estava aqui.

Respirei fundo, me preparando para começar a falar.

— Vamos sentar.

— Não gostei do seu tom.

— Rora, eu preciso que mantenha a calma, pode ser?

— Eu sou calma.

Não, ela não era. Mas não dava para discutir isso agora.

— Os formigamentos voltaram. — As palavras saíram como vômito.

Amargas, indesejáveis e inevitáveis.

— Eu sabia! — respondeu, gritando e apontando pra mim. — Desde quando?

— Faz alguns dias.

— Mitali? — ela me incentivou a falar tudo, no seu melhor tom de ameaça.

— Tudo bem, faz algumas semanas. Começou como da outra vez, sutilmente. Só que não parou mais. Vem piorando.

— Piorando como?

— Era nos pés e nas canelas, lembra? Mas sinto que está subindo.

— Subindo?

— O formigamento agora está nas coxas e de uns dias para cá estou sentindo subir. Na virilha... — Parei de falar. Não conseguia contar o que aconteceu com Dimitri, era constrangedor demais.

— Amanhã eu vou marcar neurologista pra você. E nem adianta dizer que não. — Seu tom autoritário, que eu tanto detestava, estava presente de novo.

— Eu já marquei, Rora.

— Pra quando? Eu vou com você.

— O convênio só tem para daqui três meses...

— Três? Só podem estar de brincadeira — ela me cortou.

— Queria ver se fosse a mãe deles precisando. Eu vou ligar lá agora. Não, vou ligar amanhã, não atendem mais esse horário.

— Ela não parava de tagarelar.

Era sempre assim, ela tornava as coisas mais difíceis por não me ouvir.

— Rora, para — implorei. — Não quero que brigue com o convênio. Não fará eles abrirem uma vaga. Já está marcado, vou esperar.

— Esperar? Mas está piorando! Não vamos esperar. Estava pensando agora, lembra da Lauren, que se formou comigo? O pai dela é neuro, não sei se da especialidade que precisa, mas com certeza pode nos recomendar algum particular.

— Eu pago convênio pra não precisar de médicos particulares.

— É da sua saúde que estamos falando. Não importa que seja pago. Vou mandar mensagem pra ela agora — ela continuou tagarelando e pegou o celular. — Assim que ela responder, já conseguiremos ter uma luz, saber o que fazer... — A observei falando, desisti de tentar fazer com que me ouvisse.

Ela parou quando percebeu que eu não falava nada fazia algum tempo.

— O que foi? — perguntou.

— Pode deixar eu fazer as coisas do meu jeito? Eu conheço o meu corpo. Por favor, vamos aguardar a consulta? Já está marcada. — Percebendo que eu não iria ceder, ela guardou o celular.

— Claro, só me mantenha informada — falou chateada, mas era melhor do que tentando resolver as coisas do jeito dela. — O que iremos assistir?

— Pensei em continuar de onde paramos, aquela série policial.

— Ótimo, pode ser.

— Vou ligar então.

Conectei o computador na televisão, liguei a série, peguei meus óculos e sentei.

— Que óculos é esse?

— O meu.

— Você não usa desde a escola. Certeza que nem serve mais.

— Tem dois dias que senti as vistas escurecerem um pouco. Imaginei que fosse pelo cansaço. Mexo muito no celular e no notebook no escuro à noite.

— Sentiu que melhorou com ele?

— Não muito. Mas se me ajudar a não forçar tanto, não custa usar e me ajuda a enxergar as legendas.

— Acho que deveria procurar um oftalmologista.

— Pelo amor de Deus, Aurora! Podemos conversar sem que invente problemas de saúde para mim? — falei com raiva, mas ela riu.

— Desculpa. — Foi a minha vez de sorrir.

Ela era tão irritante, mas era minha melhor amiga.

— Pode voltar? — pediu apontando para a televisão. — Não consegui acompanhar o que aconteceu.

— Eu também não. — Levantei para reiniciar o episódio e ouvi meu celular apitar, o toque do Dimitri. — Só um minuto, Rora — pedi.

> Só queria desejar boa noite e perguntar se aceita jantar com meus pais amanhã.

Eu ainda não conhecia a família dele. Fiquei um pouco nervosa com a ideia, mas não tinha como negar.

> Claro que quero. Vai ser um prazer. Bom descanso, Dimi. Aviso assim que for dormir, mas pode ver só amanhã. Te amo!

> Eles vão amar te conhecer. Te amo.

Assim espero, pensei.

— Tudo bem? — Rora perguntou.

Quase esqueci dela e da série.

— Tudo. Era o Dimitri dando boa noite e me convidando para conhecer os pais amanhã.

— Nossa, está ficando sério esse relacionamento.

— Sempre foi, sua boba.

— Não consigo acreditar em como ele conseguiu te fisgar dessa maneira

— Eu me sinto uma pessoa melhor com ele — admiti.

— Por que não senti empolgação nessa frase?

— É só que... — Precisava falar disso com alguém. E se existia alguém ideal para me ouvir, era a Aurora. — E se eu não for boa o bastante pra ele?

— Problemas com autoestima, Mit?

— Não. Eu só me acho problemática demais, às vezes.

— Ele te idolatra. Dá para ver só de olhar. Parece ser mais do que o suficiente para ele — ela disse.

Lembrei de alguns dos nossos momentos favoritos para mim e sorri. Talvez ela estivesse certa.

— Eu sou completamente apaixonada por ele. Tem razão, melhor não pensar bobagens. Podemos superar qualquer coisa juntos. Sinto que tenho superpoderes quando estou com ele.

— Isso foi um pouco dramático, mas é isso aí.

— Vamos ligar logo essa série. Até a Lila já dormiu nos esperando — falei, observando a pequena dálmata desmaiada no colo da sua madrinha.

— Isso! — Rora disse empolgada.

Ninguém me fazia tão bem quanto ela. Por mais maluca que fosse.

* * *

Durante esses meses juntos, Dimi não havia me convidado para conhecer o seu apartamento. Como eu morava mais próximo da livraria, achei que ele preferisse ficar no meu. Eu não me importava com isso, mas achava estranho o fato de ainda não ter conhecido os seus pais. Ele sabia tanto de mim, conhecia meu pai e a Rora. Acabei me animando por finalmente conhecê-los.

— Está nervosa? — ele perguntou, quando estávamos na porta do apartamento dos seus pais.

— Talvez — confessei. — Preciso estar?

— De forma alguma — ele disse enquanto tocava a campainha.

Ajeitou o meu cabelo atrás da orelha e beijou os meus lábios rapidamente.

A porta se abriu e uma senhora de meia-idade com um sorriso gentil apareceu na minha frente.

— Eles chegaram! — ela gritou olhando para dentro e virou para nós em seguida. — Olá, Mitali. Que honra, finalmente, conhecê-la — me cumprimentou animada e fiquei feliz por ela já saber da minha existência.

— Obrigada pelo convite — respondi sem jeito.

— Mit, essa é a minha mãe, Mégara — Dimi falou atrás de mim e ela sorriu.

— Pode me chamar de Meg — ela disse e me puxou para entrar. — Não fiquem aí parados. Entrem.

Nós nos acomodamos no sofá e logo um homem e uma moça muito bonita, com os olhos parecidos com os de Dimitri, entraram na sala. Ele levantou e os abraçou.

— Pai, essa é a Mit — falou com tanto carinho que eu quase derreti.

— Muito prazer, Mit. Sou o Herculano.

— E essa é a Renata. — Dimi a girou no alto. — Minha irmãzinha linda.

— Ele insiste em me tratar como se eu fosse criança — ela resmungou, mas não parecia ter detestado completamente a atitude do irmão.

— Oi, Mit. Que bom que você veio — completou, assim que ele a largou e me abraçou. — Ele fala muito de você.

Gostei dela de cara. Tinha carisma e era delicada.

— Algo me diz que ele sempre vai te tratar assim.

— Ela adora — ele comentou, olhando para a irmã.

Eles pareciam uma família feliz e embora isso me deixasse enjoada, era fofo de ver.

— Dimi me disse que você adora massa, Mit! — a mãe dele gritou da cozinha americana. — Preparei espaguete com dois tipos de molhos, para você escolher.

— Eu amo qualquer tipo de massa, Meg. Foi muita gentileza sua — agradeci, constrangida pela atenção que recebia.

— Bom, está tudo pronto. Vamos sentar? — Mégara nos chamou.

Esperei que eles se acomodassem primeiro. Dimi foi buscar o que parecia uma mini escada, para fazer de cadeira e a colocou ao lado de uma cadeira vazia na mesa.

— Só temos mesa para quatro pessoas, tive que improvisar.

— Deixa que eu sento aí — ofereci.

— Está maluca? Minha mãe me mata. Você é a visita — ele disse e apontou para a cadeira ao lado dele.

Sentei enquanto a comida chegava e o cheiro de macarronada invadiu o ambiente.

Meg serviu cada prato. Quando pediu o meu, não consegui recusar. Era o tipo de cuidado que não estava acostumada, pelo menos não depois dos meus 8 anos que já lembrava de servir minha própria comida.

— Dimi contou que você ama o trabalho da livraria... — Renata puxou assunto comigo.

— Amo muito. Quando cheguei na cidade não tinha experiência em nada, foi uma felicidade quando me aceitaram no café.

— Não pensou em mudar para a livraria? Tipo, parar de servir café? Pelo que entendi são trabalhos diferentes — ela quis saber.

— Essa menina morre de preguiça de lavar uma louça, Mit — Mégara falou, entrando na conversa e todos riram.

— São várias funcionárias, dividimos as funções, mas não me importo em lavar a louça quando precisa.

— Você lava? Mas não é a gerente? — Renata perguntou, chocada.

Ela era a típica adolescente e parecia ser bem mimada pelos pais, mas ainda assim eu gostava dela.

— Aquele lugar tem uma magia especial, não sei se pela minha gratidão por terem me acolhido, mas é um enorme prazer estar ali e ajudar no que precisam.

— Acho que é um sentimento geral, acabei de chegar e consigo entender o que você diz — Dimi comentou.

— Quem me dera ter funcionários tão satisfeitos — o pai dele soltou.

— Querido, são áreas diferentes — Meg falou.

— Papai é dono de algumas barracas de frutas em feiras — Dimi contou.

— Que legal. Todo tipo de fruta? — perguntei.

— Menos banana, nunca entendi o motivo, mas banana possui uma barraca só pra ela — Renata explicou.

— É um trabalho cansativo, os funcionários saem de madrugada, buscam as frutas com o caminhão, depois montam a barraca e passam o dia vendendo. Natural que sintam cansaço — a mãe deles continuou.

— Poxa. E o senhor precisa estar com eles? — eu quis saber.

— Nada desse negócio de senhor, menina — ele disse e soltei um pedido de desculpas. — Já fui e muito, mas hoje meu corpo não aguenta mais. Administro de longe.

— Agora ele cuida da casa, para a mamãe trabalhar — Dimi falou. — Ela ensina matemática para adolescentes na escola que fica aqui na esquina — concluiu, orgulhoso.

— Só falta a Renatinha tomar vergonha nessa cara e arrumar um emprego — Herculano brincou, mas senti que era um assunto sério.

— Posso te arranjar algo na livraria se quiser — ofereci.
— O negócio dela é moda — Dimi defendeu a irmã.
— Ainda estou analisando as opções — ela disse.
— Tem bastante tempo, não é filha? — Meg falou, olhando para a filha e as duas trocaram sorrisos cúmplices. — Quem quer sobremesa?

Após o jantar, ainda conversamos por um bom tempo. Ouvi muitas histórias da infância de Dimi, como se divertiam indo ajudar o pai na feira. Consegui entender de onde vinha a fofura do meu namorado. Sua família era encantadora.

Quando nos despedimos de todos e saímos para o hall do prédio, ele perguntou se eu gostaria de conhecer o seu apartamento. Por um instante esqueci que ele também morava ali.

Aceitei, ansiosa para saber mais dele.

Assim que entramos, a primeira coisa que notei foi a mobília rústica. Transmitia a simplicidade que ele exalava.

— Que aconchegante — falei e ele me surpreendeu ao me beijar com saudade.

Minutos depois se afastou e me olhou nos olhos.

— Vai me contar o que está acontecendo? — perguntou enquanto me arrastava para o seu quarto.

— Nada — tentei mentir.

— Eu pensei que estivesse se sentindo mal por ainda não ter conhecido o meu apartamento e a minha família. Estávamos correndo tanto com as mudanças na livraria, também teve o casamento, a aparição surpresa do seu pai — ele falou e fez uma pausa, acho que para respirar, pois falava freneticamente. — Mas nada, *nada* justifica e fiz questão de marcar assim que percebi o que eu havia feito. Ou melhor, não feito. Foi sem querer. É claro que você é importante pra mim e eu queria que os conhecesse o quanto antes. Você me perdoa? — ele concluiu, me implorando.

Uma culpa imensa e pesada caiu sobre mim.

Ele vinha se torturando e tentando achar motivos nele para compreender as minhas mudanças de humor.

— Dimi, isso não tem nada a ver — falei, soltando o ar de uma vez, me sentia exausta.

Sentei na cama, procurando uma posição confortável, para começar a falar.

— Me desculpa. Eu queria muito conhecer a sua família, mas não estava chateada por isso. Não queria que se sentisse assim. — Segurei a mão dele e ganhei um sorriso aliviado.

— Não pode me dizer que esteve normal esses dias.

— Realmente, não estou bem.

— Pode me contar qualquer coisa.

— Eu sei.

— Quer que eu faça um chá para nós?

Olhei para ele, admirada por ele me conhecer tão bem.

— Por favor — pedi.

Fomos para a cozinha e enquanto ele aquecia a água, me apontava onde estavam as xícaras e os saquinhos de chá, para eu ajudá-lo no preparo.

— Foi você quem escolheu os móveis? — eu perguntei, ainda observando o pequeno apartamento.

— Foi. Você gostou?

As luzes eram mais escuras, o que parecia aquecer o ambiente.

— Muito. Vou deixar que escolha os móveis da nossa casa — brinquei distraída, escolhendo os chás, quando virei para onde ele estava, percebi que me encarava. — O que foi?

— Isso foi um pedido de casamento?

— Não.

— Não quer casar comigo?

— Quero, quer dizer, por que estamos falando disso? — Ele gargalhou e me abraçou.

— Você fica ainda mais linda quando fica sem jeito. Eu só estava brincando — disse e beijou a minha bochecha.

Fiquei olhando para ele, um pouco perdida com o que acabara de acontecer.

Ele foi desligar o fogão, pois a água já estava fervendo. Servimos os chás, adoçamos e eu fiquei olhando o líquido, de onde saía uma fumaça com um aroma que já me acalmou um pouco.

Ah, tia Léia! Que saudade dos seus chás.

— Vem, vamos sentar. — Dimi me tirou do transe.

Sentei no sofá. Ele puxou a parte do assento para frente e o sofá ficou maior e mais aconchegante.

Foi até o quarto e buscou um edredom. Sentou ao meu lado e nos cobriu.

Deu um longo gole no seu chá e suspirou.

— Então, o que está acontecendo?

— Faz dois anos que senti alguns formigamentos estranhos nas minhas pernas e nos pés. Na época procurei médicos, mas como passou e não parecia ser nada, não fui atrás para saber mais. — Fiz uma pausa, para ver qual estava sendo a sua reação, mas ele só me ouvia, enquanto bebia o chá. Então, continuei:

— Faz alguns meses que as sensações voltaram e de forma mais intensa. Marquei consulta com um neurologista, estou aguardando para saber o que eu preciso fazer.

— Quando será a consulta?

— Daqui a três meses...

— Não há médicos que atendem antes disso? — ele me cortou, ansioso.

— Acredito que sim, mas no meu convênio, não. E eu quero esperar. Não há o que fazer antes disso. A Aurora não concorda comigo, é claro. Mas ela precisa entender que como veterinária, ela sabe de doenças de animais. Não é formada em medicina e não é *a sabe tudo*. — desabafei.

— Entendo — foi só o que ele disse.

Pegou a minha xícara já sem chá e colocou junto com a dele na mesinha no centro da sala. Voltou e me acomodou nos seus braços.

— Vou te apoiar no que decidir — continuou de forma tranquila. Apesar disso, notei sua mandíbula travar e os olhos se voltarem para um ponto qualquer.

— Obrigada... — sussurrei, exausta. Era tão bom, finalmente contar tudo para ele.

Ficamos em silêncio, não por falta de assunto, mas porque naquele momento, estar ali com ele, era tudo que eu precisava.

— Lançou um filme na Netflix essa semana. Quero muito assistir. Podemos?

— Agora?

— Isso. Se você quiser.

— Pode ser — concordei, compreendendo o que ele estava fazendo.

Só queria me distrair, me fazendo amá-lo ainda mais, embora eu nem imaginasse que isso fosse possível.

Capítulo 11

Conforme as semanas foram passando, comecei a ter mais dificuldade em disfarçar que mancava. As pernas formigarem já era desagradável, mas algo estava mexendo com o meu equilíbrio. Era difícil andar em linha reta e percebi que a minha nova forma de caminhar forçava os meus pés a ficarem para fora, como se eu fosse um pato.

Papai já havia notado e precisei contar o que estava acontecendo. Ele se preocupou, mas entendeu eu esperar a consulta.

Sr. Braga foi um pouco mais parecido com a Aurora, mas depois de longas conversas, ele decidiu que não iria mais me chatear com o assunto.

Eu era a mais prejudicada e sabia o que estava fazendo.

Na véspera da consulta, resolvi ligar para o convênio só para confirmar o horário e o endereço novamente.

Para minha surpresa, não havia consulta agendada.

Ao que tudo indicava, a atendente anterior não havia feito o trabalho dela direito. Compreendia que pessoas erravam, mas a gravidade do que ela fez não poderia ser ignorada. Senti tanta raiva que desliguei o telefone na cara da atendente, que desejava resolver o meu problema, agendando novamente a consulta, para dali a dois meses. Não dava para esperar mais.

Sem coragem de contar para alguém o que aconteceu, decidi resolver sozinha a situação.

Até o final da semana, eu encontraria um neurologista.

* * *

O despertador tocou e parecia que eu havia acabado de fechar os olhos.

Passei a semana procurando médicos, mas nenhum com agenda disponível. Não sabia mais o que fazer. Nem abri os olhos e já pude sentir que as minhas pernas formigavam mais.

Sentei na cama e Lila veio correndo me dar bom-dia. A minha menina estava crescendo.

Quando levantei, algo estava diferente.

Foi como se o meu corpo tivesse esquecido como andar. Estava de pé, olhando as minhas pernas, que simplesmente não andavam. Fiz um esforço mental, tentando forçar as pernas a se mexerem, mas elas não saíam do lugar.

Dizem que cada um dos nossos movimentos, antes de serem feitos, são comandados pelo cérebro, então o meu não estava querendo que eu andasse no momento.

Respirei fundo e resolvi forçar uma perna de cada vez. Deu certo, ainda que de forma lenta e descoordenada. Repeti o movimento, até que senti as pernas menos rígidas e andar ficou mais fácil. Chegando no trabalho, eu ligaria para Aurora e ela saberia o que fazer.

Tomei banho e me arrumei como todos os dias, apenas de forma mais lenta.

Consegui chegar ao estacionamento do trabalho, peguei a minha bolsa e quando tentei sair do carro, aconteceu de novo.

Levei um pouco mais de tempo e quando finalmente consegui andar, foi com passos muito lentos. As pernas pareciam duras, pesadas, como quando colocam pesos nas canelas na academia. A sensação era como se eu fosse idosa, pelo cansaço e esforço que andar estava me exigindo e quem olhasse, acharia que eu era uma grávida de mais de 38 semanas. Pernas separadas, pés para fora, andar de pinguim. Eu não conseguia sair do lugar, se não estivesse olhando para meus pés.

Com muito esforço, cheguei no portão do estacionamento e vi o olhar preocupado de Douglas, funcionário de lá. Apoiei uma mão na parede e com a outra pedi para ele se aproximar.

— Não está se sentindo bem, Mitali?

— Douglas... — falei, ofegante. Estava difícil respirar, nunca havia sentido tanto cansaço. — Pode, por favor, chamar o Dimitri?

— Claro. — Ele saiu correndo, me causando inveja.

Voltou com Dimitri em menos de dois minutos.

— Mit — Dimi se aproximou me examinando —, o que houve?

— Não sei, me sinto cansada. Não estou conseguindo andar sozinha.

— Vou te levar no hospital. Volta para o carro, vou avisar o Sr. Braga e já volto.

— Dimi... — Minha voz estava fraca.

— Fala, Mit. Eu estou aqui com você.

— Eu não consigo andar sozinha. — Consegui sorrir ao ver o rosto dele em pânico. Ele era a pior pessoa para socorrer alguém.

— Pode rir de mim, estou assustado, poxa — brincou, mas ainda estava tenso.

— Só me ajuda a chegar no carro.

Caminhamos um pouco, eu me apoiava no seu braço, mas sentia as pernas cada vez mais fracas. Até que parei, pois não conseguia mais.

— Mit?

— Eu não consigo — falei e comecei a chorar.

Ele me pegou no colo e me levou até o carro, me acomodando no banco do passageiro.

— Eu já venho. — Beijou a minha cabeça e saiu.

Sozinha e assustada, eu só conseguia pensar que nunca mais iria andar de novo.

Quando chegamos ao hospital, precisei de ajuda para descer do carro. Parecia ter agravado ainda mais, como se a piora acompanhasse a minha ansiedade e nervosismo.

Um segurança do hospital trouxe uma cadeira de rodas. Agradeci a sensibilidade dele. Foi a primeira vez que sentei em uma por necessidade. Só conseguia olhar para o chão, enquanto me guiavam para a recepção.

— Ai, meu Deus. Finalmente. Como você está? — Uma figura ansiosa, estressada e descabelada da Aurora surgiu na minha frente.

— Como você...? — comecei a perguntar de onde ela havia surgido, mas olhei para Dimitri, que tinha culpa escrita no rosto.

— Eu tenho mais medo dela do que de você. — Só ele para me fazer rir nesse momento. Sem dúvidas, ela precisava estar aqui.

— Eu não sei o que dizer, Rora. Podemos aguardar o atendimento?

— Já adiantei a sua ficha e te coloquei como prioridade. Você é a próxima — ela disse agitada e a olhei admirada.

Como ela fazia essas coisas?

— Obrigada. — Permaneci em silêncio até ouvir o meu nome.

Só poderia ser acompanhada por uma pessoa.

Claro que era a Rora quem empurrava a minha cadeira até a sala do médico.

— Bom dia, Srta. Mitali. O que aconteceu?

— Ela vem sentindo formigamentos nas pernas. Teve essas sensações pela primeira vez, um pouco mais de dois anos atrás. Passou esse período bem, até aqui. De alguns meses para cá, voltou a sentir de forma constante. Nos pediram para ir em ortopedista, neurologista... — Abaixei a cabeça e sorri ouvindo a Aurora relatar tudo para o médico. Ela era inacreditável.

— E o que os médicos disseram?

— Não cheguei a ir. — Forcei a voz, para sair alto o suficiente, sem que Aurora me interrompesse. — Por falta de interesse e depois por falta de horário para consultas no convênio — confessei, constrangida. — Acontece que de algumas semanas para cá, a piora foi considerável. Por favor, não me peça para procurar outro especialista, deve ter algo que possa ser feito. Não quero ter que aguardar mais — implorei e pela primeira vez encontrei um médico que pareceu comovido.

— Esperem aqui, só um instante. — Ele saiu e Rora ficou me olhando, sem dizer nada.

Esse silêncio dela era pior do que se ela me batesse.

O doutor retornou com outro médico, um pouco mais velho, mas não idoso.

— Esse é o Dr. Brito, ele vai me auxiliar para examiná-la. Tudo bem, Mitali? — Concordei com a cabeça, sem muitas expectativas.

Começaram uma série de *levanta e dobra* nas minhas pernas e nos meus braços. Pediram para que eu levantasse e sentasse algumas vezes. O mais estranho foi quando pediram para eu alternar os dedos indicadores e levá-los até a ponta do nariz. Achei que estava indo bem, mas quando repeti o exercício de olhos fechados, ficou bem complicado achar o local certo. Minha coordenação não estava nos seus melhores dias.

Quando, finalmente, terminaram, se entreolharam, me olharam e não disseram nada.

O médico mais velho apoiou os braços na maca e suspirou.

— O que há com você, garota?

— Pensei que o senhor fosse me dizer — falei, derrotada.

— Bom, seu caso é realmente neurológico, mas não temos neurologistas no pronto-socorro. Precisará ser internada, para alguns exames e amanhã cedo, um dos neurologistas do plantão da internação atenderá você.

— O senhor disse... internada? — Rora perguntou e tinha lágrimas nos olhos.

— Precisamos analisá-la melhor. Vou preparar os papéis da internação. A senhorita pode vir comigo? — perguntou para ela.

— Posso sim. Mas e a Mit?

— Ficará deitada na enfermaria até que o quarto seja liberado.

— Eu vou ficar bem, Rora — menti, mas não tinha opções.

Ela se afastou seguindo o doutor por um corredor imenso, sempre olhando para trás, para mim. Esperei até a última olhada dela, até que saísse de vista e abaixei a cabeça olhando minhas pernas.

O que eu havia feito de tão errado, para que de repente, meu corpo parasse de me obedecer?

Capítulo 12

Tirando o fato de eu estar internada o quarto do hospital parecia de hotel. Assim que entramos, Rora me acomodou na cama e ajeitou as minhas coisas em um armário.

— Você vai precisar de mais coisas, mesmo que só fique uma noite aqui. Vou buscar na sua casa. Dimitri está subindo pra ficar com você. Mas se precisar de qualquer coisa, me liga...

— Rora...

— Deixei as suas coisas no armário, mas pode pedir para o Dimi, caso precise. Atrás de você tem uma campainha, aperte se precisar, é a sua forma de se comunicar com as enfermeiras...

— Rora...

— Eu volto antes de anoitecer, se quiser algo de especial, é só me pedir. — Ela não parava de tagarelar e mudar as coisas de lugar, para ficarem mais próximas de mim. Garrafa de água, controle da televisão.

— *Rora!* — precisei gritar, mas finalmente ganhei a sua atenção. — Vai ficar tudo bem — menti, pois era o melhor a fazer no momento.

Minha amiga não disse nada, mas vi seus olhos se encherem de lágrimas.

— Por favor, não chora. Vamos descobrir o que está acontecendo comigo e dar o fora daqui. — prometi, mesmo sabendo que não parecia ser tão simples assim.

Ela me abraçou.

— Está bem. Só tenta não morrer. Você é tudo que eu tenho.

— E o Fi?

— Você é tudo de legal que eu tenho — ela brincou, secando as lágrimas.

— Então, por que briga tanto comigo?

— Porque você é teimosa — ela desabafou.

Eu que sou teimosa? Ela não estava se ouvindo. Achei melhor nem prolongar o assunto.

— Traz o Fi mais tarde e... — pedi que se aproximasse para ninguém nos ouvir — um lanche com fritas, por favor! — implorei.

— Você é inacreditável. Farei o possível. — Beijou meu rosto e saiu.

Não sei por quanto tempo fiquei observando o quarto quando ouvi batidas à porta.

— Pode entrar — respondi com um pouco de dúvida. A porta estava aberta. Era só entrar.

Dimitri apareceu, como o sol após uma tempestade. Foi um alívio.

— Oi — falou da porta. — Corre, eu vim te tirar daqui.

— Só se me levar no colo. — Apontei teatralmente para as minhas pernas, inúteis no momento.

Ele sentou ao meu lado na cama e me aconcheguei nos seus braços.

— O que precisamos fazer agora?

— Esperar.

— Então, vamos esperar. — Tirou o celular do bolso, como se fosse algo ilegal e me mostrou. — Consegui WiFi — disse se exibindo.

Eu ri.

— Não acredito. Precisou paquerar a enfermeira?

— Eu tenho o meu charme.

— E como tem, meu amor.

— Quer assistir série?

— É tudo que eu preciso.

Outra batida à porta e dessa vez era uma enfermeira.

— Mitali, bom dia. Meu nome é Teresa, vou preparar você para tomografia e ressonância, tudo bem?

Tomografia eu já conhecia, precisara fazer algumas vezes quando criança, mas o outro nome era novo para mim.

— Claro. Mas eu não consigo andar sozinha.

— Já providenciei uma cadeira de rodas. — Ela virou para Dimitri. — Os exames levarão mais ou menos duas horas. O senhor pode dar uma volta se quiser. Há uma lanchonete no primeiro andar.

— Então, eu vou? — Ele me olhou, como se pedisse permissão.

— Vai sim. Só leva o meu celular e, por favor, avisa o meu pai? Não sei se a Rora vai lembrar.

— Pode deixar. — Ele se aproximou e me beijou rapidamente nos lábios. — Estarei aqui quando voltar. — Sorriu e saiu.

— É o meu namorado — comentei com a enfermeira, que achou graça. Talvez por ser óbvio. Não tenho culpa de ficar me gabando. Ele era maravilhoso.

— Consegue se sentar sozinha?

— Só me ajuda com o apoio, por favor — pedi.

Em instantes eu estava passeando pelo hospital de cadeira de rodas.

A tomografia foi rápida e tranquila. Aguardei um pouco para fazer a tal ressonância. Pelo jeito, seria a parte mais demorada.

Assim que entrei na sala, já não gostei da máquina. Era um círculo grande com um buraco no meio, onde as pessoas eram enfiadas. De onde eu estava, achei sufocante. Teresa me deixou e quem assumiu o posto foi outra enfermeira que não se deu ao trabalho de me falar o seu nome. Em compensação, não parava de falar.

— Esse exame é de extrema importância. Vai ajudar a descobrir o que você tem... — Ela me ajudou a deitar na maca de barriga para cima, colocou um tipo de colete pesado no meu peito e travou a minha cabeça em um capacete. Senti minha respiração ficar acelerada. — Você não pode se mexer. Precisa ficar como uma estátua para não dar nada errado no exame. — ela colocou na minha mão um objeto de borracha, redondo e macio. — Essa é a buzina. Se precisar sair ou se comunicar comigo, é só apertar que paramos o exame imediatamente. Mas só se for realmente necessário. Às vezes isso pode atrapalhar e teremos que refazer tudo. Pronto, agora, fique quietinha, vai durar mais ou menos uma hora e meia — ela disse, terminando o seu discurso.

E fui engolida pela máquina.

Eu me senti esmagada. Se conseguisse mover as mãos, entre a máquina e o meu nariz, não caberia um palmo. Era apertado demais. Eu não era claustrofóbica, mas a pressão do quanto esse exame era importante, todas as incertezas e os medos na minha cabeça... Uma hora e meia assim? Sem me mexer?

Comecei a sentir dificuldade para respirar, a minha garganta parecia seca, mas eu não conseguia parar de fazer o movimento de engolir. Foi quando um barulho ensurdecedor começou na máquina, levei um susto tão grande, que apertei a buzina e comecei a gritar:

— *Por favor, me tirem daqui! Eu não consigo, eu não quero...* — berrei de dentro da máquina, não sabia o quanto todo aquele equipamento impedia de me ouvirem.

Meu estado de nervos era tanto, que as minhas pernas pulavam de tanto que eu tremia.

Em segundos a enfermeira voltou e me tirou de dentro da máquina, mas ainda me deixando presa em todos os equipamentos.

— Eu não me sinto bem. A minha garganta está seca — tentei explicar.

A enfermeira friamente pegou algum tipo de conta-gotas e pingou algumas gotinhas de água na minha boca. Lambi os lábios com desespero, como se nunca tivesse bebido água na vida.

— Podemos continuar?

— Óbvio que não! — falei mais alto do que eu gostaria. — Eu não consigo. Esse exame pode ser feito dormindo? — eu quis saber, tentando aparentar sanidade, mas as minhas pernas continuavam tremendo.

— Dormindo? — O tom áspero da enfermeira estava começando a me irritar.

— Com anestesia ou algo parecido.

— Você fala em coma induzido? Com você praticamente morta, só para um exame de ressonância? — ela cuspiu as palavras, me deixando boquiaberta.

Que porcaria de treinamento eles tinham ali, afinal?

— Viva eu não entro mais nessa máquina — respondi pausadamente por estar tremendo, mas tentando soar irônica.

Ela nem se deu ao trabalho de me responder e chamou alguém. Teresa apareceu e foi como ver uma mãe. Ela parecia chateada. Ajudou a me tirarem da máquina e me levou de volta para o quarto.

Fui o caminho todo em silêncio, mas sentia o meu corpo tremendo, como um celular vibrando.

— Preciso que a senhora aguarde um pouco. Vou verificar qual será o procedimento e retorno — Teresa disse quando eu estava acomodada na cama.

Concordei com a cabeça e assim que ela saiu, me permiti chorar, como nunca chorei na vida. O medo me consumiu e eu não parava de pensar na hipótese de não ficar tudo bem.

Tremendo, consegui pegar o telefone do hospital. Disquei o meu número, já que estava com Dimitri, mas estava fora de área. Tentei o dele, aconteceu o mesmo. Não lembrava o celular da Aurora de cor. Que desespero! Eu precisava de alguém, qualquer um.

Só havia passado meia hora desde que fui fazer os exames. Dimitri não voltaria tão cedo.

Lembrei que o meu pai havia comentado que o número do telefone do escritório dele era parecido com o da minha casa, só invertia a ordem. Os quatro primeiros do meu, eram os quatro últimos do dele e os últimos do meu, os primeiros do dele. Disquei sem pensar muito e quando ouvi a voz dele do outro lado, só consegui chorar. De alívio, de angústia, de remorso por tê-lo odiado por tanto tempo. Eu soluçava.

— *Mit? Meu Deus! O que houve, filhota? Fala comigo. Onde você está?*

— Pai... — soluços — Hospital Soledade, quarto 402.

— Estou indo — ele disse e desligou.

Coloquei o telefone no gancho e continuei chorando.

Não sei por quanto tempo. Mas quando menos esperava, ele entrou sem bater.

Foi direto me abraçar. Eu estava exausta. Sentia os olhos inchados e doloridos. Meu nariz parecia uma bolinha vermelha, eu só conseguia enxergar se olhasse para baixo e quando eu respirava, fazia sons de clarinete.

Deixei que ele me abraçasse.

— Liguei para a Aurora no caminho e ela me contou tudo. Pensei que nem havia dado tempo de Dimitri avisá-lo.

— Obrigada por estar aqui. Senta comigo. — Ele sentou e me abraçou.

Deitei no seu peito, ouvindo seu coração e sentindo uma paz sobrenatural. Não falamos nada. Eu, porque não conseguia, e ele ainda parecia assustado.

Minutos depois, Dimi apareceu na porta e parou assim que viu a cena.

— O que houve? — Se aproximou rápido. — Eu trouxe *cappuccino*. Não é o que você faz, mas...

— Eu quero — Peguei o copo de isopor das mãos dele e bebi, deixando a quentura descer pela minha garganta, me trazendo um pequeno momento de prazer. Não consegui beber tudo, mas já me sentia melhor.

Meu pai sentou no sofá, próximo da cama e deixou que Dimi ficasse comigo.

— Deu tudo errado — falei enquanto ele se acomodava. — O exame era muito ruim e eu não aguentei.

— Eu sinto muito, Mit. Mas qual é o procedimento agora?

— Ainda não sei, estou esperando a enfermeira voltar.

— Vai ficar tudo bem — ele disse e me apertou mais nos seus braços.

Alguém bateu à porta e entrou em seguida.

— Como está se sentindo, Mitali? — Teresa perguntou, enquanto caminhava até a cama.

— Melhor, obrigada.

— Daqui três horas vou te buscar para refazermos a ressonância. — Vendo o meu olhar de desespero, ela completou: — Mas fará com anestesia. Só vai acordar quando tudo já tiver terminado.

— Obrigada — agradeci, emocionada.

— Não coma nada até lá. — Lembrei-me do *cappuccino*, mas achei melhor não falar nada. — Não é a primeira que isso acontece. Não se preocupe — ela disse, de forma gentil. Se aproximou de mim, como se fosse me contar um segredo. — Eu jamais entraria naquela máquina — confessou e me senti mais leve.

Quando ela saiu, voltei a me acomodar em Dimitri e estava quase dormindo quando a Rora chegou, toda barulhenta e espalhafatosa.

— Como estão as coisas? Alguma novidade? — perguntou.

Resumi a situação dos exames e contei que aguardaria me chamarem para fazer com a anestesia.

— Por que você quer a anestesia?

— Você me ouviu, Rora? Eu não aguentei.

— Mas era só fechar os olhos, respirar devagar e aguentar — ela disse, de forma rude.

Eu não estava entendendo.

— Está dizendo que eu não aguentei, por frescura?

— Um pouco, vai? — ela disse e eu arregalei os olhos, não acreditando no que ouvia. — E agora vai precisar de anestesia. E se acontecer alguma coisa? Sempre há riscos — ela continuou.

— Aurora! — meu pai falou, mais alto do que eu já havia escutado, chamando a atenção dela.

— Por favor, Tio Mou. Ela precisa entender que há riscos.

— Mas você não está ajudando — ele disse.

— Ótimo. — Ela apontou o dedo indicador para mim. — Se você morrer, eu te mato! — Assim que terminou de falar, se virou e saiu batendo os pés.

— Uau. O que foi isso? — Dimitri comentou assustado.

— Foi o furacão Aurora, quando é contrariado. Ela é um amor, desde que todos façam o que ela acha certo.

— E com o agravante de ela estar com medo de perder você — disse papai com a voz suave, se aproximando de mim. — Vou atrás dela. E vocês fiquem bem, por favor. — Concordamos com a cabeça.

— Não a odeie — pedi, assim que ficamos sozinhos.

— É claro que não. Só não esperava essa atitude.

— Ela é assim, Dimi. Faz tudo por mim, mas em situações de desespero vira essa versão *demônio* dela. Já estou acostumada. — Suspirei. — Não sei o que eu faria da minha vida, se fosse ela deitada aqui.

— Você não conhecia esse exame, nem em filmes? — Dimi quis saber.

— A ressonância? — Ele concordou. — Não assisto nada com hospital. Nunca gostei. Quando era pequena e ficava doente, era um escândalo. Vacinas eram outro escândalo. Eu tinha suspeitas de como poderia ser o exame, mas acredite, não era como eu imaginava. Pensei que a máquina fosse ser espaçosa. Era tão apertado lá dentro. Eu não sei o que me deu. Me desculpe, Dimi — falei, cansada.

— Ei, ei. Para com isso. — Ele segurou as minhas mãos e as beijou. — Não tem motivos para se desculpar. Cada um tem os seus limites. Você fará o exame dormindo e nunca mais precisará ver essa máquina de novo.

— Obrigada. — Consegui sorrir, foi sutil, mas sincero.

* * *

Mais cedo do que eu gostaria, vieram me buscar para a ressonância. Meu único medo agora era acordar dentro da máquina. Com certeza eu acordaria um pouco sonolenta e não tinha certeza se conseguiria avisar alguém para me tirarem de lá. Isso estava me deixando em pânico.

Em vez de cadeira, dessa vez trouxeram uma maca para me locomover. Deitada, durante o trajeto, vi as luzes do hospital e o sorriso que enfermeira Teresa dava para mim.

Chegamos à sala e, quando vi a máquina de novo meu coração acelerou, mas logo apareceu na minha frente a figura de um médico simpático.

— Oi, mocinha. Me chamo Lucas, vou anestesiar você.

— Doutor... — tentei falar, apesar do tremor da minha boca. — Não quero acordar lá dentro, por favor...

— Prometo que a última coisa que verá será eu e a próxima, o seu quarto aqui do hospital. — Respirei aliviada e concordei. — Podemos começar? — ele perguntou.

— Sim, por favor — consegui dizer.

Senti pegarem uma veia da minha mão para colocar um acesso. Agulhas na mão costumam doer mais, mas eu estava tão aérea pelo momento que nem doeu tanto.

Pensei na minha vida e em como havia chegado ali. Como eu desejaria não passar por isso e estar no trabalho, fazendo *cappuccino*.

Uma equipe de enfermeiros colocava coisas em cima de mim, protetores nos meus ouvidos e prenderam a minha cabeça com um tipo de espuma, para ela não balançar durante o exame.

Lágrimas quentes escorriam pelas minhas bochechas e molhavam meu pescoço. Teresa as secou e sorriu para mim.

Olhei para a porta da sala e vi, do lado de fora, Dimitri com a aparência angustiada, papai sorrindo, me encorajando, Aurora com os olhos vermelhos de chorar e tudo ficou escuro.

Capítulo 13

Abri os olhos, tudo parecia nublado.
Senti a presença de alguém.
Eu parecia estar em alguma sala, mas não era mais a da ressonância.
Meus olhos estavam cansados, se fecharam sem que eu percebesse.
Quando os abri, não havia mais ninguém ali.
Era impossível saber quanto tempo havia passado.
Fechei os olhos e quando os abri novamente, continuava sem ver muita coisa, mas agora sentia a presença de uma enfermeira.
— Moça, onde eu estou? — perguntei com a voz fraca.
— O médico já vem te avaliar — ouvi ela dizer.
Fechei os olhos mais uma vez.
Se alguém veio, eu não vi, pois quando abri os olhos, estava em movimento, deitada em uma maca fria, coberta por lençóis finos. Só via as luzes no teto, ainda com um pouco de dificuldade.
Entramos no elevador, estava menos sonolenta agora.
Quando saímos, a primeira coisa que vi foi... o Sr. Braga? Tentei sorrir, ele parecia aliviado e eu ainda confusa.
Será que eu estava delirando? Alguém continuava me empurrando na maca e então eu vi...
— Rora... Oi. — Ouvi a minha voz dizer, parecendo distante.
— *Ai, meu Deus! Graças a Deus! Deus!* — ela disse, ou fez uma oração, não sei dizer.

Não sei se foi o balanço do caminho até ali, mas de repente senti uma náusea muito forte.

— Moça — chamei a enfermeira, que parecia ocupada me conduzindo. Vi que Rora e o Sr. Braga nos seguiam. — Eu acho que estou enjoada — sussurrei, no mesmo instante em que ela entrou no quarto e vi várias pessoas.

Amigos do trabalho. Todos vieram me ver. Ainda estavam Dimitri, que sorria lindamente e meu pai, apreensivo em pé.

Minha visão já estava recuperada e eu não me sentia mais em um sonho.

— Oi, pessoal — consegui dizer e em seguida virei para a enfermeira, que agora eu me dava conta que era a Teresa. — Eu vou vomitar — avisei.

Ela fez um tipo de concha com a mão forrada pelo lençol e despejei ali mesmo. Devido ao jejum para o exame, não havia nada além do *cappuccino* para ser descartado. Foi pouco e rápido, mas o suficiente para ser nojento.

Olhei assustada para as pessoas, que em vez de sorrirem, agora me olhavam assustadas.

— Me desculpem — pedi, dando um sorriso amarelo e limpando a boca no lençol.

Todos riram, mas não pareciam aliviados.

Como se não bastasse o constrangimento, eu estava com aquelas roupas típicas de hospital, que mostram *tudo*. Fiz o possível para que os meus amigos não vissem o meu vômito e o meu bumbum no mesmo dia.

Acho que tive sucesso, pois ninguém comentou nada.

Acomodada e recuperada da anestesia, conversei e me diverti bastante com os visitantes que se resumiam aos funcionários da livraria. Sentir-se querida nessas horas não tem preço. Ninguém perguntou o que eu tinha, o que foi um alívio, pois nem eu sabia.

Conforme foi anoitecendo, as pessoas foram se despedindo. Ficaram apenas papai, Dimi, Rora e eu, obviamente.

— Como todos conseguiram entrar aqui? Não há restrição para o número de visitantes?

— Rora *conversou* na recepção — Dimi comentou e pelo tom da voz dele, já pude imaginar o escândalo que ela fez.

Mas conseguiu, ela sempre conseguia tudo.

— Como foi? — Rora quis saber.

— Eu estava morta, lembra?

— Idiota! — ela xingou, mas não pareceu odiar a brincadeira.

— Não faço ideia. Acordei praticamente aqui no quarto, o resto do caminho eu via tudo nublado.

— Você levou quatro horas lá. Pensei que tivesse acontecido algo. Estávamos preocupados — ela desabafou.

Quatro horas? Ficar dormindo me fez perder a noção do tempo.

— Estou me sentindo culpado — Dimi falou. — Será que você vomitou por eu ter te dado o *cappuccino*? Era jejum total, não era?

— Eu não faço ideia. Mas não se culpe. Estou bem. Só sinto a garganta ardendo.

— Deve ser por terem te intubado — Rora comentou e coloquei a mão na garganta, imaginando. Senti um pouco de aflição.

Alguém bateu à porta e entrou.

— Filipi! — falei, com um sorriso. Agora sim a minha família estava completa.

— Oi, Mit. — Ele me abraçou. — Que susto me deu. — Retirou a mochila das costas e começou a abrir.

— Ainda não sei bem o que eu tenho, não sei se podemos dizer que o susto já passou.

— Faz sentido — ele disse, no seu tom calmo habitual. Chegava a parecer um pouco lerdo. — Mas enquanto não descobrimos... podemos comer! — ele disse e elevou a voz no final, fazendo Aurora pedir para ele falar mais baixo.

Eu ri, agradecida por eles estarem comigo.

Fi retirou da mochila lanches, batata frita e, *ai, meu deus, coca-cola*!

Era tudo que eu precisava.

— Ela pode comer isso? — Rora perguntou, acabando com a nossa festa e todos olhamos feio para ela. — Só estou perguntando — disse, levantando as mãos.

— Vou ligar para as enfermeiras para saber — Dimi falou, pegando o telefone.

— Você vai perguntar se eu posso comer batata frita? Está maluco? — Ele fez sinal para que eu esperasse.

— Oi. É do quarto da Mitali. Isso. Gostaria de saber se a dieta dela tem restrições. Certo. Muito obrigado. — Ele desligou e virou para mim. — Sua dieta é geral.

— O que isso quer dizer? — perguntei.

— Que você pode comer de tudo, desde que eles não vejam. — Ele piscou para mim, com uma cara engraçada.

— Então, está liberado. — Fi começou a distribuir os lanches, como se fossem drogas ou algum produto ilegal.

Tirando a ressonância, foi o momento de mais adrenalina do dia, comer às escondidas das enfermeiras.

— Qual o próximo passo? — papai quis saber, depois de um tempo.

— Aguardar, pai. Só aguardar.

Quando acabou o horário de visita, Dimi teve que brigar com a Rora pelo direito de dormir no hospital comigo. Confesso que fiquei feliz por ele ter ganhado. Rora era ótima, mas em alguns momentos ela me deixava mais nervosa.

A equipe do hospital me trouxe um chá.

Depois, Teresa veio ver como eu estava e avisou que um médico iria me visitar pela manhã.

— E aí? O que faremos agora? — Dimi perguntou, alegre, quando ficamos sozinhos.

— Por que nada fica ruim de verdade com você?

— Porque eu sou a sua alma gêmea — disse, me fazendo sorrir.

Certeza de que ele havia conversado com a Rora.

— Já te agradeci por estar aqui? Não era o tipo de início de namoro que eu esperava para nós.

— Mit, nada fica ruim de verdade com você — repetiu o que eu havia dito e entendi o que ele quis dizer, pois se fosse ele no meu lugar, eu diria o mesmo.

— Eu nunca tinha feito nenhum procedimento médico que precisasse de anestesia geral. Você sabe como é?

— Não. É muito ruim?

— É um alívio não ter visto o exame acontecendo, mas eu refleti tanto sobre a anestesia e tudo que a Rora falou.

— Ela só estava preocupada. Você mesma disse.

— Eu sei, mas havia riscos... E se eu morresse ali, Dimi?

— Como assim?

— Foram segundos. Em um instante eu olhava vocês na porta e no outro eu estava acordando em uma sala desconhecida, sem ninguém por perto. Se passaram quatro horas e eu nem notei.

— Acho que não estou conseguindo te entender — ele disse, confuso.

— Essa situação só me fez refletir — comecei a explicar. — A vida acaba em um piscar de olhos. Já ouviu essa frase?

— Ele concordou. — Foi literalmente o que eu senti hoje. Se eu não tivesse acordado após a anestesia, o que eu teria feito da minha vida até aqui? Como viver sem saber quando será a última vez que fecharemos os nossos olhos? Consegue entender? — perguntei, torcendo para ele não me achar maluca, mas o dia de hoje havia mexido com a minha cabeça.

— Fazendo o melhor que podemos, mesmo cientes de que nunca será o suficiente — Dimi respondeu pensativo.

— Você tem feito esse melhor?

— Estou longe disso.

— Eu quero começar a fazer. Quando abri os olhos hoje, depois do exame, senti como se tivesse nascido de novo. Não por ter mudado algo na minha situação física, mas tudo que vivi hoje mudou a forma como eu vejo a vida.

— Então, faremos o nosso melhor. Juntos. Vivendo um dia de cada vez, mas como se fosse o último. O que você acha?

— Parece um plano perfeito. — Olhei para ele e sorri. — Eu te amo tanto!

— Eu te amo demais, Mit. — Ele beijou minhas pálpebras. — Tenta dormir um pouco.

— Você também.

— Boa noite, linda — ele disse.

Deitados na cama do hospital, acomodei a cabeça no seu peito.

Ainda fiquei um tempo acordada, ouvindo a respiração dele, até que ela mudou e percebi que ele havia adormecido.

Estava com medo de fechar os olhos de novo. Mas o cansaço do dia venceu e adormeci.

* * *

Acordei ouvindo baterem à porta, mas não vi Dimitri em lugar nenhum do quarto.

— Pode entrar! — gritei.

Um homem de jaleco entrou.

— Bom dia, Mitali. Desculpa te acordar tão cedo. Me chamo Antônio e sou o neurologista do hospital. Podemos conversar um pouco?

— Claro. Senta, por favor.

Ouvi barulho no banheiro e em seguida, Dimitri saiu de lá.

— Bom dia — cumprimentou o doutor.

— Esse é o meu namorado, Dimitri. Dimi, esse é o Dr. Antônio, neurologista daqui.

— Que ótimo. Já tem alguma notícia para nós?

— Começaram a sair os resultados dos exames. Vou pedir para que colham o seu sangue mais tarde. Pelo que eu vi das imagens da ressonância até o momento, não há nada. Mas iremos descobrir de onde vêm os seus desconfortos.

— Está bem — falei.

Basicamente, ele não sabia de nada. Mas achei grosseria falar isso em voz alta.

— Posso te examinar um pouco?

— Pode. Preciso levantar?

— Não. Só vou testar a força das suas pernas. Consegue sentar como se fosse levantar da cama? — Obedeci e aguardei ele repetir a maioria das coisas que já haviam feito comigo no pronto-socorro.

Com exceção de um exame. Ele apertou o meu tornozelo e o meu pé disparou a pular. Foi engraçado e sinistro, pois eu não estava fazendo aquilo, não tinha controle sobre o meu próprio pé. Ele explicou que meus pés estavam fracos, o que fazia sentido, já que eu não estava conseguindo andar.

Terminados os exames, ele se retirou dizendo que iria checar os demais resultados.

— Dormiu bem? — Dimi se aproximou e me beijou, assim que o doutor saiu.

— Até que sim. Acho que estava cansada. E você?

— É barulhento aqui — confessou.

— Ah, sim. Isso eu percebi.

Acordei assustada algumas vezes com vozes ou coisas caindo no corredor.

— Já trouxeram o seu café. Torrada, leite. Quer alguma coisa?

— Quero. Por favor. — Olhei a bandeja e vi que tinha bem mais do que ele havia falado. Frutas, pães, frios. — Isso é só pra mim?

— Acho que sim.

— Então, divide comigo.

— Tudo bem. O que quer primeiro?

— Torrada.

Ele nos serviu e começamos a comer em silêncio, até que o doutor reapareceu.

— Oi. Desculpa atrapalhar. É só para avisar que saiu mais uma parte da ressonância e há muitas lesões na sua medula.

— O que isso quer dizer, doutor?

— Pode ser muitas coisas. Vou precisar de um exame de líquor, para examinar o líquido da sua medula espinhal. É essencial para que possamos ter algum diagnóstico.

— E como é feito isso? Não tem nada a ver com ressonância de novo, não?

— Ela ficou com trauma, doutor — Dimi comentou, de forma descontraída.

— Não — o doutor disse, me trazendo alívio. — É feito com uma agulha, nas suas costas.

— Meu Deus! — falei e coloquei as mãos na boca.

Uma ânsia surgiu, querendo que eu eliminasse as torradas que engoli.

— É bem tranquilo — ele garantiu.

E eu só consegui pensar em como era fácil falar, já que não era com ele.

— Será realizado aqui no quarto mesmo. O único problema é que o seu convênio não cobre.

— Mas ele é necessário, o senhor mesmo disse — comentei.

— Muito necessário.

— Então pode autorizar — Dimi respondeu por mim, enquanto segurava a minha mão. — Daremos um jeito.

— Ótimo. Eu volto quando tiver mais novidades. Os seus sintomas podem ser causados por várias doenças, iremos começar a descartá-las e ver aonde os resultados nos levam.

— Tudo bem. Obrigada mais uma vez — agradeci.

Assim que ele saiu, larguei a torrada, enjoada.

— Ei, calma. Vai dar tudo certo.

— Quem consegue ter calma, Dimi? *Por Deus!* O que há de errado comigo? E por que eu não entendo *nada* do que ele diz? — falei irritada, apontando para a porta.

— Eu entendo. Mas precisa ter paciência. Não há o que fazer agora.

Uma enfermeira diferente apareceu.

— Oi, Mitali. Bom dia. Meu nome é Marli, sou a enfermeira-chefe da manhã. Como está se sentindo?

— Estou bem — menti.

Na verdade eu não estava, mas não havia muito o que dizer.

— Certo. Eu vim te falar que tivemos um pequeno problema com a sua ressonância, na parte do crânio e só essa parte precisará ser refeita...

— Como é que é? — perguntei irritada.

— É o que eu disse, uma parte saiu tremida...

— Ontem eu passei quatro horas, completamente anestesiada. Não conseguiram o quê? Por Deus.

— Essa parte é mais rápida, nem será necessária anestesia.

— Eu não vou fazer.

— Mitali, eu compreendo que esteja chateada, mas precisa entender...

— Chame o Dr. Antônio. Quero que ele me diga que há necessidade disso. Eu não vou fazer. Onde está o doutor?

— Está bem. Verei o que podemos fazer. — Ela finalmente entendeu e saiu.

— Ótimo — respondi secamente. — Mais essa agora — falei para Dimitri — Que porcaria de hospital é esse? Não parece aqueles programas de pegadinha? — Dimi riu e acabei acompanhando.

— Vamos esperar o doutor voltar — ele pediu.

— Mas e se ele disser para eu repetir o exame?

— Eu não sei, Mit. Mas vou estar contigo — ele disse, parecendo cansado.

Foi impossível não chorar. Ele tentou me abraçar, mas eu não queria afago no momento, porque me faria chorar mais ainda.

— Faria algo por mim?

— Qualquer coisa.

— Eu preciso de um *cappuccino* — pedi.

Ele sorriu e se levantou.

— É pra já, gatinha. — Beijou a minha cabeça e saiu.

Fechei os olhos, exausta, e me acomodei na cama.

Não ter respostas era torturante.

Eu só queria que tudo não passasse de um pesadelo e eu acordasse com a Lila, na nossa cama fofa.

Pensar na Lila me deu um aperto no peito. Rora prometeu que a levaria para a casa deles. Ela estava bem, mas eu preferia estar com ela, bem longe dessa situação toda.

Capítulo 14

Sempre gostei de acreditar na positividade das coisas, que *atraímos o que transmitimos*. E amava dizer que vai ficar tudo bem pois, em algum momento, realmente vai. Nada dura para sempre. Só que após viver aqueles momentos e sem saber o que ainda me esperava, eu comecei a pensar de uma forma diferente. Entre ouvir ou dizer *vai ficar tudo bem*, até realmente ficar, havia uma imensidão de fatos que não poderiam ser ignorados. Então, naquele momento, eu não queria mais saber se ficaria tudo bem, mas *quando*. Não perdi a minha positividade, só queria uma data, com horário certo. Havia uma porção de possibilidades, das quais ninguém me falava nada. Sentia como se tivesse magoado Deus de alguma forma e estava sendo punida, sem chances de me defender.

Ainda estava degustando o *cappuccino* quente, que Dimi me trouxe, quando chegaram duas pessoas de jaleco. Outra coisa que eu não aguentava mais ver.

Um ratinho de laboratório era menos usado do que eu, com tantos exames que vinha fazendo.

— Bom dia, Mitali. Me chamo Rogério, sou médico e vou recolher o seu líquor — ele disse e apontou para a moça ao lado dele. — Essa é a Rosa, enfermeira que vai me auxiliar.

— Está bem — falei, concordando com a cabeça.

Rosa me ajudou a levantar a blusa e fiquei sentada na beirada da cama, com o tronco inclinado para frente.

Dimi foi para a minha frente e sorriu.

— O exame é rápido, mas preciso que você não se mexa, combinado? — o doutor alertou.

Aguardei que tudo fosse preparado, de costas, já na posição para o exame.

Dimi parou de sorrir e olhava o que acontecia atrás de mim, com a boca um pouco aberta e os olhos arregalados.

— Essa sua cara de apavorado não está me ajudando.
— Desculpa.

Só ele para me fazer rir nesse momento.

— Muito bem, Mitali. Levará apenas três minutos. Não se mexa. Vai sentir quando a agulha entrar, mas depois disso, não sentirá mais nada.

Engraçado como sempre parece fácil para os médicos, mas ninguém acorda empolgado por ter que retirar o líquido da medula.

Respirei fundo e a agulha entrou. A dor foi como morder algo doce em um dente cariado, mais uma agonia, um choque. Soltei um gritinho e olhei para Dimi, que tinha o pânico estampado no rosto. Quando percebeu que eu o observava, sorriu, mas ainda apavorado.

— Está doendo? — perguntou e como era injusto só eu poder ver aquela cara dele.

Ele, definitivamente, era a pior pessoa para momentos de apuros.

— Não me faz rir, não posso me mexer — pedi, segurando o riso.

Como o médico havia avisado, doeu apenas quando a agulha entrou. O restante do exame foi tranquilo. Mal senti a agulha sair.

— Pronto, Mitali. Foi muito horrível?
— Menos do que eu imaginava.
— Que bom — disse o médico, de forma simpática. — Agora, preciso que passe o restante do dia em repouso. Levante o mínimo possível, para evitar sentir dor na cabeça.

— Acho que consigo fazer isso.
Aonde eu iria, afinal?

Optamos por passar o tempo assistindo série no celular.
Recebi mais uma enfermeira, que tirou bastante do meu sangue, para muitos outros exames. Eu já não decorava mais os nomes dos médicos, enfermeiros e faxineiros. Cada hora era um diferente.
O Dr. Antônio apareceu só para esclarecer que não seria necessário refazer a ressonância, pois ele já havia conseguido as informações que precisava. Foi a melhor notícia do dia.
Respeitei o repouso, só levantando para ir ao banheiro e tomar banho, sempre com a ajuda de Dimitri.
No final do dia, recebi papai, Rora e o Fi, que me distraíram um pouco, embora Rora estivesse mais calada e, digamos, menos *briguenta* que o normal. Sr. Braga me ligou três vezes no decorrer do dia e liberou Dimi para ficar comigo o tempo que precisássemos.
Ele era um anjo.

Já era bem tarde e estávamos sozinhos, quando comecei a sentir um desconforto na cabeça. Estávamos conversando e logo Dimi percebeu.
— O que foi?
— Não sei bem. A minha cabeça está pesada, um pouco dolorida.
— Quer que eu chame alguém?
— Vou tentar dormir. Devo estar cansada. Foi um longo dia.
— Pode ser. — Ele me olhou, desconfiado. — Me chama se precisar? — Concordei e senti seu beijo na minha testa, quando já estava de olhos fechados.

Acordei sentindo uma dor tão forte na cabeça que me dava náusea.

— Dimi — gemi.

— Oi, estou aqui. O que foi?

Ele levantou e veio ao meu encontro muito rápido, acho que ainda não havia dormido.

— Está doendo demais. Chama alguém, por favor — consegui dizer.

Levantei devagar, pois pensar em vomitar me deixava agoniada.

Tentei abrir as janelas, mas nas minhas condições tudo era difícil. Estava prestes a vomitar no meio do quarto e nada de enfermeiros.

Acho que eu só fiquei tranquila em vomitar depois da ressonância por ainda estar sob um pouco do efeito da anestesia.

Ouvi barulhos na porta e Teresa apareceu.

Graças a Deus!

Não sei como funcionavam os turnos dela por lá, mas fazia algum tempo que ela não vinha me ver.

— Teresa, por favor. Faz parar — implorei.

Estava sentada no sofá. Ela me ajudou a voltar para a cama.

— Vou aplicar dipirona na sua veia. Vai aliviar a dor e consequentemente diminuir o enjoo.

— Tem certeza? — Era a pior dor que eu já havia sentido na cabeça.

— Só fica deitada e tente relaxar.

Não consegui forças para responder.

Assim que ela saiu, senti Dimi se aproximar e deitar comigo na cama.

— Eu fiz tudo certo — falei com a voz fraca e sentindo algumas lágrimas de exaustão escorrerem. — Fiquei de repouso. Por que essa dor? O que eu fiz de errado?

— Não faço ideia, Mit. — Ele também parecia exausto.

Mesmo tendo espaço, travesseiro e roupa de cama para ele no sofá, mais uma vez, dormiu comigo. Nem sei se ele sabia o quanto isso me confortava.

Acordei mais uma vez com o Dr. Antônio, que deveria dormir no hospital para chegar tão cedo. Era um pouco depois das seis da manhã.

Desta vez, ele chegou com novidades.

Falou por um bom tempo em termos técnicos e levou a metade desse tempo quando eu pedi para falar de uma forma que eu entendesse. Eu não era estudante de medicina. Queria respostas práticas e objetivas. E falando de uma forma que leigos, como eu, entendessem, o que eu tive foi uma inflamação na medula, que é a responsável por transmitir os impulsos do sistema nervoso para o resto do corpo.

O que faz todo sentido, quando eu penso que sabia andar, mas as minhas pernas não me obedeciam, entre outros sintomas que me levaram até ali. Essa inflamação causou manchas na minha medula, que apareceram muito bem no *maldito* exame de ressonância.

Quando o doutor me mostrou a imagem da ressonância de uma medula normal e da minha, percebi que a minha parecia a Lila.

Sim, a minha dálmata. A minha medula havia virado a raça de cachorros que eu mais amava.

De onde veio ou por que isso apareceu? Era um grande mistério.

Nem ele soube me explicar direito. Basicamente, uma célula do meu corpo começou a aparentar risco para as demais, que começaram a atacar a coitada, sem motivo algum, pois ela era inofensiva. Seria cômico se não fosse o meu próprio corpo, brigando com ele mesmo e me causando danos, por ter se equivocado.

Mas a boa notícia era que tinha tratamento.

Uma *bomba* de anti-inflamatórios aplicada na veia, em cinco doses, uma por dia e a aplicação teria a duração de duas horas. Ou seja, eu ainda teria, pelo menos, mais cinco dias internada.

Com essa medicação, bem forte, para diminuir a inflamação, e fazendo sessões de fisioterapia, logo eu me sentiria melhor.

Após esse tratamento, eu precisaria acompanhar a situação e como já estávamos ali e eu gostei muito do doutor, resolvi que ele cuidaria de tudo.

Foi a primeira vez na vida que percebi que nem sempre as respostas que precisamos vêm da forma como imaginamos. Precisei me convencer de que, por ora, era só isso que poderia ser feito.

Primeira Aplicação

Como era sábado e ninguém trabalhava, o ponto de encontro da minha família — Rora, papai, Fi e Dimi — foi no hospital.

Eu estava ansiosa, era o dia da primeira aplicação e eu não sabia o que esperar. Dimi e Fi, que já eram melhores amigos, falavam de forma animada sobre algo relacionado com o espaço ou *Star Wars*. Eu não sabia da paixão de Fi por essas coisas, mas fiquei feliz que tivessem algo em comum e estivessem se distraindo.

Papai contava as piadas sem graça de sempre, eu ria por ele ser bobo demais, mas Rora não conseguia disfarçar o seu desconforto com a minha situação e eu, definitivamente, não queria lidar com ela agora. No momento, eu precisava ser ajudada, por mais que ela também estivesse sofrendo.

Ouvi batidas à porta e uma enfermeira entrou.

Finalmente, havia chegado a medicação. Um tipo de soro ligado à uma máquina quadrada, que apitava de forma ensurdecedora caso a medicação não estivesse chegando na veia, por qualquer motivo.

Depois de tudo devidamente instalado, a enfermeira nos deixou sozinhos.

— O que será essa máquina? — Fi se aproximou para olhar de perto.

— Eu acho que ela controla o tempo da medicação — comentei.

— Ela é bonitinha — Rora disse.

— Parece um tipo de robô — Papai comentou.

— Podemos chamá-la de R2D2 — Dimi sugeriu e Fi riu, concordando.

— O que é isso?

— Deve ser coisa daquele filme das estrelas que eles adoram, Rora.

— Não sei como conseguimos ter um relacionamento com duas mulheres que não assistiram *Star Wars* — Fi falou.

— Só por muito amor, mesmo. — Dimi fingiu decepção.

— Se tiver no seu celular, quero assistir hoje — pedi.

— Aqui? No hospital?

— Nada pode ser mais entediante nesse lugar — brinquei.

— Não fala assim, você vai gostar.

— Então, já deixa tudo preparado... — comecei a falar, mas parei.

Senti um gosto ruim na boca e acho que não disfarcei, pois todos me olhavam.

— O que foi? — Rora quis saber.

— Estou sentindo um gosto estranho.

— Está enjoada?

— Não, não chega a me enjoar. Já tentou comer com talheres que o gosto de metal estava muito forte? — tentei explicar.

Rora concordou com a cabeça.

— É normal, por causa da medicação — ela informou.

— Como você sabe?

— Eu li sobre.

É claro que havia lido, não seria ela se não tivesse.

Sorri para ela, que sorriu de volta como se aquilo não tivesse sido nada, mas foi fofo. Ela tinha o dom de cuidar de mim, mesmo emburrada e em silêncio como vinha agindo.

Tirando o gosto de metal, a medicação foi tranquila. Enfermeiras apareciam para consultar a minha pressão, pulsação e temperatura. Também controlaram a minha glicose, furando os meus dedos e colocando uma gotinha do meu sangue em um aparelho que informava a porcentagem de açúcar.

Embora eu pudesse fazer qualquer coisa durante a medicação, todo movimento fazia o R2D2 apitar. Isso era extremamente irritante, pois eu precisava chamar uma enfermeira para verificar o motivo de a medicação não estar indo mais rápido e corrigir o que quer que fosse para dar continuidade. Optei por ficar deitada, até que acabasse, para evitar transtornos.

Pouco depois que a medicação acabou, recebi a primeira visita de um fisioterapeuta. Fiz alguns exercícios deitada, levantando e dobrando as pernas.

Foi bem difícil e dolorido. Eu não tinha força para levantar as pernas e equilíbrio para sustentá-las. Elas balançavam de forma desgovernada. Mas a cada suada tentativa, comecei a perceber uma pequena melhora e passei a fazer com mais vontade.

Finalizando os exercícios, o fisioterapeuta me convidou para andar no corredor do hospital. Fui com muito medo. De braços dados com ele, forcei um pé, depois o outro. Sentia as pernas pesadas, rígidas e não conseguia tirar os olhos dos meus pés. Parecia que eu só teria equilíbrio se olhasse onde estava pisando.

Andar era um esforço mental, um jogo de concentração, onde a cada passo eu precisava relembrar as minhas pernas que elas sabiam o que fazer e por isso me deixou ainda mais cansada que os exercícios. Aos poucos senti a musculatura aliviando e foi ficando mais leve andar, embora ainda com dificuldade.

Soltei alguns gases, pedindo a Deus que não saíssem com cheiro, mas aqueles dias no hospital travaram o meu intestino. Então, não conseguia eliminar os gases naturalmente e nem me fale em defecar. Não aguentava mais responder para as enfermeiras, na frente de Dimitri, que eu ainda não havia *evacuado*. Estava no limite do constrangimento, mas depois dessa caminhada, senti esperança, em todos os sentidos. Talvez eu andasse sozinha de novo e quem sabe, *evacuasse* em breve.

Repeti a fisioterapia na parte da tarde, como o doutor deixou prescrito.

Pouco depois de jantar eu adormeci. O dia havia sido bem exaustivo.

Segunda aplicação

Passamos boa parte da manhã assistindo *Star Wars*. Estávamos indo para o terceiro filme e eu ainda não entendia muita coisa, mas amava ouvir Dimitri me explicando tudo de forma tão empolgada por estarmos assistindo ao seu filme favorito.

Papai, Rora e Fi passaram o dia conosco novamente. Nem deu tempo de o gosto de metal sumir e a medicação chegou para o meu segundo dia com o escandaloso R2D2.

O apelido pegou.

Foi tudo como no dia anterior, mas quando a medicação acabou, senti que estava vermelha no rosto e no pescoço. Rora me avisou que também era normal. Eu nem precisava de enfermeira para esclarecer pequenas dúvidas, era só perguntar para a minha amiga *sabe tudo*.

Comecei a me sentir mais confiante na fisioterapia, mas para caminhar ainda agarrava o braço do fisioterapeuta que estivesse me atendendo, como se minha vida dependesse disso.

Muitos gases e nada de evacuar.

Terceira Aplicação

Após o quarto filme de Star Wars eu ainda sofria pela pobre Padmé. Dimi seguia contando tudo antes de acontecer, estragando a emoção, mas eternizando momentos cômicos e fofos na minha memória.

Como todos voltaram para a própria rotina, só estávamos eu, Dimi e o R2D2, que já entendia de onde vinha o nome e até gostava.

A minha boca continuava com gosto de metal e minha pele estava mais vermelha.

As fisioterapias melhoravam o meu humor, embora me deixassem exausta. Consegui andar sozinha, mas ainda olhando para os pés, que já não pareciam mais de pato, de tanto forçar, estava voltando a caminhar de forma reta.

Mais gases, sem evacuar e a barriga dura.

Quarta Aplicação

Sexto filme de *Star Wars* assistido, estava confusa por talvez gostar do vilão e ainda mais confusa quando Dimi me explicou que a sequência de filmes poderia ser assistida de outra forma. Mesmo sem saber se um dia teria paciência para fazer uma nova maratona, gostei dos filmes e quando saísse do hospital, compraria algum boneco do Chewbacca, aquele peludinho lindo!

Além do gosto de metal, agora a pele vermelha ardia e começaram a aparecer algumas espinhas na testa, quando eu passava a mão, parecia o chocolate Chokito.

Já me sentia uma *ginasta* nos exercícios de fisioterapia deitada. Comecei a andar sem olhar para os pés, com um medo absurdo de cair, mas devagar fui conseguindo. Subi alguns degraus de escada, cinco, para ser mais exata e desci. Usei o corrimão, mas foi um avanço. Aumentei a velocidade dos passos também.

Eu vivia um milagre, *eu era* um milagre, pois sabia que há poucos dias não cogitava mais levantar, muito menos andar da forma como estava fazendo.

Milagre que não aconteceu com o meu intestino. Foram muitos remédios laxativos, mas a timidez das minhas fezes não me permitia o alívio que tanto ansiava, ou melhor, *necessitava*.

Quinta (e última) Aplicação

Acordei feliz. Já conseguia andar sozinha. Percebi que os formigamentos que vinham diminuindo durante as aplicações agora quase não existiam mais.

Fora dos horários das fisioterapias, eu chamava Dimitri e caminhávamos pelo andar do hospital. Foi quando prestei atenção em outros pacientes e, pela primeira vez, pensei em quantos já haviam morrido na cama que eu vinha dormindo. Hospital era uma coisa macabra demais. Graças a Deus era a última aplicação. Esperava estar em casa no dia seguinte.

— Como está se sentindo? — Dimi perguntou no final do dia, após me ajudar a tomar banho e me acomodar na cama.

Já não precisava mais desses cuidados, mas ele não reclamava e eu gostava de tê-lo por perto em todos os momentos.

— Foi bem mais agitado do que eu imaginava. Pensava que as pessoas doentes só ficassem deitadas no hospital — confessei e ele riu.

— Depende do caso. No seu, foi importante se mexer, já que você mal fazia isso quando chegamos.

— Faz muito sentido. — Pensei um pouco. — Só queria, de verdade, conseguir fazer cocô — desabafei, derrotada.

— Eu nem imagino como seja isso — ele disse e eu sabia que era verdade.

— Claro que não. Faz duas vezes por dia. Chega a ser uma afronta — falei, sentindo a maior inveja de toda minha vida.
— Qual será o meu problema?

— Deve ser a situação, Mit. Não se cobre tanto.

— E se eles não me derem alta por isso?
— Será?

— Já estou desesperada e muito irritada.

— Isso eu sei — ele comentou. Olhei séria para ele, mas acabei sorrindo ao ver seu olhar debochado.

Tê-lo comigo fazia tudo ser mais leve, suportável.

Naqueles dias nosso relacionamento amadurecera uns duzentos anos. Sentia como se o tivesse a vida inteira e não fazia ideia de como havia sobrevivido sem ele até ali.

Tentei descansar o mais rápido possível, para que a manhã seguinte chegasse logo. Só acordei de repente no meio da madrugada, pois os anjos ouviram as minhas preces e ainda que sutilmente, eu consegui *evacuar*. Voltei a dormir me sentindo vitoriosa e bem mais leve.

Às seis da manhã eu já estava pronta e com tudo guardado na mochila. Só esperando pela alta.

O doutor, que todos os dias me visitava esse horário, só apareceu por volta do meio-dia.

Eu já estava quase me dando alta sozinha. Apesar de furiosa pela demora, quando ele apareceu fiquei tão feliz que nem me lembrei mais de ficar brava. Assinei tudo que precisava e combinei que encontraria com ele na próxima semana, para vemos alguns resultados de exames que ficaram faltando.

Assim que saí pela porta do hospital, a luz do sol incomodou os meus olhos, mas não me importei. Respirei fundo, sentindo o ar puro que vinha de todos os lados e não apenas de janelas. Agradeci mentalmente a Deus por estar viva mas, principalmente, por não aparentar ou sentir qualquer sintoma que me trouxe ali.

Capítulo 15

Só quem já esteve internado sabe o prazer de chegar em casa após dias no hospital, e a beleza de cada detalhe do mundo, que nos foi privada enquanto estávamos confinados.

Eu sentia como se tivesse nascido de novo e queria aproveitar tudo.

— *Surpresa!* — Papai, Rora e Fi gritaram assim que entrei no meu apartamento.

Havia placas de boas-vindas e muitas fotos espalhadas pela casa.

— Ai, gente! Vocês sabem como eu odeio surpresas — foi o que eu falei, mas nem de longe demonstrando irritação.

Com lágrimas nos olhos, de pura emoção, pensei em como eu amava a minha pequena família.

Uma cadelinha eufórica pulou nas minhas pernas, me fazendo perceber como meu equilíbrio havia melhorado.

— Lila! Meu Deus, como você cresceu! — Peguei a minha dálmata no colo. Estava maior e mais pesada. Minha bolotinha.

— Que saudade, minha menina — falei e era recíproco, pois recebi muitas lambidas no rosto.

— Precisávamos comemorar e eu sabia que se pedisse, você não ia deixar que fizéssemos nada — Rora se defendeu.

— Então, resolveu fazer, mesmo sabendo que eu não ia querer — debochei.

Era tão típico dela.

— Fizemos tudo que você gosta de comer — Papai comentou.

— Até a Lila tomou banho para te esperar — Fi disse.

— Eu percebi. Menina cheirosa — falei, beijando seu focinho.

Era difícil dizer, mas todas as fases dela pareciam gostosas. Agora ela estava mais desajeitada, alegre e o focinho não tinha mais aquele cheiro de leite.

— Você já sabia disso? — perguntei para Dimitri.

— Você é o amor da minha vida, mas sabe que eu tenho mais medo da Aurora — confessou, fazendo todos gargalharem.

— Menino esperto — Rora comentou e o clima era o melhor possível.

Fazia tempo que não me sentia tão feliz.

Só Dimi pôde ficar comigo, os outros voltaram para os seus trabalhos, mas foi bom. Estava tão cansada da rotina do hospital, que tudo que eu mais queria era deitar na minha cama e dormir sem interrupções de enfermeiros.

— Precisa de alguma coisa? — Dimi quis saber, aparecendo na porta do quarto.

Ele havia acabado de sair do banho, seu cabelo estava molhado e o cheiro de sabonete invadiu minhas narinas.

— Só de você — falei.

— Já estou chegando.

Lila dormia próximo aos meus pés na cama. Ele apagou a luz e se acomodou ao meu lado.

— Você está bem? — perguntei.

— Eu que deveria perguntar.

— É que foram dias bem intensos.

— Mas passaram — ele garantiu, enquanto me puxava para mais perto.

Deitei a cabeça no seu peito e fiquei ouvindo o seu coração por alguns segundos.

— Não consigo imaginar como teria sido viver tudo isso sem você. Como consegue transmitir tanta paz?

— Eu não faço ideia. Nunca fiquei tão desesperado — ele confessou e eu levantei a cabeça para olhar nos seus olhos.

Havia pouca iluminação no quarto, que só vinha dos postes da rua, pois a janela estava aberta. Estava traumatizada com ambiente fechado, queria todo ar que fosse possível.

— Você diz, desesperado agora?

— Não, linda. Nesses últimos dias, quando esses sintomas viraram nossa vida do avesso.

Uma sensação de culpa me invadiu.

Em nenhum momento pensei em como ele se sentiu com tudo isso.

— Eu... sinto muito — consegui dizer.

— Não sinta. Eu que sentiria se você não estivesse aqui.

— Achou que eu fosse morrer?

— Fiquei desesperado com a possibilidade de te perder.

Ao ouvir as suas palavras, o beijei com todo amor que explodia em mim naquele momento.

Amor que ele despertou em mim.

— Você está muito animada para quem acabou de sair do hospital — ele disse, quando percebeu as minhas segundas, terceiras, quartas... *todas* intenções.

— Quero aproveitar a flexibilidade que a fisioterapia me deu — falei.

Ele riu e me puxou para si.

Passei mais alguns dias em repouso, por ordem do Sr. Braga. Não adiantava dizer que eu estava bem. Tentei até apelar, dizendo que estava com saudade dele, mas ele apareceu, com flores e saquinhos de um chá de frutas vermelhas para tomarmos juntos. Não existia pessoa melhor do que ele.

Confesso que foi melhor ficar em casa. A minha pele no rosto, no peito e nas costas ficou muito sensível e elástica, como quando temos uma espinha interna, só que nela. Ardia demais e em alguns dias, as bolinhas de espinhas que haviam saído no hospital, se tornaram maiores e em uma quantidade assustadora. Nem na minha adolescência eu tive que lidar com tantas.

Rora me disse que era por causa da medicação e tratei com sabonete e pomada para espinhas. Foi um processo constrangedor, já que mesmo com maquiagem, as bolinhas apareciam e ainda eram doloridas.

Voltar a trabalhar foi uma emoção sem tamanho. Passar pelo estacionamento andando, cumprimentar o Douglas, que me ajudou no meu momento de maior desespero, não teve preço.

Caminhar ganhou um novo significado, era como viver um milagre. Não cansava de repetir isso para mim. Eu não queria esquecer do que tinha acontecido, pois o valor que eu dava para tudo agora fazia eu me sentir uma pessoa melhor.

Abracei cada funcionária do café, feliz por saber que fiz falta. Trabalhar ali era a melhor parte da minha vida.

— Conseguiu voltar, então. — Sr. Braga apareceu no balcão do café.

— Estava quase vindo trabalhar escondida de você.

— Exagerada. — Ele me olhou com emoção. — Que bom que está bem, querida.

— Obrigada por tudo, Sr. Braga.

Ele sorriu de forma gentil.

— Gostei do seu pai. Falei com ele no hospital.

— Jura? Que bom. Ele voltou no momento certo pra minha vida.

— Leva ele lá em casa um dia. A Elena está com saudade de você e ficou preocupada.

— Claro. Mande um beijo para ela.

— Vou te deixar trabalhar. Estou no escritório se precisar — ele disse. Bateu duas vezes com a mão no balcão e saiu.

Eu me diverti muito com as meninas me contando os acontecimentos que perdi. Dimi passava vez ou outra pelo café, sorrindo ou piscando para mim e levando com ele o meu coração, sempre que saía de vista.

* * *

No meio da semana, precisei levar Lila para tomar algumas vacinas e passar na consulta de rotina com a Rora. Assim que viu a madrinha, ela começou a se sacudir no meu colo, tive que deixá-la descer e foi correndo para o colo da minha amiga.

— Oi, princesa. Que bom que veio me visitar — Rora falou, fazendo voz de criança.

— Acho que ela sentiu a sua falta.

— Eu também senti, coisa linda.

Ser veterinária era tudo que ela poderia ter sido na vida. Eu amava a forma como ela ficava perto dos animais e principalmente como eles gostavam dela.

— Deixa só ela perceber que hoje é dia de vacina.

— Até parece que ela dá trabalho pra isso. Precisa ver alguns que eu atendo aqui.

— Eu nem imagino. Jamais conseguiria fazer o seu trabalho — falei, enquanto ela organizava as coisas e eu segurava Lila em uma mesa de ferro.

— Mas eu estou cuidando deles, não é, Lila? — ela disse, ainda usando aquela voz infantil. Lila balançava o rabinho só de ouvir a madrinha.

— Como estão as coisas em casa? — perguntei.

— Fi inventou que quer um bebê — disse com tédio.

— Meu Deus, Aurora! Vão começar a tentar? — explodi de alegria.

— Mit, eu gosto de animais. Crianças me assustam.

— E o que você disse para ele?

— Que podemos esperar um pouco mais.

— E ele já sabe que esse é o seu jeito de dizer não?

— Ele é tão infantil. É claro que não percebeu isso. Tenho medo de ter que criar dois filhos. Ele e o bebê. — Eu ri, porque realmente Fi era uma criança crescida, mas Dimi também era.

Sempre pensei que eu era a mais ranzinza de nós duas, só que desde que começou a namorar o Fi, as coisas mudaram, era como se o casamento fosse um fardo para ela, eu só não conseguia entender o motivo. Entendia a cobrança interna que ela tinha de ser a Tia Léia, mas agindo assim, ela estava ainda mais longe de ser. Algumas pessoas gostam de complicar a vida, Rora era uma delas.

— Tenta adotar um cachorro. Quem sabe acalme os nervos dele.

— Ótima ideia, Mit. — Ela me olhou surpresa. — Vou levá-lo em uma feira de adoção esse fim de semana. Amo as soluções práticas que você arruma.

— Estou sempre às ordens — brinquei, mas gostaria de ter dito que a vida poderia ser simples, quando não estamos ocupados tornando-a tão dramática.

Deixei Lila em casa e voltei correndo para o trabalho.

No final do dia estava fechando o café, quando vi Dimi se aproximando.

— Oi, moça — sussurrou no balcão.

— Oi — sussurrei de volta.

Amava as sensações que ele causava em mim.

— Vai fazer alguma coisa hoje, saindo daqui? — Ele dizia isso sempre que queria repetir o nosso primeiro encontro.

— Estava pensando em comer pizza da Dona Margarida. Me acompanha?

— Soube que tem namorado. Ele não vai achar ruim? — brincou.

— Ele sabe que eu jamais olharia para outro. — Eu me debrucei no balcão para roubar um beijo dele.

— Deve ser por isso que ele te ama tanto.

— Eu sei, eu sou incrível. E não estou me achando.

Ele riu.

— Vou falar com o Sr. Braga e já te encontro.

— Estarei na porta.

Comemos pizza, falamos de tudo, rimos de todos. Ele era mais que o grande amor da minha vida, era o meu melhor amigo, a melhor pessoa do mundo para mim.

Havia poucas pessoas na praça, mas ainda estávamos deitados na grama, olhando as estrelas, quando ele perguntou:

— Qual o seu maior sonho?

— Que possa ser realizado ou sonho de fantasia? — perguntei.

— Que você queira realizar.

Pensei um pouco.

— Tem uma cidade na França, chamada Eguisheim. Ela parece a vila onde a Bela do filme *A Bela e a Fera* morava, antes de se mudar para o castelo da Fera. Sonho em visitá-la desde que a descobri. Seria como visitar um mundo mágico, eu não sei. — Olhei para ele, que me observava em silêncio. — Desculpa, sonho bobo — confessei, sem jeito. — Um sonho mais "alcançável" seria ter uma pipoqueira do Mickey. Vi uma vez e me apaixonei. — Sorri, pois de repente a ideia da França parecia menos boba, mas percebi que ele ainda me observava, então perguntei: — E o seu sonho, moço?

— Realizar todos os seus — respondeu sem pensar, me roubando um leve suspiro.

Ele não parecia ser de verdade.

— Dimi, isso foi lindo! — falei, admirada. — Pode me perguntar outra vez?

— O quê?

— Qual o meu sonho.

— Qual o seu maior sonho, Srta. Mitali? — perguntou com voz teatral, me fazendo sorrir.

— Realizar todo e qualquer sonho seu, Sr. Dimitri. — Foi a vez dele de sorrir e me puxou para os seus braços.

Ficamos os dois deitados de barriga para cima. Com a mão no seu peito, sentia o seu coração bater de forma tranquila.

— Você é o meu sonho, Mit. — ele disse, depois de um tempo.

Se ele fosse mais perfeito, com certeza seria fictício.

Capítulo 16

— Está nervosa? — Dimi perguntou quando estacionou o carro na clínica do Dr. Antônio.

— Não sei. E se ele falar que se enganou e que preciso ser internada com urgência?

— Acho que ele teria nos ligado para avisar isso. Já que seria *urgente*.

— É verdade. Bom, vamos descer e encarar. São só os resultados dos exames. O pior já passou no hospital.

— E estamos juntos para enfrentar o que vier — ele disse, segurando a minha mão.

— Isso — falei, tentando demonstrar segurança. — Agora, vamos. — Eu só queria acabar logo com isso.

O consultório era menor do que eu imaginava. A secretária avisou que o Dr. já nos chamaria. Tentei folhear algumas revistas, mas era óbvio que eu não estava lendo nada, então parei. Comecei a roer as unhas, coisa que estava fazendo pela primeira vez. Dimi pegou a mão que estava na minha boca, beijou e segurou no seu colo. Mais um momento da série *vai ficar tudo bem*.

— Mitali Montez — Dr. Antônio apareceu na porta da sala e me chamou. — Olá. Como tem passado?

— Até que bem — respondi, enquanto entrava e me sentava em uma cadeira à frente da sua mesa. Dimi sentou ao meu lado. — Só essas espinhas que estão me deixando maluca.

— Um dermatologista pode ajudar.

— É verdade. Nem pensei nisso. Vou procurar mesmo.

— E no mais? Tudo bem?
— Espero que o senhor me diga.
— Estou com os resultados dos exames que você fez no hospital.
— Certo, mas por favor, me explique de forma simples.
— Como falamos durante a sua internação, o que você teve foi uma inflamação na medula. Pode ter sido um fato isolado, mas pode acontecer de novo e por isso iremos acompanhar por dois anos. Quero te ver de seis em seis meses.
— Como vou saber se acontecer de novo?
— Os sintomas virão de forma parecida.
— O que exatamente uma nova inflamação vai significar, doutor? — Dimi perguntou.
— Há 75% de chance que seja Esclerose Múltipla. — As palavras foram cruas demais, me assustando.
— Meu Deus. Eu posso ficar maluca?
— Não. As pessoas não entendem bem o que essa doença faz e acabam julgando de forma equivocada. É uma doença séria, porém pode ser tratada.
Percebi que Dimi nem piscava, olhando para o doutor.
— Mas ainda não precisamos nos preocupar — ele continuou. — Vamos acompanhar e se você tiver uma nova crise, voltamos a falar dessa doença.
— Como será o acompanhamento durante esses dois anos? — eu quis saber.
— Você repetirá os exames...
— Até o líquor? — Dimi o interrompeu.
E de repente, senti um frio na barriga.
— *E a ressonância?* — perguntei com a voz mais alta e aguda que o normal.
— O líquor não terá necessidade, pois já identificamos que através dele você pode ter a doença, está dentro dos 75%. Mas a ressonância é extremamente necessária para acompanharmos se haverá alguma evolução no seu quadro daqui pra frente — Dr. Antônio nos esclareceu de forma tranquila.

Pisquei várias vezes tentando conter as lágrimas, mas não funcionou.

— Não estou entendendo — o doutor falou quando viu o meu estado.

— Eu não quero repetir esse exame. Por favor! — implorei.

— Há laboratórios com máquinas maiores, para quem tem claustrofobia e que aceitam que você faça com anestesia, mas não posso acompanhar a sua situação sem esse exame.

— Vai ficar tudo bem. Vamos dar um jeito — Dimi mentiu descaradamente e eu concordei com a cabeça. Em seguida, ele virou para o doutor. — O que pode acontecer para fechar esses 75%?

— Uma nova crise, como ela teve. Como estaremos controlando, qualquer sensação diferente, já descobriremos logo cedo. Você teve alguma alteração na visão recentemente?

— Não que eu tenha reparado.

— Vou pedir um exame, potencial evocado, para descartar a possibilidade de... — Ele parou de falar e me olhou.

A minha cara deveria estar transparecendo a confusão que tinha nos meus pensamentos, pois em seguida ele completou:

— Para descartarmos outras doenças, embora a Esclerose Múltipla seja a mais próxima pelos seus sintomas. Como eu disse, vamos acompanhar e ir descartando as possibilidades, torcendo para que não dê em nada — ele disse de forma simpática.

— Tudo bem.

Eu já estava tão exausta que faria qualquer coisa para ir logo para casa.

— Tem alguma dúvida?

— No momento, não. Você tem, Dimi?

— Não. Realizaremos tudo que for necessário — meu namorado garantiu.

— Certo. Já vou deixar com vocês as receitas para os próximos exames — o doutor concluiu.

Após nos entregar os pedidos, nos despedimos e saí do consultório mais confusa do que entrei.

— Posso te pedir um favor? — Dimi perguntou assim que entramos no carro. Concordei com a cabeça, sem conseguir falar. — Não procura nada sobre isso na internet?
— Eu pensei nisso agora. Acho que me enlouqueceria.
— Eu também acho. Vamos viver um dia de cada vez.
— Um dia de cada vez — repeti, sem dar muita atenção ao significado dessas palavras. Como viver tranquilamente sabendo disso? — Não fala nada para a Aurora. Por favor! — implorei.
— Não vou falar.
— Nem se ela te torturar?
— Faremos tudo do seu jeito, Mit — ele garantiu.
— Obrigada. Me leva pra comer algo muito gostoso?
— Está quase na hora do almoço. Quer ir ao shopping aqui perto?
— Quero. Assim cada um come o que quiser.
— Combinado. — Beijou rapidamente a minha bochecha e ligou o carro.

A consulta me deixou pensativa, mas eu não queria ficar desse jeito. Dois anos era muito tempo. Poderia acontecer de novo? É claro que sim, mas se eu ficasse paranoica, tudo seria motivo para me preocupar. Optei por distrair a mente e confiar na porcentagem menor, a de que poderia ficar tudo bem.

Alguns dias depois, Rora me contou que os dálmatas precisam de atividades físicas. Resolvi aproveitar o retorno da minha saúde, para levar Lila em um parque perto de casa. Levei o "xodó", seu brinquedo favorito, e corremos muito com ela, alternando entre eu e Dimitri para jogá-lo longe. Era engraçado ver o quanto ela gostava da brincadeira, mesmo que pela centésima vez consecutiva.

Fui a primeira a cansar e sentei próximo da bolsa térmica que trouxemos com alguns lanches. Enchi um pote com água para a Lila, pois logo ela estaria cheia de sede.

Aproveitei para admirar Dimitri de longe e agradecer ao universo por ter cruzado os nossos caminhos. Ele era tudo o que eu nem sabia que queria na vida. Eu ainda o escolheria se fosse cega, pois não era apenas pelo que se podia ver nele que eu tanto o admirava, era o pacote completo.

Observei os dois vindo em minha direção.

— Chega por hoje — ele disse e praticamente se jogou na grama ao meu lado.

Lila foi direto no pote de água e bebeu freneticamente por alguns segundos. Depois se jogou na nossa frente de lado, com a respiração acelerada.

— Será que conseguimos deixar ela cansada?

— Não sei — Dimi falou e mexeu os braços parecendo desconfortável. — Mas algo me diz que não vou conseguir mexer os braços por alguns dias.

— Lila, minha menina — falei e ela só mexeu os olhos para me olhar. — Está nos ajudando a ter uma vida mais ativa.

— Estava olhando fotos de dálmatas esses dias. Existem pessoas que criam contas para os animais no Instagram. Já viu isso? — Dimi comentou.

— Não. Mas quero ver se tiver de dálmatas — falei empolgada.

— Tem vários. E eles parecem pôneis. Será que ela vai crescer desse jeito?

— Acredito que sim. — Acariciei o seu focinho.

— Então, vamos precisar mudar para uma casa maior. — Olhei para ele assustada.

— Vamos?

— Claro. Já viu o tamanho do seu apartamento?

Foi apenas maneira de falar. Ele não estava propondo casamento.

Respira, Mitali.

— É verdade — respondi sem jeito. — Mas um apartamento pequeno para nós duas, já está ótimo. — Arrisquei olhar para ele pelo canto dos olhos e percebi que sorria.

— Não para sempre. — Ele me puxou pela cintura e nos deitou na grama, encostei a cabeça no seu peito, como sempre fazia. Lila nos viu e veio deitar mais perto, ao lado de Dimitri.

A simplicidade do que tínhamos me fazia tão bem que eu não precisava de rótulos. Nada foi considerado normal entre nós. Éramos um tipo de relacionamento que ainda não inventaram, algo só nosso, qualquer nome estragaria a beleza do que sentíamos, por não ser o suficiente.

Capítulo 17

Papai me mandou mensagem logo pela manhã, pedindo para me ver. Marcamos de jantar juntos no mesmo restaurante italiano que fomos quando nos reencontramos e que virou o nosso favorito desde então.

Acredito que os lugares guardam memórias e que, se pudessem falar, contariam os nossos segredos mais profundos. Aquele restaurante tinha cheiro de saudade e gosto de reconciliação. Quando chegamos, já fomos encaminhados para a nossa mesa de sempre por Diego, o nosso garçom favorito. Senti que o cheiro dos molhos estava mais forte e não de um jeito bom. Estava enjoativo.

— O que houve? — Papai perguntou assim que sentamos.
— O cheiro do molho de tomate. Não está sentindo? — Observei enquanto ele mexia o nariz e inspirava.
— Está igual as outras vezes.
— E do queijo, queijo ralado — falei enjoada.
— Acho que seu nariz está com defeito — ele brincou.
— Estou me sentindo um cachorro, com o olfato aguçado.
— Quer ir em outro lugar?
— E perder esse nhoque? Nunca!
— Aí está a minha filhota — ele disse, orgulhoso.
Compartilhávamos o gosto por massas.
Fizemos os pedidos, que chegaram rapidamente. Conversamos sobre tudo e nada ao mesmo tempo. Quando finalizei o segundo prato, me sentia pesada e sonolenta.

— Bom, Mit... eu queria te contar que... — A voz de papai ficou distante e dei um pulo na cadeira quando percebi que pesquei, quase cochilando. — Mit? — Papai se assustou.

— Ai, meu Deus. Que dia é hoje? Não... espera... preciso olhar o meu calendário menstrual.

— Calendário menstrual? Mit, você está bem? — Fiz sinal para ele esperar e foi quando eu vi...

Gostava de ter tudo controlado na minha vida e com a minha vida sexual fazia o mesmo. Eu tinha um calendário onde marcava todas as datas das minhas menstruações, controlava o meu período fértil e quando tinha relações. Só que desde que começou a bagunça com a minha saúde, parei de tomar o anticoncepcional, por um total descuido. Apenas anotava as datas das relações de forma automática, por hábito.

Eu não prestei atenção.

Como eu fiz uma coisa dessas?

Bem em um dia que estávamos sem camisinha em casa. Eu disse que não tinha problema, devido ao calor do momento. Mas agora, analisando o calendário, eu estava em um dia superfértil. Jesus, me ajude! Eu tenho quase certeza...

— Eu estou grávida — sussurrei. — Pai, *eu tô grávida*! — dessa vez eu gritei e bati na mesa.

— O quê? — papai perguntou assustado, certamente me achando maluca, mas eu não estava maluca, eu *estava* grávida. GRÁVIDA!

— Mit, vocês não estavam se cuidando? — ele quis saber.

— Estávamos, pai. Mas foi um dia de descuido. Um *bendito* dia.

— Espera um pouco. Como você sabe?

— Eu simplesmente sei. Olfato de cachorro, enjoos, eu quase cochilei na mesa enquanto você falava... tenho certeza, papai. EU TÔ GRÁVIDA! — Ele se levantou e me abraçou.

— Isso é ótimo, filhota. Claro que um pouco fora de contexto, mas Dimitri é um cara especial. — Papai não parecia decidir se me dava lição de moral ou sorria.

— Dimitri! — gritei o nome do meu namorado, como se só agora tivesse me dado conta de que ele fazia parte disso. — Eu preciso contar pra ele e pra Aurora.

— Não seria melhor você fazer algum teste?

— Isso! Teste. Muito bem, papai. Vamos comprar alguns testes e ir para casa. Você precisa ficar comigo hoje. Eu não vou conseguir ficar sozinha e não quero contar pra eles até ter certeza.

— Tudo bem. Vamos na farmácia.

— *Vamos!* — gritei de novo, estava descontrolada.

Um bebê? Dava para ser melhor?

Pagamos a conta e saímos abraçados.

Papai ainda estava desconfiado, então compramos três testes.

— E agora? — ele perguntou assim que entramos no meu apartamento.

— Eu preciso fazer xixi.

— Você está com vontade?

— Não — respondi frustrada. — Mas logo vou ficar. Eu acho. Vou ficar bebendo água.

— Deixa que eu vou buscar.

— Espera! — pedi, agitada. — Acho que agora estou com vontade. Pega aqueles copos plásticos na segunda porta de baixo, no armário da cozinha.

Ele foi e voltou correndo. Abri o pacote do teste rapidamente e fui para o banheiro com o copo e o teste que parecia um tipo de caneta.

— Você sabe como fazer? — Vi papai pegar a bula, antes de eu fechar a porta e estar prestes a descobrir o destino da vida de todos. Uma criança mexeria com a estrutura de tudo.

Sentei no vaso sanitário e esperei começar a fazer xixi, para então colocar o copo na mira do jato. Estava tudo dando certo, quando papai abriu a porta com tudo.

— Mit, li aqui que você precisa fazer xixi no teste, não fala nada de copo... — falou de forma tranquila enquanto olhava a bula.

Com o susto que ele me deu, o copo caiu na privada.

— *Sai daqui, pai!* — berrei, constrangida.

— Desculpa — ele pediu e saiu de olhos fechados, como se já não tivesse visto a cena. — *Eu só queria te avisar!* — gritou atrás da porta.

— Só precisa ter xixi no teste. Não importa como ele vai parar lá — falei de volta, enquanto colocava a calça de novo.

Precisava tirar o copo da privada. Tudo bem, era o meu xixi, não havia motivos para nojinho.

Comecei a levar a mão até a água, mas uma força invisível não me deixava pegar o copo. Eu realmente estava com nojo do meu xixi.

Ouvi batidas na porta.

— Está tudo bem? Você está demorando. — Bufei. Meu pai era inacreditável.

Não havia pessoa mais atrapalhada para se ter por perto naquele momento.

Abri a porta e dei de cara com ele que estava praticamente grudado nela.

— Está descabelada — ele disse, inseguro, apontando para o meu cabelo. — Já temos o resultado? — Arriscou espiar dentro do banheiro.

— Não, pai. Você entrou, me assustou e eu derrubei o xixi e o copo.

— Ixi... — foi tudo o que ele disse.

Eu tinha sérias dúvidas de quem era o filho ali.

— Só preciso ter vontade de fazer xixi de novo. — Lavei as mãos, saí do banheiro e sentei no sofá da sala, exausta.

Observei ele entrar no banheiro, pegar o copo, dar descarga, jogar o copo no lixo, lavar as mãos e sentar ao meu lado no sofá.

— Você não teve nojo — afirmei, admirada.

— Do seu xixi? Sei que não fui um pai presente, mas já troquei as suas fraldas algumas vezes — disse, me fazendo sorrir.

Ele era adulto e advogado, também um brincalhão atrapalhado, mas era o meu pai. O fato de eu parecer mais velha que ele algumas vezes não mudava isso.

— O que quer fazer enquanto esperamos o seu xixi *aparecer*? Posso fazer... um chá? — perguntou inseguro.

— Você lembra disso?

— Tudo acabava em chá para a sua tia Léia. — Sorri concordando e ele foi fazer o chá.

— Pai, e se Dimitri não quiser um bebê? E se ele achar que eu fiz de propósito?

— Estamos falando do mesmo Dimitri? Ele te ama — me garantiu.

— Como você tem tanta certeza?

— É só olhar vocês juntos.

Mas uma onda de insegurança me invadiu e eu já não estava mais tão convencida disso.

Fiquei em silêncio, enquanto papai terminava o chá.

— E se ele não quiser, eu assumo, dou o meu nome e crio enquanto eu estiver aqui. Sei que você fará um trabalho incrível como mãe — ele disse e seu tom era triste. — Bem melhor do que eu. — Ele me entregou o chá e sentou.

— Você está aqui agora. — Segurei a sua mão. — Tudo bem que é um pouco atrapalhado, mas está aqui — afirmei, olhando nos seus olhos, para que pudesse ver e sentir toda verdade que tinha nessa frase.

Terminei o chá em silêncio.

Fiquei pensando nas reações de Dimitri e o que eu faria se ele não quisesse o nosso bebê. Essa novidade mudaria demais as coisas e os planos que ainda nem havíamos feito.

Senti vontade de fazer xixi e voltei no banheiro. Desta vez fazendo o procedimento certo. Assim que terminei, deixei o teste em cima na pia, para aguardar os *eternos* cinco minutos em que o resultado apareceria.

Abri a porta do banheiro, papai entrou e eu sentei na tampa da privada.

— Um risquinho, negativo. Dois, positivo — Papai disse, lendo a bula.

Concordei com a cabeça.

Finalmente os minutos passaram, respirei fundo e fui olhar o resultado.

— Dois risquinhos — ele falou e foi confirmar na bula. — Positivo. *Positivo*, Mit! — gritou e me abraçou.

Mas eu já não estava tão feliz, estava assustada pensando em como contaria para o meu namorado.

Fiz mais um teste antes de dormir, que confirmou ser positivo. Papai leu na bula — e ele estava começando a me irritar com aquela bula — que o primeiro xixi, logo cedo, era mais assertivo. Resolvemos dormir e deixar o último teste para ser feito pela manhã. Pedi que ele ficasse comigo e arrumei o antigo quarto da Aurora para ele.

Deitei abraçada com a Lila. O sono demorou a chegar.

Ouvi o despertador tocar, com a sensação de que tinha acabado de fechar os olhos. Fui direto para o banheiro, confirmar o *veredito*: positivo.

Decidi ir ao hospital, confirmar com um exame de sangue, mas ciente da realidade.

Qual a possibilidade de 3 testes positivos estarem errados?

Precisava me acostumar com a ideia de que teríamos um bebê.

Antes de ir para a livraria, passei no hospital para fazer um exame que confirmou a gravidez em menos de uma hora. Eu ainda me sentia *eu*, mas havia algo diferente em mim.

Papai pediu que eu levasse Dimitri ao hospital, mas o medo de que ele me rejeitasse não deixou. Eu precisava ter certeza de todas as formas antes de contar para ele.

Levei um susto quando vi que ele me esperava, junto com o Sr. Braga, no café.

— Ei. Bom dia — ele falou, beijou a minha testa e me abraçou. — Você não me respondeu ontem e nem hoje. Estava preocupado.

Esqueci completamente de responder, mas como explicar o motivo?

Meu coração batia em um ritmo desconhecido. Estava tão ansiosa, angustiada e com a sensação de que poderia vomitar a qualquer momento.

— Desculpa, Dimi. — Não conseguia olhar nos olhos dele. Abracei o meu chefe. — Bom dia, Sr. Braga. — Consegui sorrir, mas ele já me olhava desconfiado.

— Está pálida. O que houve?

— Não queria me atrasar. Vim correndo — menti.

Ninguém pareceu acreditar. Nem eu acreditava.

Preparei nossos cafés com os olhares deles me seguindo. Conversamos um pouco e o clima ficou menos tenso.

— Podemos ir para a minha casa depois do trabalho? — sussurrei para Dimi, antes de começarmos o expediente.

— Claro que sim. — Piscou para mim e saiu.

Ele ia entender. Eu esperava muito por isso. Só precisava de um plano.

* * *

— *Grávida?* — ele gritou assim que eu contei.

Não consegui bolar nenhum plano, então contei rapidamente para ele, assim que entramos no meu apartamento.

— Isso. Grávida. Bebê. Você. Papai. — Sorri, insegura.

Ele me abraçou, me levantou, me encheu de beijos no rosto e depois abaixou e beijou a minha barriga.

— Eu sonho em ser pai. — Ele me olhou com carinho. — E de um filho seu, desde que te conheci. — Relaxei o meu corpo, que estava tenso até então.

— Que bom ouvir isso, Dimi.

— Achou que eu não fosse gostar?

— Eu, sinceramente, não sei.

— Amo tudo que venha de você. Mas um bebê é nosso, Mit. Um amor ainda maior. Você me faz o cara mais feliz do mundo! — Abracei Dimi com força, sentindo o seu cheiro, tão familiar e acolhedor.

Ele conseguia ser perfeito em todos os momentos, mas eu só pensava no quanto esse bebê vinha fora de hora. A ideia de tantas mudanças estava me apavorando.

Capítulo 18

Eu queria *muito* me sentir bem, mas algo mudou dentro de mim e isso estava me consumindo.

— Carrinho, berço, guarda-roupa... são coisas que já podemos adiantar — Rora dizia enquanto enchia um carrinho com roupas brancas, amarelas e qualquer outra cor que ela considerasse *unissex*.

— Rora, eu devo estar com duas semanas de gravidez. Isso é mesmo necessário agora? — tentei falar de forma delicada, mas ela me olhou indignada.

— Não estou te reconhecendo. Quando cogitei a ideia de tentar ter um bebê, você só faltou pular de alegria. Agora que é com você e está acontecendo, age dessa forma estranha?

— Só acho cedo. Ainda nem decidi o que farei com Dimitri.

— Como assim, o que fará? Vão casar. Não é óbvio? Se amam, vão ter um bebê — ela disse, parecendo já ter decidido por mim.

Não ia adiantar discutir com ela, me deu preguiça só de imaginar.

— Não quero que fique gastando — comentei apontando para o carrinho, que transbordava.

— Mit, você vai ter um bebê, meu afilhado, espero — falou e me olhou desconfiada.

Acabei sorrindo.

— Quem mais seria?

— Ótimo. Vou gastar pelo resto da vida com ele, ou ela. Já sabe o que é? Dizem que mãe tem instinto.

Ouvindo isso, pensei novamente nas coisas que iriam mudar. Assim que ele nascesse, não viveria mais um dia sem ele.

Por que isso estava sendo um peso para mim? Tantas mulheres dariam tudo para estar no meu lugar. Eu parecia uma pessoa diferente, alguém que eu não reconhecia.

— Não faço ideia. Vou procurar um médico essa semana e já vejo como faremos para descobrir.

— Tomara que seja uma menina. Quero enchê-la de lacinhos. Mas se for menino, a madrinha também vai amar — ela falava de forma empolgada, enquanto continuava a colocar roupas no carrinho.

Eu tentei sorrir e fingir que não estava sendo uma tortura me preparar para uma mudança tão radical.

Decidi marcar consulta com o Dr. Antônio. Como meu neurologista, precisava saber quais seriam as orientações. Ele ficou contente com a notícia. Pausamos os acompanhamentos até o nascimento do bebê. Ressonância não poderia ser feita durante a gravidez. Fiquei radiante por saber disso. Ponto para o bebê!

O exame da vista foi simples. Tive que olhar para um aparelho que parecia um computador antigo. Apareceram algumas imagens em preto e branco, para onde eu deveria olhar. O resultado foi negativo para o que quer que o doutor quisesse descartar. Recordei que havia precisado de óculos semanas atrás, mas devia ter sido apenas cansaço na vista mesmo. Tudo parecia bem o suficiente para esperarmos o bebê.

Sei que as condições eram diferentes, mas conhecer mais uma médica não estava me animando. Dra. Magda foi indicada por alguns amigos de Aurora como uma das melhores ginecologistas e fazia cesárea, o que para mim era importante. Era pequena e falava de jeito calmo, com a voz baixa. Havia todo tipo de equipamento no seu consultório, já fez ali mesmo um ultrassom transvaginal. Quem já fez esse exame, sabe o quanto é desconfortável. Acho muito injusto que os homens só precisem de exames invasivos após os 40 anos e as mulheres já sofram assim que perdem a virgindade. Mas repetir o exame sabendo que eu iria confirmar a gravidez era diferente, de um jeito bom, mesmo para uma mãe estranha como eu vinha aparentando. Então, quando a *câmera cabeçuda* me invadiu, não me importei e logo olhei ansiosa para a tela do exame.

— Eu não consigo ver nada — Dimi confessou.

Seria muito ruim se eu dissesse que também não via? Só havia uma imagem um pouco riscada, nada que se parecesse com um bebê.

— Está aqui. — A doutora fez um círculo na tela e o que vi, mais parecia uma bolsinha de ar. — Aproximadamente, duas semanas de gestação. Nos próximos exames vai aparecer dentro desse saco gestacional as primeiras formações do feto.

— Um tipo de feijão? — perguntei e a doutora sorriu.

— Isso. Em um primeiro momento, ele irá parecer um feijão.

Meus cálculos estavam certos. Levando uma foto do futuro abrigo do nosso *feijão*, marcamos o próximo ultrassom para dali duas semanas.

— Você está feliz? — Dimi perguntou, quando já estávamos deitados na minha cama, com a Lila em nosso meio.

— Estou. — Olhei para Lila e acariciei o seu focinho.

— Não parece. O que está te incomodando? — ele quis saber.

Encarei meu namorado por alguns segundos.

— Dimi, como vamos fazer? Vamos criar esse bebê em casas separadas? — Não queria pressioná-lo, mas estava me irritando a lerdeza dele com algo tão importante. Queria falar de coisas sérias e não apenas imaginar o rosto que teria o nosso filho. Ele também precisaria de um teto.

— Por que não me falou isso antes? — *Por eu achar que fosse óbvio?* pensei, mas não falei nada. Só fiquei olhando para ele.
— Você quer que eu faça um pedido formal? Chame o seu pai?
— Não acho que seja necessário na atual situação.
— Então, me diga o que você prefere? Para mim não importa onde ou como estaremos, desde que eu passe o resto da vida com você e o nosso pequeno feijão — ele falou e o clima ficou mais leve. — Você quer decidir? Quer que eu decida? Porque eu não tenho dúvidas, Mit. E você? Quer passar o resto da vida comigo?
— É claro que quero.
— Então, vamos ajeitar as coisas. O que acha de ficarmos aqui? Eu alugo o meu apartamento. Podemos transformar o outro quarto para o bebê.
— Acho ótimo.
Lila acordou e acomodou a cabeça na minha barriga.
— Será que ela consegue sentir que há alguém dentro de mim?
— Deve sentir. Assim como eu já sinto — ele disse, acariciando a minha barriga.
Dimi estava tão empolgado. Era fofo de ver. Até comprou alguns bonecos de pelúcia do *Star Wars*, dizendo ser para mim e para o bebê, já que eu havia gostado dos filmes. Talvez pela maneira como ele estava levando tudo ou por não haver nada que eu pudesse fazer, isso me tranquilizasse de alguma forma.

Era sábado à noite, estava pensando em preparar algo para jantarmos, quando ouvi barulho de chave na porta de casa.
— Com licença, estamos entrando. — Rora e Fi apareceram carregando algumas caixas e sacolas.
— Que susto, Aurora. O que são essas coisas? Está mudando para cá de novo? Sinto muito, mas seu quarto será utilizado pelo pequeno feijão.
— Já disse para parar de chamá-lo assim — ela disse zangada.
— Comprei algumas coisas para o bebê.

— Nem olhe para mim — Fi se defendeu. — Fui obrigado a ajudar.

— Mal temos onde guardar essas coisas, Rora.

— Isso será resolvido amanhã. Mandei entregarem os móveis e o montador vem junto. — Era a cara dela ser invasiva dessa forma.

— Você é maluca, Aurora. Não precisava fazer isso. Temos tempo de ver tudo. Foi confirmado que ela está com duas semanas — Dimi falou.

— Me deixem fazer o meu papel de madrinha. Você fez tanto por mim, Mit. Por favor — ela implorou.

Olhei para ela em silêncio.

Suspirei.

Ela só queria ajudar.

— Mostra o que *tanto* você comprou.

— Você vai amar — ela disse empolgada e começou a mostrar tudo.

Roupas de cama para o berço, almofadas, bebê conforto, carrinho para passeio, inalador, umidificador de ar, bombinha de leite e mais um monte de coisas que eu não sabia a finalidade.

Desisti de fazer o jantar e pedimos comida.

Continuei olhando e ajeitando os presentes no antigo quarto dela.

— Vou aproveitar que o montador vem e vou pedir para ele nos ajudar a descer as coisas que deixei aqui. Vou acomodar tudo no quarto extra que tenho lá em casa. — Ela havia deixado a cama, algumas cômodas e estantes. Não estavam atrapalhando, mas agora teríamos um novo morador.

Estava começando a me empolgar com a ideia. Era impossível não sonhar vendo todas aquelas coisas, imaginando um ser que crescia dentro de mim interagindo com tudo aquilo. Só conseguia pensar no sexo agora. Quando será que poderíamos saber?

Capítulo 19

A gravidez não era simples e bonita como mostravam nos filmes.
Eu vivia enjoada.
Geralmente, quando sentia enjoos, não podia nem olhar para comidas, mas estando grávida isso era diferente. Comer aliviava, principalmente se fosse picolé de limão. Criei uma rotina para não ficar sem comer por mais de três horas e assim controlei bem as ânsias, pois vomitar estava fora de questão.

Em poucos dias já havia um quartinho montado para o bebê. Decidimos que a decoração deveria ser azul e coral. A mistura das duas, por algum motivo, me lembrava o mar e a imensidão de mudanças que já estava trazendo para a minha vida.
Confesso que ficou fofo.
Vendo tudo pronto, coloquei as mãos na minha barriga e falei "É tudo por você, Feijãozinho". Não precisava que ele respondesse, diziam que ele já me ouvia.

Não quis perder o hábito de passear com a Lila. Aproveitávamos os domingos no parque, mas eu apenas observava ela e Dimitri brincando, pois, o medo de cair e causar qualquer dano ao bebê me deixou um pouco paranoica.
Era um domingo de sol e eu os observava da sombra de uma árvore.

Quando cansaram de brincar, vieram em minha direção e já preparei um pote com a água para a dálmata. Ela bebeu por alguns segundos e se jogou na grama, exausta.

Dimi sentou ao meu lado.

— Precisamos pensar em nomes para o bebê. Ou pretende chamá-lo de Feijão para sempre? — ele perguntou.

— Estava pensando nisso. Acho tanta responsabilidade. O bebê poderia decidir isso, quando já tivesse idade o suficiente.

— Imagina a bagunça, se nenhuma criança tivesse nome nas escolas?

— Não tinha pensado nisso.

— Se for menina, pensei em Liz.

— L-I-S, — soletrei — como aquele limite no banco?

— Não. L-I-Z, Liz. Parece nome de princesa. Não acha?

— Liz Montez Mifti — falei, misturando o meu sobrenome ao dele. — Acho que gostei. Se for menino, gosto de Matias.

— Com T-H ou T-I?

— Com T-I. Gosto de nomes com M.

— Matias Montez Mifti — foi a vez de ele de repetir, mas não disse nada.

Olhei para ele, ansiosa, enquanto o observava pensar.

— Acho que gostei também — ele finalmente disse.

— Que bom — falei, me divertindo.

Lila dormia de lado na grama. Cada vez maior, a nossa menina. Como cresciam rápido esses bichinhos.

— Será que já ouviremos o coração dele no próximo ultrassom? — eu comentei depois de um tempo.

— Acho que sim.

— Você está ansioso?

— Bastante, e com medo também — ele confessou e olhei para ele assustada.

— Medo? Jura? Medo de quê? — Ele parecia tão confiante, não imaginei que pudesse temer algo.

Ele coçou a cabeça e pensou um pouco antes de responder.

— É uma vida, Mit. Seremos responsáveis por ela. Tenho medo de não ser bom o suficiente. Você não tem?

— É claro — admiti, mas meus medos não eram os mesmos que os dele. Fiquei tão focada nas mudanças que nem pensei no quanto esse ser iria precisar de mim. — Talvez, um pouco mais agora, ouvindo você falar desse jeito — concluí.

Ele segurou a minha mão e beijou, como sempre fazia.

— Quando estou com você, sinto que tenho superpoderes. Você será a melhor mãe do mundo — ele disse.

Eu tinha sérias dúvidas.

— E você o melhor pai, como em tudo que faz — falei, pois disso eu tinha certeza.

Ele me beijou e consegui deixar o medo de lado, pelo menos naquele momento.

Lila, enciumada, se aproximou e invadiu o espaço entre nós. Dividimos mais esse momento com ela e não pude deixar de pensar que em breve seríamos quatro.

Era o dia do novo ultrassom.

Eu já sentia a gravidez, já havia visto o saco gestacional, que provava o início de tudo, mas ouvir o coração dele era importante. Seria mais uma prova da sua existência.

Assim que coloquei os olhos na pequena tela, onde apareciam as imagens do meu útero, soube que algo não estava certo.

Lá estava a mesma imagem de duas semanas atrás, idêntica, não havia nenhum feijão.

Não havia batimentos. Portanto, não havia bebê. Eu vinha conversando com a *droga* do meu saco gestacional, oco.

Ouvi tudo que a médica dizia em piloto automático.

Dimi estava pálido e nem respirava ao meu lado.

Tive um princípio de gravidez que não evoluiu. Isso ocorre com mais ou menos vinte por cento das mulheres na primeira gestação.

Eu poderia ter filhos, mas no futuro. Desta vez, teríamos que induzir o aborto, para poder limpar o meu útero.

Saímos de lá com a receita de um remédio que faria tudo ser eliminado como uma menstruação, mas caso isso não ocorresse em uma semana, eu teria que passar por uma cirurgia para raspar e limpar tudo. Senti uma aflição absurda ao ouvir isso pois, mais uma vez, seria obrigada a passar por procedimentos médicos desagradáveis.

Não era para ser assim, me sentia completamente perdida. Como as coisas mudaram tanto e do nada?

Voltamos para casa e enquanto Dimi preparava um chá fui até o quartinho, praticamente pronto, graças a minha amiga exagerada.

Eu não conseguia chorar, pois sabia de quem era a culpa. Estava sendo castigada por, de alguma forma, não querer o bebê. Como poderia olhar para o meu namorado sabendo disso? Como encarar a minha família? Mas o que me consumia ainda mais era como eu iria conviver comigo dali em diante?

Comecei a tomar a medicação, pedindo a Deus que, se eu tivesse um pingo de credibilidade, Ele usasse para que esse remédio fizesse efeito e eu não precisasse de cirurgia nenhuma.

A espera era angustiante.

Dimi se encarregou de contar para nossas famílias. Fui afastada do trabalho por tempo indeterminado e me permiti isso, pois não conseguia sair da cama.

A culpa me consumia.

Só permitia que Lila ficasse perto de mim. Ela não perguntava se estava tudo bem.

Eu tinha entendido que isso poderia acontecer, que era comum, mas me revoltava acharem que era algo normal. O natural era a gravidez acontecer e não esse pesadelo todo. Não me interessava saber que havia acontecido com muitas outras mulheres. Eu não queria passar por isso.

Qualquer tentativa de alguém se aproximar era irritante para mim. Percebia que eles alternavam os turnos, para não me deixarem sozinha.

Era o último dia para que o aborto ocorresse de forma natural e nada aconteceu. Já estava começando a me preparar para a cirurgia.

Vi papai se aproximar pelo canto dos olhos, parou na porta do meu quarto.

— Oi — disse de forma insegura.

Eu não respondi. Ele entrou e sentou perto de mim. Estava de costas para ele.

— Quando a sua mãe resolveu que era o momento de ser mãe, não me avisou. Levei um susto quando ela contou que estava grávida. Eu não estava pronto — ele começou a falar e ganhou a minha atenção.

Virei para olhar para ele, mas seus olhos estavam em algo além da janela.

Sentei para conseguir vê-lo melhor, ainda em silêncio.

— Sabe como ela era, quando colocava algo na cabeça, ninguém tirava — ele continuou, sorrindo pela lembrança. — Como não tinha nada que eu pudesse fazer, levei da maneira que pude. Mas nem preciso te contar como eu me saí mal. Ser pai nunca foi um sonho para mim.

— Eu não sabia disso — falei.

O que ele disse não me ofendeu. Hoje eu entendia o significado das suas palavras.

— Te amei desde o primeiro momento, mas da minha maneira. Eu me arrependo, porque perdi muita coisa e o tempo não volta. A vida me permitiu mudar e é por isso que estou aqui. Ainda que sem jeito — o quarto foi preenchido pelas nossas risadas —, mas você me ajuda de um jeito bacana e não trocaria a nossa relação por nenhuma outra de pai e filha.

— Nem eu, pai. — Abracei ele e foi o que eu precisava para desabar.

O choro preso saiu de uma vez.

— Eu não queria ele. Estava tão assustada, mas as coisas mudaram — assumi entre soluços. — Nunca quis que isso acontecesse.

Ele me acolheu e eu chorei ainda mais.

— Eu sei, filhota. Eu sei.

Lila se aproximou e lambeu as minhas lágrimas.

Não sei por quanto tempo chorei, mas quando parei, os meus olhos ardiam e a minha cabeça parecia que explodiria a qualquer momento.

— Preciso fazer xixi — falei e fui tentar levantar, mas ele me segurou e pegou a minha mão, com seu jeito meio grosseirão.

— Não foi culpa sua. Quando for a hora certa, você será uma mãe incrível. Bem melhor do que o pai que eu fui.

— Do que você foi pode até ser, mas do que está sendo agora? — Eu me aproximei, como se fosse contar um segredo. — Acho impossível — admiti e o sorriso que ele abriu aqueceu o meu coração.

Ele não precisava saber que eu não queria ouvir sobre engravidar tão cedo, estragaria o clima.

Caminhei até o banheiro, no caminho vi o quartinho, agora vazio. Rora e Fi tinham limpado tudo em algum momento, foram tão discretos que eu nem vi.

Sentei no vaso sanitário e suspirei.

Quando fui me limpar, tive a melhor notícia em dias.

Sim, eu tinha conseguido!

Agora só precisava que *tudo* saísse e deixasse o meu útero limpo o suficiente, para não precisar de cirurgia.

O alívio foi como beber um chá quente em um dia muito frio.

Meu pai comemorou comigo, foi maravilhoso ter ele ali naquele momento.

Deitei exausta pelo choro e a emoção e acabei dormindo.

Acordei com a pior cólica que já senti na vida.

Corri para o banheiro e enquanto fazia cocô, segurava um balde com a certeza de que eu ia vomitar. O próprio cheiro das fezes ajudava no enjoo.

Mas o vômito não saía.

Não conseguia me limpar, a dor era insuportável. E a menstruação não era apenas sangue, havia pedaços de alguma coisa.

Graças a Deus, era papai quem estava comigo. Ele mandou mensagem para a Dra. Magda, que avisou que era normal. Recomendou um remédio para dor e pediu que eu fosse vê-la mais tarde.

Já tinha o remédio recomendado em casa, pedi dois para meu pai e tomei ainda sentada na privada. Não conseguia me mexer, me curvava de tanta dor.

Fiquei assim por trinta minutos, até que finalmente, o remédio fez efeito.

Consegui me recompor. Papai me ajudou a tomar banho e deitei. Ele me avisou que Dimitri estava a caminho para me levar na consulta.

Não consegui dizer uma palavra no caminho. Mal conseguia olhar para o meu namorado. A cólica estava controlada pelo remédio, mas meu corpo ainda estava sensível.

Descobrir que teria que fazer o *bendito* do ultrassom transvaginal no meu estado me fez chorar, o que atrapalhou um pouco o exame. Tensa, foi ainda mais dolorido. Mas quando vi a imagem na tela, do exame em tempo real, compensou tudo. Meu útero estava limpo e pronto para outra, que eu não facilitaria para acontecer.

— Mit — Dimi começou a falar, um pouco relutante, quando parou o carro na porta do meu prédio. — Sei que a pior parte ficou com você e como eu gostaria de ter vivido tudo, para que nada te afetasse. Mas não posso mudar as coisas, só me diz o que você precisa. Eu faço qualquer coisa para te ver melhor.

Quando eu olhava para ele, me sentia culpada por tudo. Uma força, dentro de mim, dizia que ele ficaria melhor sem mim. Eu só precisava ser corajosa o suficiente para deixá-lo ir.

— Dimi, eu preciso ficar sozinha — falei, sem conseguir olhar nos olhos dele.

— Quer que seu pai durma com você hoje? Eu falo com ele.

— Não. Quero ficar sozinha, sem você. — Ele me olhou assustado.

— Está terminando comigo?

— Estou te libertando de mim e de tudo que vem comigo. — Minha voz era mecânica. Eu nem sabia o que estava dizendo.

— Mas sou eu quem escolho isso e quero você. — Havia desespero na sua voz e aquilo me doía mais que abortar o nosso bebê *Gasparzinho*.

— Eu não consigo olhar pra você agora. Não sei se vou conseguir algum dia.

— Mit, por favor... — ele implorou.

Ai, meu Deus. Ele estava chorando? Eu precisava sair daquele carro.

Abri a porta e olhei para um Dimitri desesperado. Senti as lágrimas inundarem os meus olhos.

— Espero que me perdoe — falei e saí.

Não olhei para trás.

Levei um susto quando entrei em casa e vi o meu pai, assistindo algo na televisão.

— Estava te esperando... — ele começou a falar, mas parou ao ver o meu estado. — O que foi?

— Pai — corri para os seus braços, como nunca fiz quando criança —, estraguei a minha vida.

Capítulo 20

Não consegui voltar a trabalhar. O Sr. Braga conversou comigo e entendi que precisava respirar. Era coisa demais em pouco tempo.

Levei a Lila no nosso passeio de rotina no parque. Ela parecia saber que eu não aguentava brincar como Dimitri, pois mesmo que ainda estivesse com pique, deitou perto de mim, com o xodó entre as patas. Encostei na mesma árvore de sempre, sentindo a brisa da manhã e tentei esvaziar os pensamentos.

— Sabia que ia te encontrar aqui. — Rora praticamente se materializou ao meu lado e sentou, fazendo carinho em Lila.

— Não está me atendendo.

— Eu sei. É de propósito.

— Não pode me evitar para sempre.

— Também sei disso. Só estava contando que fosse por mais tempo.

— Como você está?

— Era esse tipo de pergunta que eu queria evitar.

— Me diz o que eu posso fazer pra ajudar, caramba! — ela pediu com a voz alterada.

Suspirei, cansada.

— Não consigo entender o que você fez. Afastando Dimitri dessa forma — ela continuou.

— Estou fazendo um favor para ele. Sou um ímã de tragédias.

— Precisa parar de se fazer de vítima.

— Me fazer? Eu sou a vítima, se não percebeu. Não posso controlar nada do que está acontecendo comigo.

— Mas pode controlar como lida com tudo isso. Todos temos uma história triste pra contar, Mit.

Olhei para ela e pensei nos seus pais.

— Cada um tem a sua porção de lutas, só que isso não define quem somos. Há uma vida além dos problemas e ela depende de você para acontecer — concluiu.

Fiquei em silêncio, olhando para frente, pois sabia que minha amiga tinha razão.

— Não está sendo um pouco dura demais? — eu quis saber, pois jamais poderia falar dessa forma com ela, era muito sensível.

— Estou preocupada com você.

— Vou ficar bem, Aurora.

— Certo. Mas responde as minhas mensagens — ela pediu, me fazendo rir.

— Vou responder — garanti —, mas para de perguntar se eu estou bem.

Ela beijou a minha bochecha, fez um último carinho em Lila e saiu.

Minha dálmata se aproximou de mim, sentou no meio das minhas pernas, de costas, a abracei e descansei a minha cabeça na dela.

Precisava retomar a vida. Só não lembrava de como era não ter Dimitri. Ele tinha se tornado parte de tudo.

Estava respeitando bem o meu espaço, não me procurou. Achei que o encontraria no trabalho, mas ele pediu transferência para o Sr. Braga. Sumiu completamente da minha vida. E a culpa mais uma vez, era minha.

Talvez coisas ruins me acompanhassem por eu não ser uma pessoa boa.

Como não havia mais bebê, não consegui fugir da ressonância semestral.

O tempo passa depressa quando tememos o futuro e nos guia diretamente para o alvo dos nossos pesadelos.

Consegui um laboratório em que a máquina era maior e aberta atrás. Papai entrou comigo na sala. Fiquei o tempo todo de costas, não queria conferir se tudo, realmente, era maior.

Deitei, vi enfermeiros me prepararem, tremia tanto que batia os dentes. Antes de entrar na máquina, fechei bem os olhos e fiz uma promessa de não abrir enquanto o exame não acabasse.

Sentia a mão do meu pai em cima dos meus pés, como se me dissesse *estou aqui*.

A parte boa desse exame era que nada tocava em mim. A não ser o furinho que levei na veia, para aplicação do contraste, que servia para ajudar a melhorar as imagens. Se eu ficasse quietinha, logo terminaria.

Dessa vez, a duração era de quinze minutos, pois não havia necessidade de ser do corpo inteiro, só da cabeça.

Mas preciso relatar que eu havia criado pânico de todo o procedimento. Não se brinca com isso e muito menos se pode julgar. O medo é individual. Estar ali me lembrava uma série de fatos ruins. Eu estava apavorada. Aquela sequência de barulhos e ruídos era aterrorizante.

Interromperam o exame para me avisar que eu estava me mexendo demais. Era por não conseguir controlar o meu corpo, que tremia. Meu estado de nervos estava prejudicando a qualidade do exame.

Fiz exercícios de respiração, pensei em coisas felizes, mas nada me distraía.

Comecei a sentir uma coceira irritante no nariz, não havia como mexer as mãos e a minha cabeça estava dentro daquele capacete estranho.

Era como se tivesse uma formiguinha no meu rosto, andando e fazendo cócegas, mas eu não pudesse tirá-la. Fiz todo um trabalho mental para esquecer a coceira, que logo migrou para a minha bochecha. Percebi que se eu ignorasse, não passava, mas mudava o local. Acabei me distraindo acompanhando a logística da coceira e ouvi um barulho da enfermeira. Ela procurou o acesso no meu braço, aplicou o contraste e me avisou que só teria mais dez minutos de *coceira*, digo, de exame.

Então meu rosto parou de coçar.

Meus pensamentos fugiram para Dimitri e em como eu havia me precipitado. Não fazia sentido afastar alguém que só me fazia bem. A ausência dele doía fisicamente. Era muito egoísmo querê-lo por perto, mas era tortura não o ter.

O pior de tudo era que ele havia sumido.

Será que estava melhor sozinho? Eu não tinha coragem de mandar mensagem. Era uma mistura de medo e culpa. Só queria saber se ele estava bem, se pensava em mim e se sentia saudade. Qualquer notícia dele já me deixaria satisfeita.

Os barulhos do exame pararam, ouvi uma movimentação e vozes.

Graças a Deus, havia acabado.

Fiquei tão feliz. Aguentei e sem anestesia geral.

Procurei papai assim que tiraram o capacete. Ele fez sinal de positivo sorrindo.

Confesso que não foi tão ruim, só queria não precisar passar por isso de novo.

— Foi muito corajosa hoje, filhota — disse quando estávamos saindo do laboratório.

— Eu não parava de tremer. Para de puxar meu saco.

— Mas não desistiu e conseguiu sem anestesia.

Olhei para ele e sorri. Meu pai era tão fofo.

— Obrigada, pai. Por ter vindo e por tudo.

— Pode me pagar em lasanha.

— Sabia que teria um preço. Não faz nada de graça.

— Não vai começar a tremer — ele disse e fez uma imitação ridícula de como eu estava no exame.

— Isso é um absurdo. Você é o pior pai do mundo. Duvido que aguentasse ficar cinco minutos lá dentro — falei e vi seu sorriso sumir.

— Já precisei e concordo com você. Não é legal. — Beijou a minha cabeça e me abraçou, enquanto caminhávamos em silêncio até o carro.

Fiquei pensando em que momento ele precisou de exames e por que eu sabia tão pouco sobre ele.

Chamem isso de preocupação ou *desespero*, mas domingo de manhã, antes de ir para o parque, passei com Lila na frente do prédio de Dimitri.

Só queria ter qualquer pista de que ele estava bem.

Diminuí a velocidade do carro assim que avistei o prédio. Tentei olhar para a janela dele, parecia tudo normal.

Estava concentrada na minha investigação quando Lila começou a latir, desesperadamente.

Deixei o carro morrer pelo susto e segui com os olhos a direção para a qual ela latia, suspeitando que seria outro cachorro.

Mas é claro que não. Eu sou a Mitali "Zica" Montez. Na nossa frente, estava ninguém menos que Dimitri, o alvo do meu momento *stalker*, atravessando a rua para a portaria do prédio.

Ele me olhou com os olhos arregalados, mas antes que pudesse agir, acenei sorrindo, sem jeito, liguei o carro e corri o máximo que era permitido, para Marte, para a Lua, para bem longe ou qualquer lugar que pudesse mexer na memória dele e fazê-lo esquecer que me viu ali, totalmente fora da minha rota e rotina.

O quanto de vergonha alguém pode passar e ainda continuar vivendo?

Algumas coisas só aconteciam comigo.

Enquanto dirigia, ainda ofegante e com o coração acelerado pela adrenalina, olhei para a minha dálmata pelo canto dos olhos. Ela parecia triste. E a quem eu queria enganar? Eu estava destruída.

— Também sinto falta dele, princesa — falei e passei a mão nas suas costas. — Mais do que consigo admitir.

Capítulo 21

Depois do mico do ano, eu só conseguia ficar olhando para a conversa com Dimitri no WhatsApp. Não havíamos nos falado mais desde o término, mas às vezes eu abria o histórico das nossas conversas para me *torturar*.

Fiz um acordo comigo: se ele ficasse on-line, eu falaria com ele.

Não sabia bem como puxar assunto, mas ia pensar em algo.

Não larguei o celular, nem para tomar banho. Deixei ele apoiado no suporte do sabonete, virado para mim.

Estava me tornando o meu pior pesadelo, a Aurora.

Só que ele não ficou on-line, em nenhum momento.

Comecei a ficar preocupada, tentando lembrar de como ele estava na rua, se parecia bem.

Preparei um chá e me acomodei com a Lila no sofá.

Ouvi batidas na porta, me assustei pelo horário.

Minha cachorrinha começou a latir, abanando o rabo e senti as batidas do meu coração ficarem mais rápidas e intensas por reconhecer esse comportamento dela.

Espiei pelo olho mágico e confirmando as minhas suspeitas, lá estava ele... Dimitri!

Sem nem dar tempo de respirar, abri a porta o mais rápido possível e me joguei nele, beijando cada pedacinho que eu alcançava.

— Que saudade — falei entre um beijo e outro.

— Eu quase morri, Mit — ele disse com a boca colada na minha.

Puxei-o para dentro do apartamento enquanto fechava a porta com o pé e Lila pulava nele, desesperadamente.

— Me perdoa. Me perdoa. Eu não sei por que falei aquelas coisas — implorei.

Agora era eu quem chorava. Ele apenas sorria, do jeito fofo de sempre. Abraçou a minha cintura e me encarou.

— Eu estava respeitando o que você me pediu — falou cansado. — Mas quando te vi hoje, achei que fosse um sinal. Não sei. O destino parece sempre trabalhar de alguma forma para nos unir.

Abracei Dimi com força, mas ainda sentia saudade.

— E, dessa vez, podemos chamar o destino de Lila — falei e olhei para a dálmata, que ainda tentava roubar a atenção dele.

— Ela viu você antes de mim e fez aquele escândalo.

— Princesa do pai — ele disse, abaixando para fazer carinho nela e a danada até fez xixi de emoção —, obrigado por isso.

Ela lambia o rosto dele e eu só conseguia pensar em como vivera aquelas semanas sem ele.

— Não trouxe nada, nem sabia se ia me deixar entrar — ele disse, divertido —, mas já jantou?

— Essas horas já estou tomando o chá de antes de dormir — falei, puxando ele para mais alguns abraços. — Mas fica aqui. Eu peço o que quiser.

— Eu não te largo nunca mais, moça — disse, enquanto me carregava até a cama.

Parecia que fazia uma vida inteira que não nos víamos. Era saudade demais para matar. Mas como, infelizmente, somos humanos, precisamos descansar, ainda que por alguns instantes.

Algum tempo depois, ainda deitados na minha cama, nus, cobertos com um edredom fofo, acompanhei as nossas respirações se acalmarem.

— Nunca mais respeite o meu espaço — pedi.

— Nunca mais faça isso, Mit. Foram os piores dias da minha vida.

— Você sumiu de tudo. Como está na outra livraria?
— Horrível, sem o meu *cappuccino* favorito.
— Eu sinto muito, Dimi. Não sei explicar o que me deu. Era tanta coisa na minha cabeça. Parece que tudo acontece comigo. Não queria que sofresse com tudo que vem com a *Mitali Zica*.
— Realmente não é fácil — ele brincou. — Mas qualquer coisa sem você perde o sentido. Sinto que a minha alma está presa na sua. Uma força, que não sei explicar, me liga a você de um jeito sobrenatural. — Ele me olhou. — Sonhei com você todas as noites.
— Está brincando? — Ele balançou a cabeça, dizendo que não. — Eu também sonhei.

Havia sonhado mesmo. Nem sempre me lembrava do contexto, mas sabia que ele estava lá, como um fantasma.

— Então, deve entender se eu disser que algo me prende em você, como ímã.
— Perfeitamente. Ai, Dimi. Me perdoa. Nunca mais vou te fazer sofrer desse jeito.
— Ninguém é perfeito, Mit. Eu tenho dificuldade de saber se é ou não o momento certo de dizer algo e sempre acabo me atrasando. — Lembrei de quando não sabia se ele queria ou não morar comigo por causa do bebê.

Ele era *lerdinho* mesmo.

— É. Isso dificulta um pouco as coisas — confessei.
— Tenho a minha porção de defeitos, que você terá que conviver. Então, pare de ficar remoendo o que passou. Vamos seguir em frente. Combinado? — disse e beijou a minha testa.

Concordei com a cabeça.

— Me conta como foi a ressonância — ele quis saber.
— Como você soube?
— Meu sogro é um cara empenhado.
— Não acredito. Falou com papai?
— Todos os dias e várias vezes no mesmo dia.
— Não me esqueceu mesmo — falei e suspirei, aliviada.

Ele era perfeito demais.

— Nunca — disse e beijou a minha mão. — Eu amo você.

— E eu, bem mais do que isso. Eu... eu... — Pensei, tentando encontrar algo maior, para conseguir me expressar. — Eu *te coiso* — falei.

— Coisa?

— Sim. Algo que inventei agora e que é muito maior que amar. — A gargalhada dele era deliciosa demais de ouvir.

— Então, nos *coisamos* — falou ainda sorrindo e eu pulei para cima dele.

— *Eternamente coisados!* — gritei e nossas risadas foram interrompidas por mais beijos, que nos alertaram que não havia mais cansaço entre nós e poderíamos repetir a dose mais algumas vezes.

Nunca mais deixaria que as minhas paranoias nos separassem.

Capítulo 22

Assim que o resultado da ressonância ficou pronto, marquei consulta com o Dr. Antônio. Meu corpo estava bem, não acreditava que algo pudesse ter aparecido, mas queria levar o acompanhamento a sério.

Dispensei Dimitri e fui sozinha. Cheia de uma coragem que nunca tive.

Fiquei um pouco aflita, conforme o doutor colocava as imagens do exame em um painel iluminado. Ele estava muito silencioso.

Leu cuidadosamente o laudo do laboratório onde fiz o exame e sorriu ao me dizer que tudo estava controlado.

Não havia novas lesões, não havia evolução de nenhuma doença.

É difícil expressar o tamanho da felicidade que sentia quando deixei o consultório. Sei que ainda tinha um ano e meio de acompanhamento, mas eu estava tão confiante, nada conseguiria me abalar.

Uma notícia boa como essa precisava ser comemorada. Combinei um jantar na casa da Aurora, pois ela havia acabado de adotar uma cadelinha e queria apresentá-la para a Lila.

Não voltei para o trabalho depois da consulta. Só passei em casa, tomei banho e peguei a minha dálmata.

Quando cheguei na casa da Rora, ainda não havia ninguém, mas fui entrando, já que tinha a chave.

Vi a pequena bolinha de pelos, deitada em uma almofadinha no canto da sala, próxima ao sofá. Lila a cheirou de todos os ângulos. Pensei que ela fosse se incomodar, mas não. Nem se mexeu. Seus pelos tinham um tom marrom claro, as orelhas eram miúdas e o focinho achatado. Peguei a filhote no colo e cheirei o seu focinho, ela abriu os olhos, mas logo fechou de novo.

Sentei no sofá, acomodando a pequena no meio das minhas pernas. Lila deitou ao meu lado e colocou o focinho próximo da nova prima. Peguei meu celular para tirar uma foto nossa.

Um tempo depois, ouvi barulhos de alguém entrando.

— Oi. Faz tempo que chegou? — Rora quis saber enquanto entrava, estava ofegante. — Ah. Já conheceu a BB8 — comentou assim que viu a cadelinha no meu colo.

— É esse o nome dela? Não é nome de menino?

— Quem disse?

— Não sei. Só parece.

— Ela é minha, dou o nome que eu quiser — falou em tom de brincadeira.

— Tudo bem. Mas de onde veio esse nome?

— Foi coisa do Fi. Desses filmes dele do espaço.

— É realmente a cara dele. Que bom que ele gostou da ideia de adotar um bichinho.

— Ele amou. Você foi genial. Mas não larga ela para nada. Um grude.

— Está com ciúmes?

— Claro que não. Pelo menos assim, ele esquece o assunto *filhos*.

Conversamos enquanto preparávamos o jantar.

Eu sentia falta dela na minha rotina. Mesmo com toda a chatice, a sua presença me confortava.

Lila deitou perto da BB8, achei que se deram bem. Ela era uma dálmata mais tranquila, agora que estava crescendo. Companheira mesmo.

Quando os meninos chegaram, a casa ficou mais barulhenta. Suas vozes e gargalhadas preencheram o ambiente. Eles se davam tão bem quanto nós.

Papai chegou, com seu bom humor e fazendo palhaçadas. Contei a novidade durante o jantar e todos me abraçaram. O alívio foi imenso, intenso e geral.

Fazia tempo que não tínhamos uma noite assim.

Após o jantar, sentamos na sala e começamos a falar da BB8.

— Ela é tão preguiçosa — falei.

— A Lila também era. Lembra nas primeiras semanas? — Dimi perguntou.

— Logo ela vai destruir a casa também — Fi brincou.

— Nem me lembre dessa fase. Ela me deixava maluca.

— Tio Mou, lembra quando fomos visitar o bebê da nossa vizinha, dona Matilde, e a Mit comentou, muito empolgada, que o bebê já tinha aberto os olhos? — Rora gargalhava enquanto falava.

— Eu só tinha visto filhotes de animais na vida — me defendi.

— Lembro bem — Papai disse. — Falei qualquer coisa sobre bebês dormirem muito de dia e ninguém pareceu prestar atenção na Mit. — Agora todos riam de mim.

— Vocês adoram rir de mim. Mas das coisas que fazem ninguém fala, né?

— É que você supera tudo — Rora comentou.

— Coitadinha da minha Mit — Dimi me defendeu, mas rindo também.

— Vocês são tão bobos.

— Preciso contar algo. Aproveitando que estamos todos aqui e que enfim tudo parece calmo — Papai falou e na última parte, me olhou sorrindo.

Claramente, eu era o foco da tragédia.

— Alguns anos atrás, apareceram nódulos no meu rim direito e conversando com o meu médico, resolvemos tirar o rim inteiro. — Foi tão direto e descontraído, que pegou todos de surpresa.

— O quê? — perguntei com a mão no peito.

— Meu Deus, tio. Como assim? Por que só estamos sabendo disso agora?

— Foi um procedimento tranquilo. Precisei cuidar melhor da saúde depois. Respeitei tudo que foi necessário.

— Por isso emagreceu tanto — Rora falou com a voz fraca.

— Sim. Mas isso foi bom. Todos deveriam se cuidar — ele disse.

Dimi e Fi mal respiravam. Olhavam sérios para papai, sabendo o quanto a história estava afetando eu e a Rora.

— E como está agora? — Rora quis saber.

Eu não conseguia falar. Só olhava para ele, sentindo meu coração bater mais forte que o normal.

— Agora — ele engoliu a saliva e respirou fundo —, existem nódulos no espaço onde ficava o rim que eu tirei.

Rora colocou as mãos na boca e arregalou os olhos.

Não parecia ser coisa boa.

— O que isso quer dizer? — perguntei, finalmente conseguindo falar.

— Fiz alguns exames, filhota. Também encontraram no pulmão — ele continuou.

Vi os olhos da minha amiga se encherem de lágrimas.

— Não. Não pode ser, tio — ela lamentou. Correu para ele e o abraçou.

Eu não conseguia me mexer.

— Você vai morrer, pai? — sussurrei.

— Não pretendo — brincou.

— É a segunda vez, tio. Por favor, o que não está nos contando?

— Conheci uma senhora que teve câncer onze vezes e ainda está viva — Fi comentou, fazendo todos sorrirem, mas não ao ponto de melhorar o clima. — É verdade.

— Isso já parece anomalia — Dimi continuou a brincadeira.
Eles tornavam a vida melhor, só por estarem ali.
— Vou começar a quimioterapia na segunda.
— Por Deus, pai. Por que não nos contou isso antes? Quando fez os exames?
— Eu tentei, Mit. Mas cada hora acontecia alguma coisa. Eu não sabia como começar a falar. — Lembrei de quando fomos jantar e pareceu que ele iria me falar algo.

Como eu fui descuidada. Foquei tanto nos meus problemas que não consegui enxergar o que se passava com ele.

Ficamos em silêncio, olhando para ele. Rora não conseguia parar de chorar.

— Vamos viver um dia de cada vez e esperar para se preocupar quando realmente for necessário — ele pediu.

— Para mim, já é necessário, tio.

— Preciso que entendam que não temos opções e que não é minha culpa.

— Claro que não é, pai. — Segurei a sua mão. — Estaremos com você. Obrigada por dividir isso com a gente — foi o que eu disse, mas não fazia ideia de como enfrentaria isso.

— Vou fazer um chá para mim — Dimi levantou falando. — Alguém quer?

Sempre tão sábio, esse meu moço. Todos concordaram. Era tudo que precisávamos no momento.

— Vou te ajudar. — Fi foi atrás dele, enquanto eu e a Rora dávamos um abraço duplo em papai.

Quando voltei para o meu apartamento, Dimi me acompanhou, já prevendo que eu não estaria bem. Cheguei em casa e sentei no sofá, olhando para a televisão desligada.

— Vai tomar um banho, pra deitar logo — ele sugeriu.

— Dimi, pode me deixar um pouco? Não quero que vá embora, mas pode apenas me deixar quieta aqui? — pedi, de forma gentil.

Ele compreendeu, pois concordou com a cabeça, me deu um beijo rápido e foi deitar.

Lila se acomodou no meu colo no sofá.

Encostei as minhas costas e estiquei as pernas, deixando o corpo descer um pouco, ainda sentada, mas quase deitando. Mantive os olhos na televisão, mesmo sem vê-la, completamente. Senti a respiração ofegante. Meus pensamentos não tinham um objetivo ou sentido. Eu só estava assustada. Contemplando o nada.

Quando percebi a claridade que começava a aparecer na janela, notei que havia passado a noite inteira ali. E a única certeza que tinha não era boa. Eu não havia sonhado. Papai estava, realmente, doente.

Capítulo 23

— Câncer. Dá para acreditar, Dimi?
— Eu sei, Mit. Sinto muito.
Estávamos em nosso passeio de rotina, no parque com a Lila.
— Eu me sinto tão impotente.
— Eu imagino.
— Quando era comigo, estava mais fácil. Eu que passaria por tudo. Mas com ele? Não quero que ele sofra. Por que isso está acontecendo com ele? — O desespero estava me consumindo.
Dimi só me olhava, parecia preocupado, mas não havia muito o que dizer.
— Eu preciso fazer algo por ele. Algo que me faça sentir útil.
— O que exatamente?
— Não faço ideia. Só queria ele mais perto de mim. — Ao dizer isso, tive uma ideia. — Já sei! — gritei.
— O quê? — Ele me olhou assustado.
— Vou trazê-lo pra perto de mim.

Fiz Dimitri me levar no shopping e comprei tudo que achei necessário.
Arrumei o antigo quarto de Aurora de forma simples, mas aconchegante, para que papai pudesse se sentir bem.
Na sala organizei um miniescritório, ele trabalharia tranquilo e eu ficaria de olho nele.

Quando terminei, estava exausta, mas precisava contar para ele a novidade que ele passaria a morar comigo.

Peguei o meu celular e digitei uma mensagem.

> Pode passar aqui hoje?

> Está tudo bem?

Ainda me incomodava com essa pergunta, me lembrava de todas as vezes que eu não queria respondê-la.

> Estou, pai. Só quero te ver.

> Quer vir aqui em casa?

> Não, senhor preguiça.

> Chego depois das 20h, então.

> Oba! Até mais.

> Beijo, filhota.

Tentei respirar e não pensar no que eu faria se ele negasse. Pedi para que Dimi nos deixasse sozinhos e ele entendeu que era um momento nosso. Também não foi contra a minha decisão, mesmo sabendo que a presença do meu pai ali tiraria muito da nossa privacidade. Coisas assim me faziam amar cada dia mais esse homem. Ele tinha sido feito para mim.

— Oi, filhota. Me deixou preocupado. O que aconteceu?
— Papai falou assim que entrou no apartamento.

Percebendo as mudanças na sala, o vi franzir o cenho e me olhar com curiosidade.

— Como mudou a sala tão depressa? Semana passada não estava assim.

— É sobre isso que eu quero falar também, pai. Senta, por favor — pedi.

Ele obedeceu e esperou que eu falasse, me observando.

— Sei que não vai gostar, mas não é um pedido. Quero que more comigo. Pelo menos, enquanto estiver em tratamento. Quero acompanhar de perto e cuidar de você. — Percebendo seu olhar de reprovação, acrescentei, rapidamente: — Você faria o mesmo por mim. E sabe que é necessário. Não precisa passar por nada sozinho.

— Não quero te dar trabalho — ele disse.

— E não vai. Me daria se não me deixasse ajudar, porque eu ficaria preocupada sabendo que está sozinho — falei e me sentia implorando.

Ele suspirou, cansado.

— Apenas durante o tratamento?

— Depois eu mesma te chuto daqui — conclui e amei vê-lo sorrindo.

— Então, está bem. Quando posso trazer as minhas coisas?

— Arrumei o quarto pra você. Só falta buscar a antiga cama da Aurora. Ficou na casa dela, mas ela não está usando. Comprou uma nova quando mudou. Farei isso amanhã, só queria ter certeza de que aceitaria.

— Tenho uma condição.

— Sério, pai? — Ele concordou com a cabeça. — Qual?

— Você vai precisar confiar em mim, de que eu escolhi as melhores opções e estou bem amparado pelo meu médico.

— É claro que eu confio. Você não é bobo. Só tem cara — debochei.

— Estou falando sério. Não quero que pergunte, saiba ou se meta em qualquer coisa relacionada ao tratamento.

— Como é que é? — eu quis saber, já ficando preocupada com o que eu estava prometendo.

— É isso que você ouviu. Vai ficar por perto e cuidar de mim, mas não falaremos do tratamento.

— Pai, isso não faz o menor sentido...

— Alguma vez eu me meti nas suas escolhas quando esteve doente? — ele perguntou, me interrompendo.

Lembrei de tudo que passei e, realmente, ele esteve ao meu lado em silêncio. Se ele tivesse agido como a Aurora, eu teria enlouquecido. Não pensei no quanto isso deveria ter sido difícil para ele, até agora, que estávamos invertendo os papéis.

— Entendi o que quer dizer — falei, pois entendia mesmo.

A vida era dele, afinal.

— Respeitarei o seu espaço. Mais alguma condição, Sr. Chato?

— Eu gosto de dormir pelado — ele falou e em seguida gargalhou.

— Faça isso e vai acordar com a Lila mordendo a sua bunda. E nada de trazer namoradinhas, aqui não é motel.

— Posso mudar de ideia sobre morar com você?

— Não. Já disse que aceita. Agora sai da minha casa, que por hoje ela ainda é só minha.

— Está me expulsando?

— Trabalhei duro arrumando seu quarto e um escritório improvisado pra você.

— Eu mereço toda essa atenção. Sou o melhor pai.

— Agora é, mas já foi bem esquisito.

— Essa doeu.

— Sai daqui, antes que eu diga mais algumas verdades.

— Eu vou. — Ele levantou e me puxou para um abraço. Depois se afastou um pouco e olhou nos meus olhos.

— Vai ficar tudo bem — disse, tentando sorrir, mas vi o desespero nos seus olhar.

— Não pode prometer isso.

— Você pode fingir que acredita, para eu me sentir melhor?

— Posso tentar — prometi.

Consegui forçar um sorriso e abraçá-lo de novo, implorando ao universo que o meu pai não fosse tirado de mim.

Assim que ele saiu, liguei para o Dimi para contar como havia sido a conversa, mas fiquei tão angustiada que ele disse que estava vindo para cá.

— Acha que vai conseguir cumprir o que prometeu? — ele perguntou, quando estávamos deitados.

— Tenho que conseguir. Mas como? Sei o que a quimioterapia pode fazer com ele. Vou ter que vê-lo sendo transformado pela doença e sem saber quando será o meu último dia com ele?

— Mas isso não teria como saber, nem se ele não estivesse doente.

— O que quer dizer?

— Quando você estava no hospital e não sabíamos o que tinha, senti muito medo que fosse algo que pudesse te matar — ele disse.

Fiquei em silêncio olhando para ele, lembrando da primeira vez em que ele me disse isso.

— Foi um dos piores momentos da minha vida. Mas aí passou e em seguida você me tirou da sua vida, mesmo ainda estando aqui — ele continuou. Abaixei a cabeça, constrangida.

— Eu entendi que não há como prever o futuro. Ele depende de uma série de fatores e das escolhas dos que amamos. Hoje é o câncer, mas quando passar, poderá ser outra coisa. Deveríamos viver todos os dias como únicos, sem preguiça para não gerar arrependimentos.

— Isso faz muito sentido.

— Por isso que quando eu te vi na minha rua, não perdi tempo de vir te encontrar. Posso respeitar seu espaço, mas no que depender de mim, vou sempre estar ao seu lado. Acho que deve fazer o mesmo pelo seu pai — ele disse, me fazendo admirar a sua sabedoria e ao mesmo tempo me sentir culpada pelo que causei quando nos afastamos.

— Respeitar que ele não quer falar do tratamento e ficar por perto para o que ele precisar? — perguntei, mesmo sabendo a resposta.

— É o que pode fazer no momento.
— Mas eu queria fazer mais, Dimi. Nunca fui muito religiosa. Tenho até medo de tentar falar com Deus e Ele perguntar quem sou eu — desabafei.
Ele me observou por um tempo e sorriu.
— Às vezes eu esqueço o quanto você é exagerada.
Lila veio da sala e pulou na cama, se acomodando nas nossas pernas.
— Meu pai está com câncer. Tenho todo o direito de ser dramática — falei, ainda observando a nossa dálmata.
— Conhece um desenho chamado *Mulan*?
— Eu amo! — falei empolgada, mas em seguida fiquei confusa, tentando entender a mudança de assunto.
— Por um tempo, a minha irmã assistia dia e noite. Era horrível, ninguém aguentava mais. E ela fazia questão que eu assistisse o máximo de vezes com ela. Eu até fugia, quando a via com a caixa do filme. — Eu ri, imaginando a cena. — Foram tantas vezes, que me encantei pela cultura. Passei a pesquisar sobre tudo. Descobri que muitas coisas que eu achava ser da China na verdade eram do Japão, que aliás, é um lugar que eu gostaria de conhecer.
— É longe. Morro no avião, antes de chegar — confessei.
— Uma pena, porque vai comigo, nem que eu chegue viúvo.
— Você está interessado na minha herança?
— Só se for herança de drama, né? Dinheiro você não tem.
Como ele me fazia bem. Como eu achei que poderia viver sem a minha dose diária de Dimi?
Ele era melhor que qualquer remédio.
— E no meio das pesquisas sobre o Japão, descobri a Lenda dos Tsurus. Já ouviu falar? — ele perguntou e balancei a cabeça, negando. — Os Tsurus são pássaros considerados sagrados pra eles. Representam tantas coisas boas, que segundo a lenda, se você fizer mil origamis no formato deles tem seus desejos atendidos.

— Mil? É origami demais — falei chocada.

— Não quando você precisa realmente de algo e tem fé que isso possa ajudar.

Pensei no quanto isso fazia sentido.

— Construir mil origamis me manteria bem ocupada — comentei e Dimi pareceu feliz por eu ter compreendido a sua ideia. — Amanhã vou passar na papelaria e comprar tudo que for necessário para começar. Você me ajuda?

— Lembro de ter lido algo... que deve ser feito pela pessoa que tem o desejo.

— Vou ter que fazer *sozinha*? — perguntei com os olhos arregalados — É bom que isso traga mais que saúde para o meu pai. Quero a imortalidade, Senhores Tsurus!

Capítulo 24

Havia acabado de contar toda a situação para o Sr. Braga, no nosso café da manhã diário.

— E como você está?

— Nada bem. Mas não deve ser apenas comigo que coisas ruins acontecem. Claro que comigo acontece com frequência... — comecei a desabafar.

— Talvez você só seja um pouco mais intensa que os demais — ele disse de forma gentil.

— Até você, Sr. Braga? Todos ficam me dizendo isso.

— Só quero que se cuide. Entenda que algumas coisas não dependem de você e deixe a vida seguir o fluxo natural.

— Está pedindo para eu deixar meu pai morrer?

— Não. Estou dizendo que não é algo que possa controlar. Então, respire e fique firme. Doente não poderá ajudar ninguém — ele concluiu.

Uma das coisas que mais amava no meu amigo era o fato de não medir as palavras comigo. Doeu, mas ele tinha razão.

A Tina da papelaria, ao lado da livraria, me disse que papel espelho é muito usado para fazer origamis. Comprei um pouco de cada cor e fui para casa, decidida a começar os mil Tsurus.

Chegando em casa, jantei rapidamente e liberei a mesa da sala para a minha tarefa, me acomodei e espalhei os papéis para decidir com qual cor eu começaria. A vermelha chamou mais a minha atenção e só quando olhei para o papel na minha mão é que me dei conta de que eu não sabia como começar.

Peguei o celular e não foi difícil encontrar instruções na internet.

Parecia mais fácil lendo, mas vinte minutos depois, consegui finalizar um.

Estava analisando o meu Tsuru e comparando com os da internet para ver se tive sucesso quando Dimitri chegou.

— Você levou a sério — ele disse, se aproximando e beijando o topo da minha cabeça.

— Se meu pai morrer e eu pensar que não tentei esse treco, vou me sentir culpada, já que eu sabia. Preferia que não tivesse me contado. — Levantei o origami e mostrei para ele. — O que acha?

— Isso é um Tsuru? — ele debochou.

— Tenha sensibilidade, moço. Foi o meu primeiro.

— Podemos chamá-lo de primo dos Tsurus? — ele sugeriu e o encarei, ofendida. — Ou um Tsuru com alguma síndrome?

— Você é muito mau. Sai daqui. Me deixa trabalhar em paz — eu falei, mas não era sério.

Ele sabia como animar qualquer momento.

— Não acho justo. A ideia foi minha. — Ele me levantou no seu colo e me levou até o sofá.

Lila veio correndo, querendo participar e pulou em nós.

Era impossível ter um clima romântico com a nossa dálmata. Por ela, não teríamos filhos.

Estávamos tentando fugir dela quando papai chegou.

Havia arrumado a cama dele no final de semana. Dimi e Fi tinham conseguido montar, depois de algumas horas tentando entender onde encaixar cada peça.

— Oi — falei e corri para abraçá-lo. — Como foi a primeira quimioterapia? — eu quis saber.

Ele só me olhou e não disse nada.

— Desculpa, esqueci. — Sorri, sem jeito. — Que bom que chegou. Quer jantar?

— Só preciso de um banho antes — ele disse e saiu.

Parecia tão exausto. Deixei que ficasse à vontade, mas observando cada movimento dele.

Todos já haviam dormido, porém eu estava inquieta, incomodada com a situação de papai.

Não sabia mais se aguentaria todo o tratamento sem saber dos detalhes.

Estava enlouquecendo.

Resolvi levantar e fazer alguns Tsurus.

Lila me acompanhou e deitou no sofá, enquanto eu focava nos origamis.

Era um fato que eu era muito ruim, só torcia para que isso não afetasse na realização do meu desejo.

— Por que está acordada? — Papai apareceu na sala e eu pulei de susto ao ouvir sua voz.

— Achei que você estivesse dormindo.

— Ouvi você levantar. O que é isso que está fazendo?

— Promete que não vai brigar comigo?

— Por que eu brigaria?

— Então, promete que não vai rir?

— Isso eu não posso prometer. — Ele puxou uma cadeira e sentou perto de mim.

— Descobri que há uma lenda no Japão que realiza os desejos de quem fizer mil origamis desses.

— Mil?

— Também achei um exagero.

— E o que te faria perder todo esse tempo em algo que — ele pegou um dos origamis e começou a rir —, obviamente, você não leva o menor jeito?

— É particular. — Peguei o Tsuru da mão dele e coloquei junto com os demais.

— Ah. Então, tudo bem. — Ele pegou uma folha nova do papel e começou a dobrar, seguindo as instruções que estavam no meu celular.

— O que você está fazendo?
— Não é óbvio? Te ajudando.
— Mas não pode. Eu tenho que fazer sozinha.
— Quem disse?
— A lenda, pai. Não sei quem inventou.
— Acho que, quem quer que seja o responsável por atender o pedido, vai compreender se o nosso desejo for o mesmo — ele disse e piscou para mim.

Com certeza ele sabia que aquilo era por ele. E é claro que era, por quem mais seria?

Observei meu pai por um tempo, dobrando o papel.
— O que foi?
— Você falou de mim, mas olha como o seu ficou? Está horrível. Uma asa ficou menor que o bico.
— Devo ter puxado o seu talento para artesanato.
— Impossível, já que eu nasci depois — debochei.

Esse momento com ele me fez lembrar da minha mãe e de como eu não tinha memórias de ter vivido algo parecido com ela.

— Pai, me fala da minha mãe? — pedi.
Ele pareceu surpreso.
— O que quer saber?
— Ela morreu cedo e você nunca mais teve ninguém.
— Já tive a minha cota de desastres com ela, por que iria repetir se estava livre? — ele disse e eu acabei rindo, pois não esperava por essa.
— Que coisa mais maldosa de se dizer.
— Namorei a sua mãe desde criança. Foi a primeira e única. Ela era o amor da minha vida. Sempre será.
— Mas vocês eram tão estranhos e ela tão mandona.
— Ninguém é perfeito e tinha o lado bom também.
— Não lembro de ter visto nada de positivo.
— O que não quer dizer que não tinha. Casamento é complicado...

— Com a mãe, então... — interrompi, pois não poderia perder a piada.

— Mas a gente aprendeu muito... — ele continuou. — Ela gostava de tudo do jeito dela e cuidou tão bem de mim que não encontrei ninguém que me fizesse sentir bem o suficiente para dividir a minha vida como eu fiz com ela.

— Nunca tinha te visto falando essas coisas.

— Talvez por não ter me perguntado. Eu não sabia se queria falar dela. Quando te procurei, prometi que não te magoaria de novo.

— Me procurou por que estava doente? — perguntei, pois precisava saber.

— Ficar doente mudou muitas coisas para mim. Me fez olhar o mundo de outra forma.

— Compreendo bem.

— Não te procurei por estar doente — ele começou a explicar.

Parei de dobrar o papel e olhei para ele.

— Mas a doença me fez perceber que eu precisava de você na minha vida — confessou.

— Não tanto quanto eu preciso de você — falei, pois era tudo que eu mais tinha certeza naquele momento.

Foi impossível conter a emoção na minha voz. Ele sorriu e voltou a atenção para o seu Tsuru quase finalizado.

Trabalhamos por mais algumas horas, enquanto conversávamos sobre tudo que nos vinha à mente. Sempre rindo e nos divertindo. Eu havia herdado dele o dom de pagar micos e falar nos momentos errados, tínhamos muitas histórias para contar.

Gostaria muito que a situação fosse diferente, mas analisando o motivo de estarmos ali, não pude deixar de pensar que sem o câncer, talvez não estivéssemos. E por esse momento, essas risadas, por conhecer esse pai que nunca tive, eu conseguia ser grata.

Capítulo 25

Uma das coisas que mais me assustava no câncer era a rapidez com que ele transformava a pessoa, deixando-a com a triste aparência, tão característica.

Nas últimas semanas, papai emagrecera consideravelmente. O pior era observar sem poder perguntar se tudo estava correndo como esperado.

Eu não conseguia pensar em passar meu tempo de outra forma que não fosse com ele. Voltava do trabalho correndo e quando terminava a rotina do dia, sentava na mesa para preparar mais alguns Tsurus. Não havia mais dificuldade no procedimento. Arrisco dizer que faria de olhos fechados, se precisasse. As pontas dos meus dedos estavam sempre coloridas, de tanto raspar no papel espelho. Quando cansava, fazia chá e assistia algo que ele estivesse com vontade.

Ele escolheu um show da Celine Dion. Ele tinha uma paixão secreta por ela. Não posso julgá-lo, quem não ama essa mulher?

— Como será que organizam um show desses? — comentei quando estávamos sentados no sofá, assistindo. — Parece um espetáculo daquele *Cirque du Soleil* ou um musical da Broadway. E esse cenário? Muda do nada. — continuei. — O que é isso? — perguntei olhando para a televisão.

Uma árvore artesanal, literalmente nasceu no chão do palco.

A minha boca se abriu, em estado de choque.

Papai riu ao ver o que o show causava em mim.

— Entendeu por que eu gosto? — perguntou, orgulhoso.

— Como eu vivi até hoje, sem assistir isso?

— Porque cresceu longe de mim.
— E os traumas não acabam — debochei.
— Me respeita, porque eu *tô* com câncer — ele disse, de forma dramática.

Eu amava isso nele, a facilidade de brincar com coisas trágicas. De certa forma, tornava a vida mais leve.

— Eu amo essa música! — falei empolgada, ignorando o seu drama. — Foi tema do filme *Titanic*.
— Não para de assistir, precisa ver os efeitos do palco — ele pediu, apontando para a tela.

Olhei para todos os cantos do palco ao mesmo tempo, ansiosa pelo que viria.

Uma lua, linda e tão real, invadiu o palco em formato 3D. Em seguida, uma mulher vestida de branco surgiu flutuando e cruzando o cenário.

— Meu Deus — eu disse, enquanto admirava a cena.

Um instrumental impecável continuou, até a mulher percorrer o palco e sumir de vista e a Celine entrou. Quando começou a cantar, meu coração até batia acelerado.

Era a coisa mais linda que eu já havia visto na vida.

— Já imaginou assistir ao vivo, pai? Precisamos, por favor.
— Seria perfeito — ele disse e sorriu, mas não parecia feliz.

Quando o DVD acabou, eu estava emocionada. Não sei se apenas pela situação que vivia com papai, mas aquele show foi realmente incrível.

Já era tarde e ele parecia cansado. Foi deitar e resolvi fazer o mesmo.

Estava fazendo carinho em Lila na cama, quando Dimi chegou. Veio direto para o quarto.

— Oi. Como foi o jantar com seus pais? — perguntei, enquanto ele sentava na cama.
— Foi tudo bem. Mandaram beijos pra você e disseram que estão na torcida pela recuperação do seu pai.
— Sinto muito por não ter conseguido ir com você... — lamentei.

Ele me beijou nos lábios.

— Já disse que entendo. Para com isso. Logo essa situação vai passar. — Concordei com a cabeça. — Vou tomar banho e já venho.

Assim que ele saiu, notei que meu celular estava piscando. Era mensagem da Aurora, de uns quarenta minutos atrás.

> Está ocupada?

Fiquei preocupada.

> Oi. Só vi agora a sua mensagem. Desculpa. Está tudo bem?

A resposta chegou em menos de um segundo.

> Eu não aguento mais o Filipi.

Revirei os olhos, foi involuntário.

> O que ele fez agora?

> Por que ele tem que ser tão legal com as amigas do trabalho? Acredita que deu carona até o metrô para uma hoje?

> Como você soube?

> Ele me contou.

> Não acha que se tivesse problema, ele teria escondido?

> É isso que ele quer que eu pense.

> Ele foi sozinho com a menina?

> Não. Pelo que eu entendi, havia mais dois amigos dele também.

> Ai, Aurora. Não parece nada demais.

> Você entenderia se fosse com o Dimitri?

> Claro que entenderia. Não faz o menor sentido. Você nunca ganhou uma carona na vida, sem segundas intenções?

> Posso te ligar?

> Pode.

O celular vibrou em seguida.

— Oi, Rora — falei assim que atendi.

Não houve resposta do outro lado, pelo menos não em palavras. Somente choros e soluços. Era impossível entender se ela estava falando ou apenas chorando.

— Ei, onde você está? — eu quis saber.

— *No estacionamento. Não estava suportando olhar pra ele.*

Ela chorou e reclamou por incontáveis minutos. O ciúme ainda estragaria o relacionamento deles. Compreendia minha amiga, mas Fi era um anjo de pessoa e maluco por ela. Não havia necessidade disso. Ouvi tudo que ela tinha a dizer. Deixei que desabafasse. Só não fui buscá-la para dormir comigo porque ela não quis.

Quando desliguei, Dimi já estava deitado ao meu lado, cheirando a banho. Eu me aconcheguei nele, agradecendo silenciosamente por termos um relacionamento tranquilo.

Ele era a única parte normal da minha vida, a única que me permitia sentir segurança.

* * *

Estava distraída trabalhando quando vi Dimitri vindo na minha direção, com Filipi.
— Oi, está perdido? — perguntei de forma divertida.
— Emocionalmente sim — falou cansado e imaginei que tivesse vindo desabafar com Dimi. Eles tinham se tornado muito amigos.
Quando percebeu que eu não perguntei nada, acrescentou:
— Ela falou com você?
— Nos falamos ontem. Eu sinto muito, Fi.
— Vou deixá-lo com você, preciso terminar de conferir algumas entregas. — Dimi se despediu do amigo e piscou para mim ao sair.
— Não consigo entender, Mit. Faço tudo por ela. Não vou dar mais carona pra ninguém, mas só queria que ela confiasse em mim.
— Eu entendo. Pode acreditar. — Conhecia bem a minha amiga. Fazia tudo por mim, mas ainda assim era *ela*. — Aceita um *cappuccino* por conta da casa? — ofereci e sorri, para tentar animá-lo.
— Quero sim. O que eu posso fazer para ela não se sentir dessa forma? Faço qualquer coisa — ele perguntou, implorando.
Senti até pena dele. Como explicar que ela era assim? Ele já deveria saber, depois desse tempo todo.
Entreguei a bebida quente para ele e suspirei.
— Se eu soubesse, falaria, Fi. Ela é desse jeito. Complica a vida em vez de simplificar ou apenas viver. Por falar em viver, sabe se ela tem falado com meu pai?
— Todos os dias. Mais com ele do que comigo — ele disse em tom de brincadeira, mas eu não achei graça.

Ela não falava sobre a doença do meu pai comigo. Estava até achando estranho, mas pelo jeito eles vinham conversando sem eu saber.

— Sabe que daqui a pouco ela esquece o que aconteceu e vocês ficarão bem — falei para fugir do assunto que eu mesma puxei.

— Até que ela surte de novo.

— Exatamente — concordei e acabei rindo, embora ele não estivesse brincando.

Era bom ter com quem dividir as tempestades do *furacão* Aurora.

Capítulo 26

Quando chegamos em 230 Tsurus, já nos considerávamos profissionais na arte de fazer origamis. Muitas histórias foram lembradas e contadas. Papai havia se tornado o meu melhor amigo. Passou a nos acompanhar nos passeios de domingo no parque. Se divertia vendo a Lila brincar e depois nos divertia com histórias de clientes que teve durante a sua carreira como advogado.

Após três meses de quimioterapia, estava bem magro e parecia mais fraco. Fazia três origamis e parava. Uma tosse surgiu, ficou intensa e não passava, já fazia parte dele. Estranhei que seus cabelos não caíam. Não que eu estivesse ansiosa por isso, mas sabia que fazia parte do tratamento. Como eu não podia perguntar nada, apenas observava.

Rora sumia e aparecia quando precisava de alguma coisa ou desabafar. Não perguntava nada sobre papai. Entendo que cada um lida de um jeito com as situações, mas ele era meu pai. Será que ela não se importava em saber como eu estava?

— Tive uma ideia e queria saber o que acha — comentei com Dimitri, quando estávamos deitados na cama, antes de dormir.
— Que ideia?
— Sei que você é um pouco lento para entender as coisas...
— Sua ideia é me ofender?
Eu ri.

— Não, seu bobo. É que você, realmente, parece não perceber algumas coisas. Mas notou que tem vivido mais aqui do que no seu apartamento? E por causa do meu pai, nunca mais ficamos lá. Então... por que não vem morar de vez aqui?
— Está me pedindo em casamento?
— Mais ou menos. É que depois da gravidez e tudo que passamos, não parece mais fazer sentido pagar dois condomínios.
— É o tipo de coisa que eu já deveria ter notado? — ele quis saber e eu gargalhei.
— Com certeza.
— Só sei que quero estar onde você estiver — confessou.
— Vou abrir espaço no guarda-roupa pra você.
— Posso trazer as minhas coleções de *Star Wars?*
— Pode — falei, sorrindo. — Quero viver com tudo que envolva você.
— Até com a minha lerdeza?
— Não pareço ter opções.
— Já posso beijar a noiva?
— Deve. Aliás, nunca mais deixe de beijá-la — falei e o enchi de beijos pelo rosto.

Sozinha na produção dos Tsurus, levava mais tempo, mas eu não queria desistir. Isso ocupava a minha cabeça e papai continuava por perto, conversando ou apenas olhando.

Ele começou a precisar fazer inalações, deixou o trabalho e parecia sentir dor. Via que ele tomava remédios de tempos em tempos, sorria quando percebia que eu estava olhando, mas não dizia uma palavra sobre o tratamento.

Era difícil ter que imaginar se eu realmente não poderia ajudar em nada, quando não sabia o que estava acontecendo. Ele estava cada vez mais fraco, com a aparência mais envelhecida e curiosamente, com cabelo.

Seis meses haviam se passado. Quinhentos Tsurus já estavam prontos, em diversas cores.

Papai me observava do sofá, enquanto fazia inalação. Não conversávamos mais como antes. Era sempre eu quem escolhia o que íamos assistir.

Rora havia me mandado mensagem, avisando que papai precisava comer melhor. O problema é que ele estava tão fraco que sentia dor para engolir. Tive a ideia de bater a comida no liquidificador e trazer em canecas para ele. Deu certo por um tempo, até ele começar a sentir enjoos.

Sem saber o que fazer, não conseguia sair de perto dele.

Pedi alguns dias de folga para o Sr. Braga, que aceitou sem precisar de explicações.

Papai não me deixava mais fazer os Tsurus, pedia para que eu ficasse perto dele o tempo todo. Quando ele precisava sair ou ir ao médico, era sempre a Aurora que ia com ele. Fazia parte do que *eu não poderia questionar*.

A comunicação era a mínima necessária. Ele dormia bastante e era quando eu aproveitava para fazer mais origamis, como se a vida dele dependesse disso.

Ele acordava e batia o celular na madeira da cama para me chamar, já não havia forças para conseguir falar.

— Como está se sentindo hoje? — perguntei, me aproximando da cama dele.

— Fraco.

— Sabe o que quer assistir?

Adaptei a televisão no quarto dele para que não precisasse mais levantar. Tudo nele havia perdido a identidade, principalmente o cheiro. Seu perfume natural, que eu aprendi a amar e precisar nesses últimos tempos, havia se tornado amargo de sentir, ele exalava remédio, tinha cheiro de câncer.

Ele negou com a cabeça, respondendo a minha pergunta e fez sinal para que eu sentasse perto dele.

— Acho que estou pagando por tudo que já fiz de errado.
— Seu comentário me pegou de surpresa.
— É lógico que não, pai — respondi com firmeza. — Ninguém merece isso — garanti.
Ele parecia pensar sobre o que eu disse.
— Pode ser. — Sua voz estava tão fraca. Vê-lo assim estava me destruindo. — Porque você também não merece o que passou nos últimos tempos — ele disse e meu coração se encheu de dor.
Ele estava em uma situação deplorável e ainda se preocupava comigo.
Uma crise de tosses o atingiu e eu o olhei assustada, pois parecia que ia engasgar.
Corri na cozinha e peguei um copo com água e um canudo, para facilitar.
Observei ele beber e ficar alguns segundos respirando, acho que recuperando a força que usou para tossir.
— Você não merece a infância que teve, a vida que teve, tudo que viveu com a sua saúde.
— É fatalidade, pai. Faz parte de viver. Vai ficar tudo bem. Ficaremos bem.
— Os passarinhos de papel... — ele começou a falar, mas parou.
— Os Tsurus? — perguntei, tentando ajudá-lo a se comunicar.
Ele concordou.
— Os poucos que fiz, foi por você — disse e fazendo um esforço notável, sorriu para mim.
— Pai... — falei e não consegui dizer mais nada.
Abracei-o, com cuidado, para não machucá-los.
Dava para sentir seus ossos, de tão magro que estava.
Achei que fosse chorar, mas não consegui.
De repente, senti seu corpo balançar. Ele chorava pela primeira vez na minha frente. Não sei de onde veio a força que senti, mas entendi que o momento era dele e não meu.

Não falei nada, pois não havia o que dizer.

Talvez tenha sido o esforço para chorar, mas percebi que ele estava mais fraco que o normal. Acomodei meu pai na cama e fui ligar para a Aurora.

Ela chegou muito rápido.

— Precisamos levá-lo para o hospital... *agora*! — ela gritou.

Os minutos seguintes foram de puro desespero.

Não conseguimos carregá-lo e qualquer ajuda levaria algum tempo para chegar. Resolvemos chamar uma ambulância. Eu fui com papai, e a Rora com o carro dela, nos seguindo.

Chegando ao hospital, ele foi levado direto para o atendimento.

Ficamos algumas horas sem notícias, mas depois entendi que, na verdade, tinha horário certo para visitas onde ele estava. Assim que liberaram, conseguimos ver onde ele estava. Era uma sala fria e com várias pessoas ligadas em máquinas. Fomos direto para a maca onde ele estava deitado. Toquei a sua mão e ele abriu os olhos. Sorriu sutilmente, mas não conseguiu falar nada.

Rora observava tudo ao redor, cada fio que estava ligado nele, cada nome e descrição, tudo em silêncio.

A visita só levou trinta minutos.

— Volto logo, papai. Você vai ficar bem — prometi.

Deixei-o lá me observando sair.

Na porta, fomos recebidas por um médico. Rora o cumprimentou e percebi que ele era o responsável por papai.

— O câncer está espalhado pelo corpo. Cada exame que sai, mostra mais lugares diferentes onde ele atingiu. Eu sinto muito, Aurora — o médico disse para a minha amiga.

Ela já o conhecia? Como assim? Olhei para ela, assustada, que não retribuiu meu olhar.

— Quais as nossas opções? — ela perguntou.

— Com aparelhos, talvez seja possível segurar mais um pouco. Mas...

— Não há mais o que fazer — ela disse, concluindo as palavras do doutor e pela primeira vez, ela me olhou. — Mit, a melhor opção é deixar que a natureza faça o seu trabalho. Você pode escolher, mas ainda que esteja medicado, ele estará com dor e sofrendo. Precisa entender que ele não vai mais sair daqui — concluiu de forma direta, ainda que seus olhos me transmitissem o quanto aquelas palavras estavam doendo nela.

Senti a respiração acelerar e as minhas pernas ficaram moles. Alguém me ajudou a sentar.

Não consegui chorar, só lembrar dos olhos dele me seguindo enquanto eu saía da sala fria.

Rora me abraçou e agora ela chorava.

O médico nos deixou, acho que respeitando o nosso momento.

— Como você conhecia o médico? — eu quis saber, assim que ele saiu.

— É o oncologista que atende o tio. Liguei pra ele, enquanto estávamos vindo para cá.

— Por que você acompanhava ele?

— Seu pai me pediu. Ele não queria te preocupar, pela sua saúde.

— Mas eu sou a filha dele. Eu merecia ajudar e estar lá! — falei, com a voz um pouco alterada.

Eu me escutava, mas distante, como se tudo fosse um pesadelo.

— Ele só quis te poupar, Mit — ela disse, cansada.

O seu rosto estava vermelho de tanto chorar. O nariz até parecia inchado.

Eu sabia o quanto ela amava o meu pai. Não conseguia ficar totalmente com raiva dela.

— Vocês me deixaram no escuro esses meses todos — desabafei.

— Ele já sabia.

— Sabia o quê?

— Que as chances eram mínimas. Mas quis tentar por você.

— Tentar?
— Ele fez uma quimioterapia diferente. Era oral e não faz o paciente perder o cabelo — ela contou, respondendo as minhas dúvidas sobre o cabelo ser a única coisa que ainda parecia dele nesses últimos meses. — Mas como eu falei, as chances eram mínimas.
Olhei para ela, sem saber o que dizer.
Como eu fui tola. Era óbvio que ela, a *senhora drama*, sabia de tudo. Jamais aceitaria ficar no escuro, como me deixou. E por mais que eu a amasse, estava magoada.
— *Elas estão ali* — ouvi alguém dizer.
Vi Dimi e Fi se aproximarem.
— Como ele está? — Dimi perguntou enquanto me abraçava.
— Morrendo — falei e comecei a chorar, pois parecia seguro, agora que estava com ele.

Fomos para casa. Não havia o que fazer no hospital, mas não consegui dormir.
Rora e Fi ficaram com a gente no meu apartamento.

Acordei com o pior telefonema que alguém poderia receber.
Pediram que eu comparecesse ao hospital, com os documentos de papai.
Fomos os quatro no mesmo carro. O caminho todo em silêncio.

Assim que chegamos, o mesmo médico já estava lá. Muito abalado, parecia amigo do meu pai, nos deu a notícia que às oito e dezessete da manhã uma parada respiratória levou papai para um lugar onde o câncer não poderia mais tocá-lo. Levando de mim sua presença, suas piadas sem graça e o seu cheiro. Não o que o câncer havia deixado nele, e sim o natural, que eu tanto amava.
Enquanto Rora chorava alto, Fi tentava consolá-la.

Vendo a minha melhor amiga daquele jeito e sabendo que nunca mais veria meu pai sorrindo, senti uma angústia muito forte.

— Somos eu e você agora, Mit! Só eu e você... — ela gritava, enquanto chorava.

Em segundos meu corpo começou a tremer, até os meus dentes se batiam e as lágrimas não paravam de escorrer dos meus olhos.

— Papai... Ele se foi, Dimi — falei com dificuldade.

Ele me ajudou a sentar e quando segurou a minha mão foi diminuindo a tremedeira.

Fi trouxe Aurora para perto de mim e nós quatro demos as mãos.

Percebi que eles também choravam.

Meu pai era muito querido. E não importava o quanto tivesse falhado na vida, todos nós cometemos erros. Tudo que vivi, me tornou a pessoa que sou hoje. Não sentia mais mágoa pelos anos que perdemos, eles haviam me ensinado de alguma forma. Eu só conseguia ser grata pelos últimos meses e era deles que me lembraria para sempre.

Era difícil compreender o motivo de ele ter voltado para mim para ter sido arrancado de forma tão cruel. Não sabia em quem descarregar tanta dor. Dizem que Deus sabe o que faz, mas não havia fé no mundo o suficiente para me fazer compreender a morte, pelo menos, não naquele momento.

Capítulo 27

Como se me despedir de papai já não fosse dolorido o suficiente, agora precisava me desfazer das suas coisas e cuidar dos procedimentos de herança. Eu não conseguia pensar em nada, mas era obrigada a resolver essas coisas.

— Oi — Dimi falou, da porta do antigo quarto de papai.

Eu estava sentada na cama, abraçada em seu travesseiro, inalando o pouco do seu cheiro que havia sobrado.

— Não consigo me desfazer das coisas dele.
— Por que precisa fazer isso agora?
— É o que as pessoas fazem. Não é?
— Não há um protocolo, Mit. Pode fazer as coisas no seu tempo.
— Dizem que não devemos tomar decisões em momentos assim. Podem ser precipitadas... — eu comecei a falar.

Ele sentou ao meu lado na cama.

Ouvi as patinhas de Lila e logo ela apareceu no quarto e pulou na cama também.

Sorri ao ver que ela quis deitar perto de mim parecendo sentir a minha tristeza.

— Mas eu acho que preciso sair desse apartamento — confessei.
— Podemos alugar aqui e ficamos no meu.
— Não. Quero um lugar novo, para construir novas memórias. Uma casa, nada de apartamento.

— Parece uma boa ideia. Não acho que seja algo precipitado. Vamos começar a procurar — ele disse, me apoiando.
Abracei meu namorado.
— Obrigada — consegui dizer.
— A Lila merece um espaço maior — ele concluiu.
Nossa dálmata balançou o rabinho ao ouvir seu nome.

Não quis parar de trabalhar.
Ficar em casa, com tantas lembranças, me enlouqueceria.
Estava preparando meu *cappuccino* antes de abrir o café, quando vi meu amigo chegando.
— Sr. Braga, bom dia — o cumprimentei e ele me abraçou.
— Como está a Dona Elena?
— Tudo bem. E as coisas contigo?
— Acho que estou dentro do processo. — Entreguei o café de sempre para ele.
— Sim. Faz parte do luto. Mas quero saber da sua saúde — ele disse.
Percebi que havia esquecido completamente de mim. Até me assustei com a pergunta.
— Não está na época de repetir os exames? — quis saber.
— Preciso refazer todos e voltar no Dr. Antônio.
— Não deixa passar muito.
— Farei isso essa semana, Sr. Braga. Obrigada por me lembrar — agradeci e sorri para ele.
Ele esteve comigo durante todo o processo de velório e enterro.
Sua amizade era um presente e agora ele voltava a ser a figura mais próxima de um pai para mim.
— Foi tudo tão rápido. Ainda não consigo acreditar — confessei.
— O que fará com os origamis? Conseguiu concluir os mil?
— Os Tsurus... Não terminei, mas fiz 731.
— É um bom número.

— Não o suficiente. E agora essa lenda idiota não faz o menor sentido.

— Tem certeza? Para mim, a aproximação de vocês já contaria como um milagre realizado.

Pensei um pouco sobre o que ele falou. Lembrei das conversas e risadas com papai.

— Acho que você tem razão.

— Então, valeu a pena. Encontre algo especial para fazer com os que concluiu.

— Vou pensar em algo — prometi.

Ele pareceu satisfeito.

Observei o meu amigo e pensei que nunca poderia perdê-lo. Não queria que mais ninguém morresse.

Estava em casa, olhando para as coisas de papai de novo e pensando no que o Sr. Braga havia falado.

Pesquisei ideias de decorações com origamis na internet. Apareceram coisas de todos os tipos, mas o que mais me chamou a atenção foi um quadro. Os origamis foram colados em um retângulo e em volta encaixaram uma moldura linda.

Eu me empolguei um pouco e aproveitei para pesquisar a lenda, pois até agora só sabia o que Dimi havia me contado. O significado dos Tsurus parecia ir além de realização de desejos. Traziam sorte, felicidade, saúde. Eram aves consideradas sagradas no Japão.

Achei que seria simbólico criar um quadro mesmo, mas para a nossa nova casa.

Na nossa nova fase.

— Encontrei uma casa e algo me diz que você vai amar — Dimi falou empolgado.

Era dia de levar Lila no parque, e eu estava organizando as coisas para sair.

— Quero ver. Tem foto?

— Farei melhor. Vou te levar lá hoje. Fica em um bairro mais afastado, mas é tranquilo e seguro.

— Então, vamos logo! — pedi, quase gritando.

Seguimos com Lila no banco de trás, muito comportada, observando o movimento na rua.

Dimi não brincou quando disse que era afastado, mas quando entramos no bairro, senti que valeria a pena a espera.

As casas eram grandes, com portões minúsculos e jardins de todos os tipos.

Assim que ele entrou na rua, já avistei a casa. Ele nem precisou dizer qual era. Meu coração acelerou no momento em que a vi.

Dimi estacionou na frente da casa e fez a volta para abrir a porta para mim. Ainda sentada, a observei.

Era de um tom rosa claro, com telhado branco. Uma cerca pequena ao redor, que ficava bem no meio do terreno, e em volta havia uma grama verdinha e bem cuidada. Portas e janelas brancas, parecia ter dois andares e um terceiro, um pouco menor, deveria ser algum tipo de sótão.

— Levanta pra ver de perto — ele pediu.

Não havia percebido que ainda estava sentada.

Quando tentei levantar, me desequilibrei e caí sentada de novo.

— Está emocionada? — debochou.

Ele me ajudou a levantar e agora sim, eu consegui ficar de pé, mas sentia as pernas um pouco rígidas.

— Nem nos meus sonhos imaginei que essa casa pudesse existir. É perfeita. Mas não temos dinheiro, Dimi. Imagina quanto deve custar?

— Pensei sobre isso. O meu apartamento está quitado.

— Podemos complementar com a herança — eu falei, o interrompendo. — Eu não tinha pensado nela, até agora. Só algo assim me faria querer usar o dinheiro pela morte do meu pai. Certeza que ele adoraria ver os netos dele correndo nesse quintal.

Olhei para a casa, admirada.

O sol forte iluminava tudo. O céu estava bem azul e sem nuvens. Nas calçadas havia muitas árvores e a vizinhança parecia realmente tranquila.

— Então, o que me diz?

— Queria poder mudar agora — admiti.

Ele sorriu e abaixou para fazer carinho em Lila, que estava sentada na calçada, parecendo não entender nada.

— Gosta daqui, princesa? É um bom lugar para criar seus pequenos dálmatas catarrentos? — ele perguntou. Ela latiu, abanando o rabinho.

— Acho que isso foi um sim — falei.

Eu só conseguia pensar na casa.

Dimi foi muito sensível em encontrar algo para que eu pudesse focar nessa fase do luto. Estava tão ansiosa que vinha tendo dificuldade para dormir. Agora eu precisava de alguma atividade que me distraísse de pensar na casa.

Combinei com Aurora um dia das meninas no meu apartamento. Dimi e Fi foram em um evento sobre *Star Wars*.

Estávamos sentadas no sofá, com Lila e BB8 acomodadas em nossos colos.

— A BB8 não cresceu tanto — falei, enquanto observava a cachorrinha.

Rora estava distraída com a série policial.

— Olha lá. Sabia que era a mulher dele. A cara de santa falando com o FBI não me enganou — disse e olhou para mim. — O que você disse?

— Nada. Como estão as coisas com o Fi?

— Tem dias que quero matá-lo. Outros tenho certeza que vou pedir a separação. Outros acho fofo como ele cuida de tudo.

— Tão a sua cara isso.

— Quem inventou o casamento não deve ter se casado.
— Você é patética, Rora.
Ela observou o apartamento e ficou triste.
— O que foi? — eu quis saber.
— Tudo aqui lembra o Tio Mou. Como consegue viver aqui?
Achei a pergunta insensível, mas não quis discutir.
— Eu te falei que estamos procurando casa e até acho que encontramos a casa perfeita... — comecei a falar, mas parei.
Minha amiga estava no meio de uma crise de choro.
— Ele era como um pai para mim. Estava sempre por perto desde que voltou para as nossas vidas — disse entre soluços.
Eu quis dizer que sabia, já que ele era meu pai, mas não quis atrapalhar o desabafo dela.
— Agora só tenho você. Isso é tão solitário — ela continuou.
— Sempre nos bastamos.
— Mas isso é horrível.
— Uma vez você me disse que todos temos as nossas cotas de lutas. Isso não nos torna inferiores, apenas humanas — falei, não conseguindo esconder a impaciência.
Queria que ela parasse com aquele drama, afinal, estávamos no mesmo barco. Eu só tinha a ela também, o que me tornava a mais prejudicada de nós duas, já que ela era... bem, *ela*!
— Você tem razão — ela falou e limpou as lágrimas. — Vou fazer mais pipoca.
Observei-a levantar e ir para a cozinha.
As suas oscilações de humor ainda me enlouqueceriam. Deixei o assunto acabar assim.
Levantei para ir ao banheiro, pensando na sorte dela por ter Filipi, um homem tranquilo para aguentá-la.
Assim que meus pés tocaram o chão, senti que havia pisado em algo, mas não lembrava de ter derrubado nada. Abaixei e

passei as mãos, para identificar o que era. A sensação de pisar e passar as mãos estava completamente diferente.

Um frio na barriga me alertou do que poderia ser, mas eu não queria acreditar.

Talvez ter ficado sentada em cima dos meus pés por um tempo fosse apenas o motivo para essa sensação de formigamento.

Capítulo 28

Uma semana após sentir o princípio de formigamento, a sensação já havia subido até os joelhos.

Dessa vez eu sabia o que fazer.

Marquei consulta com Dr. Antônio e liguei para o Fi, deixei aos cuidados dele contar para Aurora. Eu sabia que isso era horrível, mas tudo que eu menos precisava agora era dela no meu pé.

Fui para casa antes de Dimi, pois era fechamento do mês da livraria e ele gostava de participar. Preparei um jantar especial e todo o terreno para contar com calma sobre a minha saúde.

Senti pena dele, por não saber o que viria pela frente e por um momento quis fugir e privá-lo disso. Mas lembrei de todo nosso histórico, sabia que enfrentaria o que precisasse por ele, portanto, ele faria o mesmo por mim.

Assim que ele chegou, fui recebê-lo na porta.

— Você fez tudo isso para mim? — ele perguntou desconfiado, olhando a mesa pronta.

— Fiz. Você merece.

Sentamos e começamos a jantar.

Perguntei sobre o seu dia e tudo o que me veio em mente, até que não tinha mais assunto.

— E você? Não tem nada para me contar?

— Odeio o quanto me conhece bem.

— Odeia mesmo?

— Não — adimiti, derretida.

— O que houve, então?

— O formigamento apareceu de novo — soltei de uma vez. Ele ficou branco e engoliu a comida que estava na boca. Talvez eu tenha sido muito direta, mas a situação não parecia me dar tempo.

— Exatamente da mesma forma — continuei. — Começou nos pés e sinto que está subindo. Já sinto os joelhos formigarem. Parece estar mais rápido dessa vez. — Como ele continuou me olhando assustado, prossegui: — Marquei consulta com o Dr. Antônio. Não sei se isso significa uma nova crise, mas o doutor foi claro ao dizer que se acontecesse de novo, fecharia os 75% para a Esclerose Múltipla. Quero que esteja na consulta comigo, ciente de tudo — falei e segurei a sua mão.

Estava morrendo de medo, mas queria ser forte por ele, por nós e deixar claro que nada nos abalaria desta vez.

— Tenho muito orgulho de você. Como eu disse antes, estaremos juntos — ele finalmente disse, com a voz um pouco trêmula. — Eu te amo — concluiu, beijando a minha mão.

— Eu te amo — falei e sorri para ele.

Nunca gostei de dizer *eu também* te amo, parecia que estava sendo obrigada a concordar e não era o caso. Eu amava aquele homem, com todas as minhas forças e ele precisava ter certeza disso.

Dr. Antônio pediu que eu refizesse os exames de sangue e a ressonância. Não foi agradável, mas começava a me conformar sobre a necessidade.

Quando os resultados ficaram prontos, voltamos ao consultório.

O formigamento já havia subido para a virilha, mas ainda não havia afetado o meu equilíbrio ou causado dificuldade para andar.

Na ressonância apareceram novas lesões, as *manchinhas de dálmata*, o que significava uma evolução no diagnóstico, uma nova crise e agora havia 98% de chances de eu ter Esclerose Múltipla.

O doutor orientou que eu começasse o tratamento imediatamente.

Fiquei tão anestesiada na hora, que nem quis saber o que faltava para fechar os 100% do diagnóstico.

Primeiro eu passaria por cinco dias de aplicação de corticoide novamente, que agora descobri se chamar pulsoterapia, e depois disso, escolheria com o doutor uma das medicações específicas para a doença.

Passar pela internação novamente não foi tão assustador, pois agora eu sabia o diagnóstico e embora não fosse bom, tinha tratamento.

Analisando tudo que eu passei, talvez tenha me preparado para essa notícia. Antes eu a teria recebido mais assustada, mas naquele momento, não saber o que eu tinha e as possibilidades de melhora me apavoraria bem mais.

Foram cinco dias com corticoide na veia, sessões de fisioterapia e todos os mimos possíveis da parte de Dimi no hospital.

Comprei os cremes e sabonetes dermatológicos e comecei a usar desde o primeiro dia para aliviar as sensações das espinhas que eu sabia que viriam.

Saindo do hospital, já não sentia mais os formigamentos. O que quer que tivesse nessa pulsoterapia, possuía efeito milagroso.

Marcamos retorno com o doutor para finalmente falarmos de tratamentos.

Havia poucas opções e para meu desespero, todas envolviam agulhas. Eu deveria escolher quantas vezes gostaria de ser picada por semana. Três, duas ou uma. Parecia óbvio escolher apenas uma vez, porém os efeitos colaterais eram maiores, já que a dose seria mais forte. Optei pela medicação que eu tomaria injeções três vezes por semana. O custo do tratamento seria por volta de vinte mil reais por mês, mas graças a Deus, o meu país tinha um sistema de saúde pública.

Dimi cuidou de tudo para a retirada das injeções.

— E agora? Qual o próximo passo? — ele perguntou, enquanto olhávamos para a caixa de isopor de onde ele tirou outra caixa que continha doze seringas com a medicação na dosagem certa para cada aplicação.
— Isso vai ficar na geladeira?
— Sim. Sempre que for tomar, pegamos a seringa da vez. E podemos retirar esse kit uma vez por mês no posto de saúde.
— E você sabe aplicar?
— Liguei em um número de apoio que tem na caixa. Eles enviam alguém para nos ensinar a aplicar, mas se estivermos com pressa podemos pedir auxílio em uma farmácia ou posto público — ele explicou. — Vindo para cá passei em alguns, mas nenhum aceitou fazer a primeira aplicação para nos ensinar.
— Por quê? — eu quis saber.
— Não me disseram detalhes, só que não fazem. Pareciam estar com medo.
— Será que é pela medicação ser cara?
— Parece mais falta de conhecimento. Talvez medo de errar.
— Eles não estudam para isso? — perguntei, inconformada.
— A sociedade não parece pronta para essa doença, Mit.
Pensei um pouco sobre o que ele falou. Fazia sentido. Mas era muito injusto, eu também não estava preparada, só não tinha escolha.
— Vamos pedir ajuda para os fabricantes do remédio, então?
— Acho que é melhor — ele respondeu.
Observei que parecia exausto.
— Esperou muito tempo para retirar o remédio?
— Duas horas e meia. Estava lotado. Ouvi a conversa de algumas pessoas, parece ser um local para retirar todo tipo de remédio.
Olhei para ele, admirada.

— Eu não sei o que faria sem você. Obrigada por dividir isso comigo.

— Dividir, sua maluca? Você fica com a pior parte.

— Não me chama de maluca — falei, brincando. — O Dr. já explicou que não ficarei mais maluca do que já sou.

Ele me olhou, pensativo.

— Posso chamar de esclerosada, então? — perguntou, e levou um tapa, merecido, no braço.

— Isso foi maldoso — falei.

A gargalhada dele tornava a vida mais leve.

Algumas pessoas têm o dom de tornar o mundo melhor, não por conseguir mudar o que está ruim, mas apenas por existirem.

Dimi era essa pessoa para mim.

— Pelo menos soa mais real — ele continuou.

Beijou a minha testa e me olhou nos olhos.

— Não importa o que você seja, desde que seja minha.

— Isso eu já sou, eu já era mesmo antes de te conhecer — confessei e ele sorriu.

Ganhei um beijo maravilhoso em retribuição, que foi interrompido por uma dálmata ciumenta que latia para chamar a nossa atenção.

A pessoa que enviaram para nos ajudar era uma enfermeira. Ela foi rápida e objetiva. Trouxe um aparelho que parecia uma caneta, ele servia para ajudar na aplicação das injeções. Era só colocar a seringa dentro dele, posicionar onde seria aplicado, apertar um botão e ela fazia o resto.

Dimi prestou bastante atenção em tudo que a enfermeira disse e quando ela foi falar dos efeitos colaterais, pedi licença e fui ao banheiro, pois sabia que só de ouvir já sentiria todos antes de tomar a medicação. Deixei aos cuidados do meu namorado saber desses detalhes, assim, o que quer que eu sentisse, apenas perguntaria para ele se estava dentro do esperado.

Quando nossas perguntas terminaram, pedimos para ela nos acompanhar na primeira aplicação. Dimi preparou a seringa na caneta. A aplicação não era feita na veia, era na pele, o que ela chamou de aplicação subcutânea e eu pude escolher o local. Achei que no braço seria o local menos pior e optei por ele. Não me assustava menos do que a barriga e outros lugares recomendados, mas já era uma dor conhecida por parecer uma vacina.

— Você está suando — falei, observando a testa de Dimitri.

— Não quero te machucar — admitiu, enquanto posicionava a caneta no meu braço. — Não se mexa, por favor — pediu.

Parecia que era ele quem seria furado. Foi impossível não rir da expressão em seu rosto. Assim que apertou a caneta, fez um barulho de disparo, nos assustando. No mesmo instante eu senti a picada.

— *Ai*.

— É normal, não remova a caneta, espere — disse a enfermeira.

A medicação começou a ser injetada devagar e queimava um pouco. Meus olhos se encheram de lágrimas, não sei dizer se pela dor ou pela situação, afinal essa era a primeira de uma vida inteira de aplicações.

— Espere alguns segundos e pode tirar devagar — ela orientou.

Dimi obedeceu e sentir a agulha saindo me deu muita aflição.

— Agora massageie o local, para a medicação se espalhar e não deixar hematomas — continuou a enfermeira.

Enquanto ele massageava, ela olhou para mim.

— Como foi? — quis saber.

Achei que ela estivesse brincando. Como ela achava que tinha sido? Mas respirei fundo para não ser grosseira.

— Dolorido — respondi.

Ela concordou com a cabeça, de um jeito sério.

— Segundos antes da próxima aplicação, tente passar gelo no local. Ajuda a anestesiar — ela concluiu e eu pensei que essa informação teria sido mais útil antes, mas não quis discutir.
Terminado o procedimento, nos despedimos da enfermeira. Assim que ela saiu, eu quis tomar banho e deitar.
Me sentia esgotada mentalmente. Era muito difícil encontrar o lado positivo.
Lembrei-me de uma colega de escola, da terceira série, que tinha diabetes e aplicava as próprias injeções. Nem imaginava como deveria ser para uma criança passar por isso, embora nossos diagnósticos fossem completamente diferentes. Não desejaria isso para ninguém.

Acordei para jantar e senti o corpo bem dolorido.
— Acho que vou ficar resfriada.
— Não vai. É efeito da medicação — Dimi respondeu, me observando com cuidado.
— Ah. É bom ter uma bula humana — falei agradecida.
Ele estava se saindo melhor do que eu nisso tudo.
— O que quer jantar? — perguntei.
— Já pedi comida italiana, que você gosta.
— Oba. Até que estou gostando desse negócio de esclerose.
— Ele me olhou assustado e quando percebeu que eu estava brincando, sorriu.
— Sabia que estava fazendo de propósito — disse e me puxou para o sofá. — Tenho uma novidade.
— Não faz suspense. Fala logo.
— A corretora aceitou a oferta da casa — disse tranquilamente, como se não fosse nada.
Fiquei em choque.
— A casa rosa? Com o sótão?
— Agora é a *nossa* casa rosa com o sótão — falou, mais animado.
Puxou as minhas mãos e as beijou.

— Como você consegue cuidar de tudo e de mim *e* da Lila? — perguntei emocionada.
— Porque tudo isso é a minha vida.
— Eu te amo tanto, *tanto*, *tanto*! — gritei, pulando no seu colo e enchendo seu rosto lindo de beijos. — Quando mudamos? O que eu preciso fazer?
— Você vai se cuidar, enquanto *eu* cuidarei de tudo.
— Acho que posso fazer isso. Mas me conte tudo e em tempo real, combinado? — implorei.
O interfone tocou, deveria ser a nossa comida.
— Combinado — Dimi prometeu, enquanto levantava para atender.
Após o jantar, tentei lavar os pratos, mas meu corpo estava pesado e tão dolorido que acabei só escovando os dentes e deitando. Dimi avisou que limparia tudo e logo iria me encontrar.

Acordei tremendo muito, até os meus dentes se batiam. Ainda não havia amanhecido, mas não conseguia alcançar o celular para saber que horas eram.
Percebi que Dimi já estava dormindo ao meu lado.
— Dimi... — chamei, mas saiu um sussurro, nem Lila acordou.
Com bastante dificuldade, o cutuquei com o meu braço que agora tremia também, assim como todo o meu corpo.
— Oi... — resmungou. — *Mit?* — gritou assim que me olhou e ficou de pé em instantes. — O que foi?
— Eu... — tentei falar, mas não conseguia com a boca tremendo do jeito que estava.
Senti sua mão tocar a minha testa e o meu pescoço.
— Está com febre. Fique calma. É reação da medicação — ele pediu, mas nem ele parecia calmo.
Correu na cozinha e voltou com um copo com água e um remédio.
— Consegue engolir? — perguntou, mas não respondi.

Levantei com dificuldade e sentei na cama. Foi difícil controlar a tremedeira, mas consegui engolir.

Ele colocou o copo em algum lugar que não vi e voltou para a cama, sentando ao meu lado e me abraçando.

— Aguenta o remédio fazer efeito. Vai passar, eu prometo — ele garantiu, mas sua voz parecia algo distante. Como em um pesadelo, que eu não conseguia controlar.

Tremi por mais um tempo, acolhida em Dimi, pensando se meus dias seriam sempre com essa adrenalina dali para frente.

Até que parei de tremer, senti o corpo relaxar e achei que seria seguro adormecer.

Capítulo 29

Tomava as injeções três vezes por semana. Optei pelas segundas, quartas e sextas, que resultavam em noites repletas de reações, como dores e febre, mas eu já não tremia mais como da primeira vez. Quando o corpo começava a melhorar, já era hora de tomar de novo.

Os dias não estavam fáceis, mas não aceitei parar de trabalhar. Percebia os olhares preocupados de Dimi e do Sr. Braga durante o expediente, mas essa doença não destruiria a minha vida, eu manteria a rotina normal. Mesmo com dificuldade e não sendo considerada uma pessoa comum, viver só dependia de mim.

Fi chamou Dimi para mais um evento dos meninos relacionado a *Star Wars*. Rora ficaria no meu apartamento com a BB8, até eles voltarem.

Ela andava um pouco ausente, achei que seria bom ter um pouco de tempo com a minha amiga.

— Compramos uma casa — soltei antes que ela me interrompesse.

— O quê? E por que eu só estou sabendo agora?

— Eu já tentei te contar, mas foram tantos acontecimentos ultimamente — falei, mas na verdade queria dizer que ela não prestava muito atenção no que eu dizia. — Quero que conheça, assim que pegarmos a chave — continuei, achando mais seguro evitar qualquer desconforto.

— Isso é ótimo. Vai sair daqui.

— E a casa é maravilhosa, Rora. Acho que nem nos meus sonhos imaginei conquistar algo assim.

— Vai vender esse apartamento?

— Dimi conseguiu fazer uma proposta só com o dele. Esse tem valor sentimental. Foi o nosso primeiro, vivemos tantas coisas aqui.

— É verdade.

— Também tem toda a história com papai e como ele deixou tudo pra mim, investimos o que tínhamos na proposta.

— Eu fico tão feliz, Mit — ela disse, mas não parecia.

Estávamos no sofá, com as nossas filhas de patas. Ela abaixou a cabeça e fez carinho em Lila. Invertemos os colos, a dálmata estava com ela e a pequena BB8 comigo.

— O que foi, Rora? — perguntei, mesmo não querendo saber. Ela estava bem esquisita e isso nunca era bom.

— Andei pesquisando mais sobre Esclerose Múltipla — ela soltou.

Agora fazia sentido o seu silêncio desde o diagnóstico. Ela estava estudando o assunto antes de falar comigo.

— Descobri um tipo de tratamento alternativo, que envolve apenas a alimentação. A maioria dos pacientes está tão bem, você precisa ver — ela continuou e sua voz tinha uma empolgação diferente, parecia mais desespero.

— O que há de errado com o meu tratamento?

— Ai, Mit, você precisa pensar fora da caixa — falou, sem paciência.

— O que isso quer dizer? — eu quis saber, detestando o rumo da conversa.

— Precisa arriscar, para poder melhorar.

— Arriscar? *Meu Deus*, Aurora. Estamos falando da minha saúde. É lógico que estou preocupada em melhorar...

— Exatamente. Já marquei consulta pra você com a médica responsável por essa dieta. E tem mais... — ela me interrompeu, tagarelando. — Tem um tratamento com células-tronco no exterior. Parece ser o mais perto de cura da Esclerose Múltipla que se tem no momento.

— E quando acha que vai chegar ao Brasil?

— Não vamos esperar, Mit. Consigo dinheiro o suficiente pra você se manter por lá por um mês e poder realizar o procedimento...

— Que procedimento? — a interrompi, pois ela estava me assustando. — Você está se ouvindo?

— Sim, presta atenção. Em dois meses consigo preparar tudo e você viaja...

— Aurora! — gritei. — Eu não vou viajar sozinha para um país que eu não sei falar a língua, sem saber o que farão comigo. Imagina? Para onde eu iria? Com quem falaria? E se algo acontecer comigo lá? Em que condições eu estarei para voltar? Você não está entendendo o meu lado — soltei tudo de uma vez, com a voz exaltada.

Ela era inacreditável.

— Entendo que esteja assustada. Acredite, eu também estou, mas há limite para tudo. A medicina no Brasil pode me ajudar e meu médico me falaria se existissem possibilidades melhores. Quero me manter no que me deixa confortável, um pouco confiante, já que tudo parece incerto e meu próprio corpo não responde como deveria. Não faz ideia de como eu me sinto...

— Parece até que gosta de estar doente — ela sussurrou, enquanto eu falava.

— *Como é que é?* — berrei.

Agora ela conseguiu me irritar.

— Se deixasse para comprar a casa depois, Dimitri poderia viajar com você.

— Aurora, você ouviu alguma coisa do que eu disse?

— Ouvi! — respondeu de forma grosseira.

— Não, você não ouviu. Você nem sabe como eu tenho me sentido, porque não me pergunta. Sabia que a medicação me dá reações?

— Mais um motivo para tentar o que estou te propondo. Bufei.

— A questão é que você não se importa em me ouvir. Só quer resolver as coisas da sua maneira. Mas tenho uma novidade pra você — falei, levantando e olhando bem nos olhos dela.

— A vida é *minha* e faço o que eu quiser...

Nesse momento os meninos entraram no apartamento.

— Ei, ei. O que está havendo aqui? — Dimi correu para me abraçar.

— Vamos embora, Filipi — Rora disse, cheia de razão.

Juntou as suas coisas e saiu. Fi sorriu para mim, como se pedisse desculpas e foi atrás dela.

— O que houve?

Comecei a chorar e a tremer, descontroladamente.

— Ela é tudo que eu tenho — disse entre soluços. — Mas não é perfeita.

— Eu sei, eu sei. Pode me contar, sei que não quer falar mal dela. Mas olha o seu estado? Preciso saber o que aconteceu. Senta um pouco. Vou preparar um chá para nós — ele disse e foi para a cozinha.

— Ela enlouqueceu, Dimi. Quer que eu siga os tratamentos que ela encontrou. Ela nem quis saber como eu estava me sentindo ou como vinha sendo o meu tratamento — eu falava sem parar enquanto ele preparava o chá. — Já está sendo tão difícil, sabe? Eu só queria apoio, como ela sempre teve o meu. Se pelo menos eu conseguisse jogar tudo na cara dela.

— Deveria. Quem sabe ela acorda e percebe o quanto te faz mal quando age dessa maneira.

— É a personalidade dela. Eu entendo.

— Não acredito que está defendendo ela, Mit. — Dimi sorriu me entregando a caneca com o líquido quente.

— Fiquei muito nervosa. Sentia meu corpo tremer enquanto falava. Acho que a nossa amizade acabou, Dimi — desabafei, mas estava conseguindo parar de chorar.

— Eu duvido muito.
— Mas eu sinto. Viu o jeito que ela saiu daqui?
— Deixa ela esfriar a cabeça. Vai ficar tudo bem — ele disse, sentou ao meu lado e bebeu um gole do seu chá.

Encostei a cabeça no seu ombro, pensando que eu só queria que ela me entendesse ou que pelo menos perguntasse como eu me sentia, mas realmente ouvindo a minha resposta e não preparando os próximos argumentos.

Meu corpo ainda vibrava pelo nervoso que ela me fez passar.

* * *

Alguns meses de medicação me deixaram acostumada com as reações. Febre, dores e em alguns lotes das injeções, diarreia.

Mas tudo dentro do esperado, como dizia o meu enfermeiro particular.

Era muito difícil trabalhar, até sair da cama, na verdade. Não por falta de motivação, eu queria muito continuar vivendo normalmente, mas as dores e o cansaço que o remédio causava me deixavam exausta.

— *Ei, garotinha* — Estava vindo do banheiro da livraria para o café, quando ouvi a voz atrás de mim.

— Sr. Braga — falei ao ver o meu amigo e o abracei. — Não veio tomar café comigo.

— Cheguei mais tarde. — Ele sentou em uma das mesinhas e eu o acompanhei.

— Quer um café?

— Ia te pedir isso. — Fui buscar e na volta reparei que ele me encarava.

— O que foi?

— Está andando diferente de novo?

— Não — falei e olhei para as minhas pernas em reflexo.

— Pode ter sido impressão, então.

— Acho que sim — eu concordei, mas não tinha certeza. Não consegui dizer mais nada, fiquei olhando para as minhas pernas.

— Quanto tempo faz que está com a medicação?

— Uns sete meses.

— Continua com aquelas reações?

— Sim, mas ou diminuíram ou já estou me acostumando. Só me sinto muito cansada em alguns momentos aleatórios, e às vezes assim que acordo. É estranho.

— Já pensou em pedir uma segunda opinião médica?

— Depois do show que a Rora deu, eu nem consegui pensar mais nisso. Criei um bloqueio.

— Não é por menos — ele disse e bebeu um gole do café.

Olhei feio para ele. Todos sabiam que a Rora era uma maluca, assim como sabiam que só eu podia falar mal dela. Não gostava nem que concordassem comigo.

— Desculpa. Sei que ela só estava preocupada, mas acho que deveria procurar outro médico.

— Você acha que eu não tenho Esclerose Múltipla? — debochei.

Esse assunto fazia eu me tornar uma criança birrenta.

— Não, querida — respondeu com paciência. — Só que se fosse comigo, gostaria de saber se tenho alternativas.

— Vou pensar, Sr. Braga.

— Certo. Agora, me conte da casa nova. — Ele mudou de assunto, percebendo o meu desconforto e eu sorri ao pensar na casa.

— Acho que levará algum tempo para mudarmos. Queremos mobiliar tudo antes e os móveis que temos não parecem se encaixar na casa. Ela é maior do que tudo que temos.

— Querem tudo novo — constatou, sorrindo da minha empolgação.

— Isso. Acho que merecemos esse recomeço.

— Sem dúvidas.

— É um sobrado. Ainda não teve dono. Embaixo tem uma sala grande, a cozinha, uma área de serviço, dois banheiros e um quartinho. Na garagem cabem dois carros e ela dá acesso a casa por uma porta interna. O jardim é lindo em volta da casa. Quero manter a grama sempre baixa, morro de medo de bichos.

— Não acho que encontrará cobras na cidade — brincou.

— Acho que estou confundindo com a cidade que nasci — falei, entrando na brincadeira e em seguida continuei: — A parte de cima tem três quartos, dois com banheiros e um banheiro no corredor. No quarto que quero que seja nosso há uma sacada. E no meio do corredor, há uma cordinha no teto para descer a escada que dá acesso ao sótão. Ainda não pensei o que fazer lá, mas queria que fosse algo especial. Foi o lugar que mais gostei da casa.

— Com certeza irá pensar em algo.

— Segui os seus conselhos sobre o que fazer com os Tsurus e resolvi montar um quadro mesclando eles por cores. Vai ficar na sala.

— Ficará encantador, como a casa inteira, tenho certeza.

— Quero tanto que vá conhecer. Assim que ficar pronta, farei um jantar pra você e a Dona Elena.

— Ela vai adorar — falou animado. — Preciso voltar. Só passei para te dar um beijo e tomar o nosso café.

Tomou o resto do café e me entregou a xícara.

— Tudo bem. Bom trabalho, Sr. Braga. — Ele beijou a minha cabeça e saiu.

Fiquei um tempo sentada à mesa, olhando-o se afastar e sorrindo ao pensar em tudo que havia contado. Estava tão feliz com a mudança.

Levantei e, ao tentar mover as pernas, senti o mesmo peso de antes, tão característico e indesejável.

Meu amigo tinha razão, algo não estava certo com elas, de novo.

Capítulo 30

Estava confusa e frustrada. Sabia que quando os formigamentos surgissem haveria grande possibilidade de crise, mas apenas rigidez nas pernas era novidade para mim.

— Já falou com o seu neurologista? — Dimitri me questionou.

— Ele está de férias e incomunicável, pelo que a secretária me disse.

— Mas não tem ninguém na ausência dele para te ajudar? — perguntou, irritado.

— Parece que não, Dimi.

Estávamos na cama e enquanto eu lia, ele mexia no celular.

— Que livro é esse? — Fiquei feliz pela mudança de assunto.

— É sobre a cultura do Japão. Achei na livraria hoje, enquanto te esperava. Fala um pouco sobre a lenda dos Tsurus.

— Você gostou mesmo dessa história.

— Muito. Vai tão além de ter os desejos atendidos e me encantei pelos origamis.

— Fico feliz que isso tenha te ajudado de alguma forma. — Ele me olhou por um tempo, como se pensasse se deveria ou não me falar algo. — Estive pesquisando também.

— Sobre Tsurus?

— Não. Sobre a esclerose — ele disse com cuidado e senti meu estômago embrulhar. — Encontrei um grupo de apoio feito por pacientes. Já pensou em encontrar mais pessoas como você?

— Sinceramente não — respondi, tentando deixar claro, pelo tom da minha voz, que não queria prolongar o assunto.

Mas em seguida pensei que o receio em sua voz poderia ser pelo fato de eu não ter recebido bem a ajuda da Aurora. Não queria que se sentisse como ela, não mesmo, pois ele esteve comigo desde o primeiro momento, sempre respeitando meu espaço e minhas decisões.

Escolhi não ler nada sobre a doença para não me assustar de forma desnecessária, mas ele lia tudo que encontrava. Qualquer coisa que ele falasse, seria bem pensado e analisado.

— Pode falar mais. O que encontrou? — eu perguntei e ele sorriu.

— Acho que seria bacana saber que não é única no mundo. Que há mais pessoas que vivem o mesmo que você. E o local não fica muito longe daqui. Só que é apenas para pacientes. Você terá que ir sozinha.

— Sozinha? Eu não sei, Dimi...

— Só pense no assunto? Pode ser? — ele pediu, de forma gentil.

Concordei com a cabeça e ganhei um beijo suave na testa.

— Rora tem falado com você? — eu quis saber.

Minha amiga tinha sumido desde a nossa discussão.

— Não, Mit. Eu sinto muito.

— Tudo bem — menti.

Eu jamais a teria abandonado em um momento assim. Respeitaria qualquer decisão, só para poder estar por perto. Ela era orgulhosa e tinha suas razões, mas será que em algum momento pensava o quanto eu precisava dela agora?

* * *

Resolvi visitar a ONG de pacientes de Esclerose Múltipla. Tive que pedir para o Sr. Braga me dispensar e isso me fez pensar se nenhum deles trabalhava. Quem estava disponível em uma quarta-feira de tarde? Já criei uma péssima impressão. Não importava que eles tivessem a mesma doença que eu, não a encarávamos da mesma maneira.

Mas se eu não fosse, talvez magoasse Dimitri. Então decidi que iria uma vez e diria a ele que não havia me adaptado.

Estacionei próximo da casa onde aconteciam as reuniões. Era uma casa normal, o que já foi um alívio, esperava um tipo de hospital, não sei porquê.

Ao sair do carro, senti o desconforto e peso nas pernas que vinham me acompanhando nos últimos dias. Caminhei com dificuldade pela rigidez e com um cansaço além do normal. Percebi que em situações que me deixavam ansiosa essas sensações pioravam.

Quando entrei, era uma sala enorme e havia mesas com comidas de festa. Salgadinhos, pães de todos os tipos, sucos, refrigerantes, bolos, tortas. As pessoas comiam e conversavam de forma animada.

Mais uma surpresa, pois eu esperava um clima mais fúnebre.

O mais curioso foi observar as pessoas. Havia muitos se locomovendo da mesma forma que eu. Outros com cadeiras de rodas, outros com muletas, muitos com bengalas. Era difícil contar, mas arriscaria dizer que o local tinha mais ou menos vinte ou trinta pessoas. Eu não sabia que encontraria tantos pacientes. Normalmente me sentia tão única com uma doença rara, ali era apenas mais uma.

Isso de alguma forma foi reconfortante.

— Olá. Seja bem-vinda. Eu me chamo Enrico — disse um rapaz simpático, que apareceu na minha frente.

Sem querer acabei medindo ele, tentando encontrar os sintomas da doença. Não havia nada visível. Ele pareceu notar e sorriu.

— É a primeira vez na ONG — Não foi uma pergunta. Acho que a minha atitude me entregou.

— Sim. Me desculpe — falei, completamente constrangida. — Mitali... Me chamo Mitali. — Estendi a mão para ele. — Muito prazer.

— O prazer é meu — ele disse. — Vem comer alguma coisa.

— Pensei que aconteciam reuniões aqui.

— Está acontecendo — falou, de forma descontraída. — Esperava algo mais formal?

— Acho que sim.

Observei as pessoas conversando.

— Deixa eu te apresentar o pessoal.

Fomos até uma rodinha de pessoas e mentalizei que não deveria tentar descobrir os sintomas delas, para não ser pega de novo.

— Gente, essa é a Mitali — Enrico falou e todos me cumprimentaram.

— Quanto tempo de diagnóstico, menina? — perguntou uma senhora que deveria ter uns cinquenta anos e usava muletas.

Ai, droga! Eu ainda estava reparando.

— Sete meses — respondi, enquanto Enrico me entregava um copo com refrigerante. — Obrigada — agradeci.

— Foi quando aconteceu o seu primeiro surto? — outra mulher perguntou.

Engasguei com a bebida.

— Surto? — perguntei, assustada.

— É, o período que precisa ficar internada, quando pioram os sintomas.

— Ah. Eu conhecia como crise — comentei.

— Soa melhor mesmo — ela disse e todos acharam graça.

— Minha primeira internação foi há mais tempo. Achei que seria a única, mas aconteceu novamente, fechando o diagnóstico e aqui estou — expliquei.

— É muito bem-vinda, Mitali — outra moça disse.

— Obrigada — agradeci, constrangida.

O clima era tranquilo e pareciam boas pessoas.

— Eu me chamo Odete, diagnosticada há doze anos — ouvi uma senhora dizer.

Foi impossível não medir sua aparência e me perguntar se esse era o meu futuro.

Ela estava sentada e suas pernas pareciam frágeis.

Senti a minha garganta secar.

— Eu sou a Catarina — uma moça mais jovem falou.

Enrico trouxe uma cadeira para mim e outra para ele. Percebi que todos estavam sentados e a maioria era mulheres.

— Recebi o diagnóstico há quatro anos — Catarina continuou.

Não havia nada que dissesse que ela tinha a doença.

Eu sorri e concordei com a cabeça, para demonstrar que havia entendido, não sabia bem o que dizer.

— Estávamos falando do meu médico — outra moça falou. Aparentava ter quarenta anos e sua postura era um pouco esnobe. Ela me irritou só de olhar. — Não sei se você já ouviu falar do Doutor Pedro Drummond. — Neguei com a cabeça. — Bom, com certeza vai ouvir falar. — Ela sorriu, como se fosse um absurdo eu não o conhecer. — Ele é muito famoso, o melhor da área. Ele fará uma palestra sobre Esclerose Múltipla na semana que vem. Estava convidando todos. É importante se sentir bem informado. Para a doença não dominar a nossa sanidade, não é mesmo? — ela disse e gargalhou sozinha.

Pelo jeito não era apenas eu que não havia entendido a piada. Percebi que alguns sorriam por educação. Aproveitei para olhar bem para ela, me perguntando se ser irritante fazia parte do diagnóstico. Deus me livre isso pegar em mim.

O clima ficou desconfortável.

— Onde fica o banheiro? — perguntei.

Segui para onde indicaram.

Assim que entrei, percebi uma moça parada, olhando para baixo, com as mãos na cintura. Estava entrando em uma das cabines quando ela me notou.

— Oi. Acho que é nova aqui. Nunca te vi. Me chamo Melissa, muito prazer.

— Mitali. — Apertei a mão que ela estendia e sorri. Ela parecia ter a minha idade. — Você não vai usar o banheiro? — perguntei, pois fiquei curiosa sobre o que ela fazia ali.

— Ah. Não, pode ir. Estou esperando o xixi querer sair — falou em tom de brincadeira.

— Como?

— Você não tem isso? Minha bexiga tem vida própria. Sinto vontade de ir no banheiro, vou o mais rápido que consigo e quando chego, a vontade some, mas quando saio, a vontade volta. — Ela fez uma cara engraçada e acabei rindo, mesmo parecendo trágico. — Agora eu estou aqui conversando com ela, para ver se facilita a minha vida e libera o xixi.

— E como está indo?

— Sem sucesso. — Ela simulou uma expressão derrotada, me fazendo rir de novo.

— Eu sinto muito. — E sentia mesmo. — Será que eu vou ter isso também? — perguntei, sem querer. Foi automático.

— É um sintoma bem comum. Mas já conheci alguns pacientes que não têm. A sensação é de que a bexiga está sempre cheia, só que às vezes é um restinho de xixi que ficou.

— Parece horrível.

— É sim. Como não controlo quando o xixi quer sair, preciso ficar sempre atenta aos banheiros mais próximos. — Ela se aproximou de mim. — E eu também não controlo o cocô — sussurrou e eu levei a mão à boca pela surpresa.

— Não acredito! — comentei, mais alto do que eu gostaria.

— Cansei de fazer nas calças. Minha avó já está experiente em me ajudar a tirar a roupa sem sujar o banheiro todo — ela falava de um jeito engraçado, era impossível não sorrir. Mas me deixou assustada. E se isso acontecesse comigo? — Acho que agora vai sair o xixi — disse empolgada.

— Certo. Boa sorte — falei, enquanto ela entrava na cabine.

Fiquei tão desorientada que até esqueci o que estava fazendo. Fui até ali só para fugir da conversa de onde estava, não queria usar o banheiro. Aproveitei para sair enquanto Melissa estava lá dentro. Assim que passei pela porta, encontrei Enrico me aguardando.

— Você está bem? A Ofélia te chateou?

— Estou bem. Só é muita informação estar aqui — admiti.

Olhei em volta e vi uma menina de uns vinte anos chorando.

— O que houve?

— É o primeiro dia dela também. Acabou de ser diagnosticada. Está com medo de as pernas não voltarem ao normal, porque ela é bailarina. — Senti um nó na garganta em imaginar o que a pobrezinha sentia naquele momento. — Mas a Larissa está conversando com ela. — Vi que realmente havia outra menina sentada com a bailarina. — A Lari era modelo, hoje é uma das organizadoras da ONG.

— Ela não trabalha mais?

— Ficou difícil. Já viu como a maioria costuma andar por aqui? — ele brincou mais uma vez, mas dessa vez eu não consegui achar graça.

Melissa saiu do banheiro naquele instante parecendo satisfeita. Olhou para mim e piscou.

— Consegui — sussurrou.

— Com licença, eu preciso ir — falei e saí o mais rápido que consegui.

Quando cheguei ao carro, respirava com dificuldade.

Sentei e fechei a porta, mas abri a janela para entrar ar.

Era muita coisa para conseguir assimilar.

Qual seria a fase que eu vivia? Por que nem todos tinham os mesmos sintomas? Quanto tempo até que tudo acontecesse comigo?

— Ei, moça. — Enrico apareceu na janela. — Você sabe que tenho Esclerose Múltipla e correr assim me deixa exausto? —

Ele estava ofegante, mas conseguia correr? Como? Se também tinha Esclerose Múltipla?

Abri a porta do passageiro.

— Senta um pouco. Desculpa por isso. Não imaginei que fosse vir atrás de mim.

— Você saiu igual um foguete manco — disse, me fazendo rir.

Ficamos um tempo em silêncio.

— Tem um café aqui perto que eu e minha amiga gostamos muito. Quer conhecer? — Eu o observei por um tempo. Não havia malícia no convite.

— Não quero te passar uma impressão errada, Enrico. Eu tenho namorado.

— Eu sou casado. Desculpe se fui inconveniente — falou, constrangido.

Eu não parava de passar vergonha na frente dele. Por que eu era desse jeito?

— Claro. Me desculpe — falei encarando o volante.

— A minha amiga que gosta do café também estava lá. A Melissa, que saiu do banheiro enquanto conversávamos. Posso chamá-la para nos acompanhar. Ela é bacana — ele comentou.

Havia gostado mesmo dela. Embora tivesse me assustado com a sua bexiga descontrolada.

Concordei com a cabeça. Talvez fosse bom encontrar pessoas como eu, em um lugar não tão cheio de pessoas como a gente.

O café tinha uma decoração inspirada nos anos 1960. Sentamos em uma mesa com poltrona em círculo. Era um lugar encantador.

— Legal, né? — Melissa comentou.
— Muito.
— Precisa provar o milk-shake de chocolate — Enrico falou.

— Nada disso. Peça o de morango.
— Eu prefiro *cappuccino*. Aqui tem? — eu quis saber.
— Com creme de avelã — ele disse de forma sonhadora.
— Já vi que você é fã de chocolate — brinquei, comentando o óbvio.

Fomos interrompidos pelo garçom que parecia conhecê-los bem. Anotou os pedidos e voltou com tudo minutos depois.

— Enri me disse que você ficou assustada.
— Um pouco.
— O que exatamente você sabe da doença?
— Quase nada. Não deveria ter vindo aqui. Nem a bula dos remédios eu leio. Era de esperar que eu veria mais do que sei.
— Seu médico não te explicou nada? — ele quis saber.
— Meu namorado se informa de tudo que eu preciso saber. Aliás, foi ele quem encontrou vocês e pediu que eu viesse. Não sei o que estava pensando em sair sem ele.
— Para com isso. Não é por ter uma doença que não pode ser independente. Você não quer saber mais sobre o que tem? — Melissa perguntou.
— Eu acho que vou sentir tudo o que ler. Psicologicamente. Tenho medo de ter mais do que eu teria, se não soubesse.
— Isso é muito esperto — Enrico falou enquanto balançava o canudo no seu copo que transbordava calda de chocolate. — Mas eu sempre fui curioso. Lia tudo que encontrava.
— Cada um reage de um jeito mesmo. Eu também sou curiosa, foi assim que encontrei a ONG.
— Então, se conheceram aqui?
— Há quatro anos. Quando criei coragem de vir. Enri já fazia parte e na época ele era a pessoa mais jovem no grupo. Depois começaram a surgir mais pessoas, de todas as idades.
— Mas ali parece ter um padrão — comentei, pois observei bastante.
— A maioria tem entre vinte e quarenta. — Ela olhou para Enrico, que estava muito feliz bebendo o seu milk-shake e sorriu. — Ele gosta mesmo disso, não repara.

Eu ri. Eles eram divertidos.

— Costumam vir muito aqui?

— Tem dias que não estamos bem para a bagagem da ONG e fugimos pra cá. Nem todos os dias são bons.

— Só para aquela senhora que falava sobre o médico dela... — comentei antes que pudesse controlar a língua.

— A Ofélia? — Melissa perguntou.

— Já é conhecida, pelo jeito — falei, pois no momento em que conheci a Ofélia, Melissa não estava conosco.

— Ela tem altos e baixos, nunca meio-termo. Tem dias que idolatra o médico e outros que chora achando que a vida é injusta e foi amaldiçoada — ela falou.

— Há dias em que ajudamos e dias em que precisamos ser ajudados. Não importa a nossa personalidade, estamos no mesmo barco — Enri retrucou e a amiga revirou os olhos.

Observei a sabedoria dele. Parecia uma pessoa incrível.

— Pela idade ou pelo tempo de ONG, eu e o Enri acabamos nos aproximando. Hoje somos como irmãos.

— Você também é casada?

— Ainda não. Fica difícil equilibrar novos relacionamentos com a minha rotina.

— Ela tem medo. Fala a verdade, Mel. Acha que por ter uma doença nunca vai conseguir alguém.

— Isso não é verdade — comentei de imediato.

— Já falei que ela precisa seguir com a vida.

— Não é tão simples — ela comentou e ficamos em silêncio.

Comecei a pensar que se eu não tivesse Dimitri, talvez pensasse como ela. Afastei ele e quase o perdi por pensamentos parecidos.

— Eu preciso ir embora — disse e levantei depressa.

O clima estava ficando tenso e não sei se aguentaria no momento, mal conseguia lidar com os meus dilemas.

— Podemos ver você novo? — ela quis saber.

Pensei um pouco. Talvez fosse bom manter contato com eles.

— Claro. Mas eu trabalho na semana. Pode ser no final de semana? Vou deixar meu celular. — Anotei em um guardanapo e entreguei para Melissa. — Foi realmente um prazer conhecê-los. — Sorri e saí.

Só no carro pensei que não perguntei nada do que eu gostaria de saber e torci para que realmente me ligassem, pois não havia pedido o número deles.

Capítulo 31

— Não vou voltar lá, Dimi.

— Você entende que conhecer pessoas que passam pelo mesmo que você pode te ajudar? — ele perguntou, tentando me convencer a voltar na ONG.

Mas ele não compreendia. Elas não passavam o mesmo que eu. Cada um estava em uma fase da doença. Já teria pesadelos pelo resto da vida, imaginando se o que elas aparentavam aconteceria comigo.

— Já te expliquei que cada caso é único. Você pode nunca ter o mesmo que elas. E me contou que fez dois amigos. Isso não foi legal?

— Foi, mas não quero voltar. Por favor, não seja a Aurora. Me respeite.

Ele arregalou os olhos e me encarou.

— Pegou pesado agora — disse, mas não parecia ofendido de verdade. Só estava brincando de ser dramático.

Me aproximei e acariciei seu rosto.

— Eu amo você e tudo que faz por mim. Só quero viver o que tiver que viver e, no mais, esquecer que essa doença existe. Podemos?

— É claro. O que for melhor pra você.

— Ótimo. Então, vamos para o parque, porque a nossa dálmata já está impaciente — falei.

Lila arranhava a porta da sala freneticamente.

Não aguentava andar no parque como antes. Mudamos o nosso local de sempre para um mais próximo do estacionamento. Se antes eu já cansava de brincar com Dimi e Lila, agora eu nem tentava. Mas isso não me fazia mal, gostava de vê-los da grama de onde eu estava.

Meu celular vibrou avisando que havia chegado mensagem. Por um segundo pensei ser da Aurora e peguei o aparelho com ansiedade.

> É impressão minha, ou fugiu de nós no Café Retrô? Tirei par ou ímpar com a Mel para ver quem falaria com você e como deve ter percebido, eu perdi.

Claro que não seria a Rora. Eu era uma boba mesmo.

> Um pouco. Sinto muito que tenha perdido no par ou ímpar.

Adicionei o número na agenda com o nome do meu novo amigo.

> Eu vou sobreviver. Como você está?

> Confusa, confesso. E você?

> Estou bem. O que acha de nos dar uma nova chance?

> Não sei se vou voltar tão cedo na ONG.

> Imaginei. Mas podemos nos encontrar no Retrô. Você gostou de lá, não gostou?

> Gostei. Acho que seria legal.

> Amanhã à noite, então?
> Vou avisar a Mel que tive sucesso na tarefa.

> Fico feliz em ajudar.
> Amanhã está ótimo.

— Está tudo bem? — Dimi perguntou, enquanto sentava ao meu lado e Lila foi direto para o pote com água que eu já havia preparado.

— Sim. Era um rapaz que conheci na ONG. Um dos dois que te falei. Ele e a amiga querem me ver amanhã. Você se importa?

— Claro que não. Isso é ótimo, Mit. Você tem ficado muito sozinha depois do que aconteceu com a Rora.

— Ela falou com você?

— Não. Mas falo com o Fi todos os dias. Eles estão bem.

— Que bom — falei e não era ironia. Queria que ela estivesse bem. — Querem ir para casa? — perguntei e fiz carinho no focinho da Lila, que estava deitada de barriga para cima e com a respiração ofegante.

— Acho que precisamos descansar um pouco — Dimi falou, também parecendo exausto.

Sorri por amar esses nossos momentos e por perceber o quanto ele se esforçava para manter a nossa vida o mais normal possível.

* * *

Voltar ao Café Retrô me deixou com um frio na barriga e não de uma forma positiva. Tinha medo do que poderia descobrir com eles. Mas só de não estar no show de horrores que foi a ONG para mim, já era um alívio.

— Ela veio! — Enrico falou animado e levantou para me receber, assim que entrei no Retrô.

— Acho que sim — falei sem graça.

— Não vai assustar a menina de novo — Melissa brincou e levantou para me abraçar. — Ficamos felizes que aceitou nos encontrar.

— Desculpem o meu jeito da outra vez. É que não estudar sobre a doença só me faz bem por eu não saber o que pode acontecer comigo. Ouvir tanta coisa me deixou apavorada.

— Nós entendemos — ela falou.

— Perfeitamente — Enrico completou. — Estávamos falando de você e acho que tem algumas coisas que precisa saber e que não te farão mal.

— Por exemplo?

— Não existem casos iguais ali na ONG e duvido muito que exista de maneira geral. Os meus sintomas não são os mesmos que os da Mel.

— Embora se pareçam de alguma forma — Melissa comentou.

— A Mel te falou dos problemas dela com o banheiro — ele disse, enquanto ela sorria de forma constrangida e sussurrava um pedido de desculpas. — Eu nunca tive e nem sei se vou ter um dia.

— E ele tem mais tempo de diagnóstico.

— O que você sente? — perguntei para ele, me surpreendendo com a curiosidade que senti.

— Sinto um cansaço fora do normal. O lado esquerdo do meu rosto ficou adormecido no primeiro surto e até hoje não passou. Algumas partes do meu tronco — ele gesticulou com as mãos entre o peito e suas costas — são sensíveis. Sei quando vem algum surto, porque um formigamento sobe pelas minhas pernas até a cintura como se...

— Algo abraçasse você constantemente — falei, me identificando com as sensações antes da crise ou surto, como eles chamavam.

— Exatamente. É um aperto na cintura. Mas sempre que passo pela pulsoterapia essas sensações nas pernas somem.

— Você tem muita sorte — eu falei e me arrependi no mesmo segundo.

Como qualquer coisa poderia ser considerada sorte na nossa situação?

— A história dele é mais complicada, Mit. Posso te chamar de Mit?

Concordei com a cabeça.

— Enri é o segundo da família com diagnóstico de Esclerose Múltipla.

— Não acredito — comentei, em choque.

Olhei para ele torcendo para alguém rir e tudo não passar de uma brincadeira.

— Meu irmão teve antes de mim.

— Ele mora com você?

— Ele faleceu faz dez anos.

— Meu Deus, Enrico. Eu sinto muito. Não precisamos falar disso se não quiser — eu disse.

Agora eu me sentia ainda pior por ter dito que ele tinha sorte.

— Quero falar, para que você entenda que todos temos os nossos fantasmas. Sabemos que a Esclerose Múltipla não mata. Mas há vinte anos as opções de tratamentos eram mais escassas.

— Temos casos na ONG com diagnósticos dessa mesma época, em que os pacientes preferiam os sintomas e surtos às reações de medicamentos — Melissa comentou.

— No caso dele, a saúde foi ficando frágil e ele passou a precisar de enfermeiros em casa. Foi piorando e tendo outras coisas, mas a causa da morte foi parada cardiorrespiratória. — Meus olhos estavam cheios de lágrimas. Não consegui contê-las ou dizer qualquer coisa. — Passei anos não compreendendo — ele continuou. — Eu era novo na época. Então, o via doente, limitado, mas contente, com muita vontade de viver. Meu irmão é meu herói até hoje.

Peguei um guardanapo para secar as lágrimas.

— Posso pedir pra vocês? O mesmo da última vez? — Melissa interrompeu, nos perguntando.

Concordamos e ela foi até o balcão falar com o garçom.

— Eu não sabia que a doença era hereditária — comentei, me recompondo.

— Não há nada comprovado. Quando recebi o diagnóstico, a minha mãe ficou inconsolável. Imagina viver tudo isso de novo? Mas comigo já começou diferente. São outros tempos, outros tratamentos e tenho um médico muito bom. Não tanto quanto o da Ofélia — ele brincou, me fazendo rir.

Já tínhamos piadas internas.

— Sua força é invejável — falei, admirada.

— Não sei se isso é verdade. Tive muitos problemas com a minha esposa. Não queria filhos em hipótese alguma. Imagina? Criar um ser para ter a mesma doença?

— Mas não é certeza — tentei argumentar.

Estava destruída pela história dele, não havia o que eu dissesse que aliviasse o que ele sentia, mas eu queria ajudar de alguma forma.

— Não é. Da mesma forma que não é certeza que você terá o mesmo que os demais pacientes da ONG — ele falou.

Sorri ao compreender onde ele queria chegar.

— Acredita que o Maicon não veio aqui porque não queria nos incomodar? Achou que o papo estava sério demais. Não se fazem mais garçons como antigamente... — Melissa voltou falando e rindo do amigo.

Ele veio atrás dela com os nossos pedidos.

Dei um longo gole no meu *cappuccino* e me senti aquecida.

— Ainda não acabei a minha história.

— Não? — perguntei, assustada.

O que mais poderia ter acontecido com esse coitado? Ele abriu a carteira e me mostrou a foto de uma bebê muito sorridente e banguela.

— Ela se chama Manoela. Tem nove meses.
— Sua filha?

Senti lágrimas de novo, mas agora de felicidade.

— Aconteceu, acredita?
— Se eu não conhecesse a Érica, acharia que ela planejou sozinha essa gravidez — Melissa zombou. — Mas ela é um doce de pessoa. Jamais faria algo que o Enri não se sentisse à vontade.
— Ela me contou morrendo de medo.
— Coitada — falei e dei risada.

Saiu sem querer, para variar.

— Eu não era contra por ser uma pessoa ruim, sabe?
— Claro que sei. Me desculpe. Só me coloquei no lugar dela — eu disse e fiquei pensando se fazia algo do tipo com Dimitri.
— Não me ofendi — ele disse, descontraído. — Só estou contando os fatos. — Fez uma pausa para tomar um gole do seu milk-shake de chocolate. — Mas quando ela me mostrou a foto do ultrassom e percebi que já tinha tido até uma consulta, que eu não participei, não quis perder mais nenhum momento, a abracei e prometi o mundo para os dois. Na época ainda não sabíamos o que seria. Hoje não deixo a pequena por nada.
— Você trabalha?
— A Érica trabalha e eu cuido da Manuca por enquanto. Quando preciso vir na ONG, a deixo com a minha mãe.
— É esse tipo de estresse que eu tento evitar — Melissa falou. — Nossa bagagem já é tão pesada. Enfiar inocentes nisso...
— Não vejo dessa forma. Já vi, mas meu namorado me mostrou que eu faria o mesmo por ele. Você não faria por alguém que ama?

— Ela nunca teve alguém assim. Quando tiver, talvez nos compreenda melhor — Enrico comentou, recebendo olhares fuzilantes da amiga.

— Mas é isso, Mit. Cada um reage de uma forma. — Melissa mudou de assunto. — Eu nunca tive nada no rosto, mas a minha visão ficou ruim por um tempo e quando sei que terei surto, sinto formigamento nas coxas. O médico que encontramos tem feito um bom trabalho.

— Vão no mesmo médico?

— Sim. Doutor Gustavo. Ele equilibrou tudo o que sentíamos. Só tivemos que regrar bem a vida. O que é um saco. Quem consegue viver corretamente?

— Acho difícil — falei.

— No nosso caso é necessário — Enrico comentou.

— Qual tratamento vocês fazem?

— Tomamos a nossa medicação uma vez por mês. É um como se fosse um soro na veia. Precisa ser aplicado em algum posto ou clínica. Conseguimos um local pelo convênio — Melissa explicou.

— Os dois tomam o mesmo?

— Hoje sim. Qual você toma?

— São injeções semanais. O meu namorado aplica em casa mesmo.

— Eu já tomei esse. Não fez muito efeito e me dava reações horríveis — Enrico falou.

— Sei bem como é. O de vocês não tem reações?

— Nunca tivemos. O que é um alívio.

— Nossa, eu posso imaginar. Facilitaria muito não me sentir tão mal — desabafei.

— Por que não conversa com o seu médico? Para tentar outra medicação.

— Não estou conseguindo falar com ele. Está de férias. Até queria, ando me sentindo um pouco estranha.

— Estranha como?

— As minhas pernas estão rígidas, o tempo todo. Mas não sinto o formigamento subir, por isso fico na dúvida se pode ser alguma crise ou não.

— Quer tentar conversar com o nosso médico? — Melissa perguntou.

— Não sei. Eu gosto do meu — hesitei.

Essa história de mudar algo que estava dando certo não me agradava. Só que já não tinha tanta certeza se ainda estava dando certo mesmo.

— Mas ele está viajando e você não está se sentindo bem — ela retrucou como se a situação fosse óbvia.

— Vou te passar o contato dele por mensagem. Pensa em casa. Nós recomendamos muito — Enrico falou.

— Sim, de olhos fechados. É importante confiar no médico. Mal não vai fazer.

— E se eu não gostar e quiser voltar para o meu depois? Será que ele vai ficar sabendo e magoado comigo por eu ter procurado outro? — perguntei.

Os dois gargalharam, mas não me ofendi, me sentia conectada com eles.

— Claro que não, Mit. Você é engraçada.

— Sua fidelidade é invejável, mas o cara viajou e não te deixou amparo. Ele que te traiu primeiro, não? — Enrico zombou.

— Olhando por esse lado...

— Se quiser podemos ir com você.

— Seria ótimo, Melissa. Vou marcar então e aviso vocês — falei animada.

Suspirei.

— Nem sei como agradecer essa atenção toda.

— Podemos ter um tipo de pacto esclerosado — ela brincou e piscou para nós. — Vou pedir mais um milk-shake. Vocês querem?

— Pra mim mais um *cappuccino* — pedi

— Eu quero um *cappuccino* de avelã.

Olhei para ele assustada.

— Depois do milk-shake de chocolate? — Ele deu de ombros.

— Fiquei com vontade.

— O estômago dele deve ter sido afetado pela doença — Melissa disse, não parecendo ter limites para piadas e eu estava começando a amar isso.

Capítulo 32

Assim que chegamos ao consultório, Melissa e Enrico pareciam muito à vontade e tinham várias piadas internas com a recepcionista do médico.

Amei o clima.

Doutor Gustavo era mais jovem do que eu imaginava, mas falava da doença com muita propriedade. Do tipo que você acreditaria no que ele dissesse, mesmo tendo certeza de que fosse uma mentira.

Após uma avaliação no consultório, a conclusão foi me internar imediatamente.

No hospital, passei por exames de sangue e a temida ressonância. Foi difícil, mas passou. Dimi não me largou nem por um segundo. Surgiram novas lesões nos exames, o que confirmava uma nova crise.

Em poucas horas eu já dizia olá para o R2D2 e todo o processo de pulsoterapia novamente.

Mas algo estava diferente desta vez ou talvez apenas eu estivesse.

Junto com Dimi, havia mais dois acompanhantes no quarto agora. Melissa não parava de contar histórias engraçadas e Enrico dizia que ela o estava envergonhando. Eles trouxeram um tipo de luz para a minha vida, que eu não saberia explicar se me pedissem. Dimi se sentiu tranquilo para trabalhar e voltava apenas para dormir comigo. Meus novos amigos ficavam comigo durante o dia.

— Me sinto péssima de você estar aqui, Enrico. Com quem está a Manoela?

— Minha mãe adora uma desculpa pra ficar com a pequena.

— E eu não tenho nada melhor para fazer — Melissa falou.

— Por isso nem estou péssima por você — comentei, os fazendo rir. — Sabe o que eu não entendo? Por que as crises ocorrem? Queria poder controlar de alguma forma.

— Infelizmente, os surtos fazem parte da doença. Sabemos que em algum momento irá acontecer. Mas a Mel descobriu uma teoria... — Enrico disse.

Olhei para ela, ansiosa.

— Sempre que eu passo por algum momento de ansiedade por algo ruim, o surto chega em até três meses.

— Eu já ficaria nervosa por estar nervosa, então.

— Mais ou menos assim — Ela riu. — Precisei encontrar um equilíbrio, que só foi possível com muita força de vontade.

— Eu tomo antidepressivo para a ansiedade — Enrico comentou.

Pensei sobre o que eles falavam e lembrei dos meus últimos meses.

— Faz sentido. Tive uma discussão feia com a minha melhor amiga. Fazia tempo que não me sentia tão nervosa e também acabei de perder meu pai.

— Caramba, foi muita coisa em pouco tempo. Sinto muito — ele disse.

— Há situações que não temos controle mesmo — Melissa começou a falar, de forma triste. — Mas vai aprender, Mit, que não é por maldade, mas por necessidade, que você controle as suas emoções. Qualquer pessoa que não controla faz mal para si mesma. Minha prima sofre de enxaquecas, se passar nervoso, ataca e acaba internada. Vejo a minha situação da mesma forma.

— Meu pai tem diarreia — Enrico falou. — Quando eu morava com ele, era só ficar irritado e ninguém conseguia usar o banheiro. Todos somos frágeis, mas o nosso caso é um pouco pior. Os surtos podem deixar sequelas. Então, para o meu próprio bem, aprendi a me desligar do que me faz mal.

— Parece um pouco de egoísmo — comentei.

— Não permitir que as pessoas nos machuquem? — Melissa falou e parecia chocada.

— Tem mais a ver com amor próprio, Mit. — Enrico colocou um ponto-final na conversa, me fazendo refletir sobre como eu conseguiria controlar as minhas emoções.

Foi a internação mais divertida que eu tive. Não que fosse legal estar internada, mas eu mal notei o tempo passar.

Conforme foram aliviando as sensações nas pernas, percebi que estavam formigando, eu só não havia reparado. O que era difícil de explicar. Não reconhecer o próprio corpo era constrangedor.

Quando tive alta, só Dimi estava comigo, me sentia muito melhor, mas um leve formigamento parecia ter ficado nas pernas e nos pés. Talvez Enrico tivesse razão sobre as sequelas após as crises. Tomaria corticoide por alguns dias em casa e manteria o cuidado com a pele, por causa das espinhas.

Voltei ao trabalho um dia após sair do hospital, pois ficar em casa me torturava.

Os encontros com meus novos amigos, no Café Retrô, se tornaram semanais e logo já tínhamos um grupo de mensagens no celular chamado *Os Esclerosados*. O nível de maluquice deles era compatível com o meu e me sentia tão bem que até Dimi notou uma melhora considerável no meu humor.

Dr. Gustavo resolveu mudar a minha medicação para a mesma que meus amigos tomavam, pois achou que no meu caso a atual não estava ajudando.

Havia vários tipos de tratamentos, não existia apenas um eficiente, existia o que era melhor para cada paciente. Finalmente eu estava satisfeita com o rumo que a minha saúde vinha tomando.

Optei por manter a fisioterapia, pois me ajudava a caminhar melhor e a me adaptar com o formigamento que se tornara constante nas pernas.

A nova medicação era aplicada uma vez por mês em um posto específico. Um líquido misturado à um soro que corria durante uma hora direto na minha veia. Íamos os três no mesmo dia e local. Uma bagunça divertida.

Aos poucos fui compreendendo mais sobre a doença e os sintomas. Principalmente entendendo as diferenças entre pacientes.

Cada caso precisava ser tratado como único.

A ONG ainda me irritava às vezes, mas só por causa de algumas pessoas. Era uma competição de quem estava melhor, ou qual médico era melhor, ou quem sabia mais. Achava aquilo desnecessário, afinal, estávamos todos no mesmo barco e não via motivo para não dizer que estava difícil. A doença era séria e sem cura, não me culpava por nem sempre estar bem, desde que esse mal-estar não me dominasse. E para garantir que isso não acontecesse, comecei terapia com a Dra. Elizabeth, especialista em pacientes de Esclerose Múltipla. Atendimento que consegui pela ONG. Eles faziam encontros para interação, como o que eu participei, mas também tinham todo tipo de suporte e tratamento para pacientes. O que era muito legal. Até se tivesse os problemas de xixi e cocô que a Mel me contou, haveria médicos especializados para me ajudar. Encontrar essa ONG foi uma das melhores coisas que Dimitri fez por mim. Meus amigos me convenceram a frequentar os encontros, vendo o lado positivo e pessoas que valiam a pena serem conhecidas. Não como eles, pois a nossa união era única e invejável.

John Green, um dos meus autores favoritos, escreveu algo sobre a importância de ter quem veja o mundo da mesma maneira que a nossa. Agora eu entendia isso.

O que ainda me balançava, encontrei nos olhos azuis da pequena Manoela. Uma bebê cheia de dobras e sorrisos, que despertou em mim o desejo e a possibilidade de ser mãe.

* * *

Escolher móveis planejados foi uma opção legal, mas levamos mais tempo para finalizar a mudança. O bom é que não tínhamos pressa.

Terminei o quadro de Tsurus e assim que o coloquei na sala, junto com toda a decoração que escolhemos a dedo, foi um momento emocionante. Era como olhar para papai e dizer *Consegui, meu velho*. Só queria que, onde ele estivesse, se orgulhasse de mim, pois pensava nele em cada segundo dos meus dias. Tudo que fiz, foi imaginando as suas palavras em meus ouvidos, me confortando, me fazendo sorrir ou o som da sua respiração quando não sabia o que dizer. Não havia mais mágoas em meu coração pelo passado. Só a paz de ter feito tudo por ele, até o fim.

Ainda me sentia insegura com a vida e com relacionamentos, mas algo mudara em mim e eu sabia que era por abrir as portas para o amor, quando Dimitri apareceu, contestando a minha sanidade por ser tão perfeito e para o perdão, quando por meio de papai percebi que ninguém era perfeito, mas todos tínhamos um lado bonito, o que nos tornava iguais e sem direito a julgamentos.

Gostaria de ter tido a chance de dizer o mesmo para a minha mãe. Seus defeitos foram o meu tormento por anos, mas ao perceber que eu também era falha, me tornei humana, como ela, e o perdão surgiu como mágica, lavando a minha alma.

Seria ótimo ter aprendido isso de outra forma, mas não sei se teria prestado a atenção necessária, se a vida não tivesse me obrigado da pior maneira.

Somos resistentes à dor, mas precisamos admitir que a danada ensina como ninguém.

— Espero que goste da casa, papai. Seu seguro de vida nos ajudou a comprar — sussurrei e sorri ao imaginar a quantidade de respostas bobas que ele teria para me dar.

— Ficou lindo — Dimi disse, surgindo atrás de mim e me abraçando.

Lila veio correndo ao perceber que havia abraço sem ela. Se enfiou entre nós, exigindo seu espaço.

Fui dominada por uma sensação de paz, até meus pensamentos serem invadidos por Aurora e a ausência dela.

— Tem falado com o Fi?

— Eles estão bem, Mit — Dimi respondeu e beijou a minha cabeça.

Estava cansada de sofrer por isso. Rora era adulta e fazia suas escolhas. Eu precisava começar a aceitar.

— Quero fazer um jantar aqui. Para comemorarmos a casa. Pensei em chamar alguns amigos — comentei.

— Claro, quando você quiser. Agora, o que acha de aproveitarmos a cama nova? — perguntou malicioso, me pegando no colo e carregando para o andar de cima, enquanto eu gargalhava.

Lila não nos seguiu, estava distraída mordendo seu brinquedo favorito, o xodó 25. Ela não sabia, mas sempre que ele era roído em nível máximo, trocávamos por um novo. Enquanto Dimi me carregava, olhei para o xodó no focinho da nossa dálmata e pensei que estava quase na hora de ele ser substituído pelo 26.

No dia do jantar eu estava uma pilha de nervos. Queria que fosse tudo perfeito. Os pais de Dimi já haviam chegado, conversavam de forma animada com Sr. Braga e Dona Elena. Dimi terminava de preparar o jantar, enquanto se divertia falando com a irmã. Dividimos as tarefas e como ele era mais lento, terminei a minha parte da refeição antes dele.

Meus amigos chegaram juntos, com Érica e a pequena Manuca. Todos voltaram sua atenção para a bebê, que sorria, o que e me ajudou involuntariamente a disfarçar.

— Trouxeram? — perguntei ansiosa.

— Sim — Mel disse, apontando para a mochila que carregava nas costas.

Subimos, o mais rápido que três esclerosados conseguiriam, as escadas até o meu quarto.

— Vai logo antes que notem a nossa falta — Enri falou.

Mel me entregou a sacolinha. Entrei no banheiro e fechei a porta. Sete minutos depois, saí com o coração aos pulos e um sorriso que não saía dos meus lábios.

— E aí? — Mel levantou da minha cama e me olhava apreensiva.

— Fala alguma coisa, Mitali — Enri ralhou sem paciência.

— Deu positivo — falei animada.

Mostrei o teste para eles, enquanto sentia lágrimas se formando nos olhos.

— A Manuca vai ter uma amiguinha ou amiguinho em breve — concluí.

Mel me abraçou, empolgada, enquanto Enri nos observava sorrindo.

— Quando vai contar? — ele quis saber.

— Agora, vamos descer.

— Quero só ver a cara do Dimitri — meu amigo falou. — Conheço bem essa emoção.

Quando descemos, a mesa já estava pronta, com todas as comidas.

— Onde foram? Já ia atrás de vocês — Dimi falou, com um pano de prato no ombro.

— Quis mostrar a estante de livros para eles — menti.

— Antes do jantar? Não íamos levar todos para conhecer a casa depois? — ele perguntou.

Eu sorri, pois mentia muito mal e senti as lágrimas voltarem.

— Mit, o que foi?

— Sentem-se, por favor, pessoal. — Ganhei a atenção de todos. Dimi sentou ao meu lado, bastante confuso. — Gostaria de agradecer a presença de todos para celebrar essa nova fase com a minha família. Nós quatro estamos muito contentes em recebê-los. — Coloquei as mãos na minha barriga enquanto falava. Dimi me olhou confuso e depois olhou para a minha barriga.

Levantou da cadeira, assustado.

— Você está...? — Concordei com a cabeça. — Mas nem estávamos tentando...

— Isso não é totalmente verdade — sussurrei.

— Ei, casal. Informação demais! — Mel gritou enquanto tampava os ouvidos, fazendo todos rirem.

— Por que não me contou?

— Não quis que ficasse na expectativa. Esperei ter certeza. Fiz um teste todos dia essa semana e acabei de fazer o último lá em cima.

— A gente não aguentava mais ela falando disso — Enri brincou.

— Estou tão feliz — Dimi disse e me abraçou.

Em seguida beijou a minha barriga e implorei aos céus que dessa vez meu útero fizesse um trabalho decente.

O clima do jantar foi animado. Após a sobremesa eu e meus amigos não aguentávamos respirar, de tanto que comemos.

As mulheres se reuniram em volta da Manuca, os homens conversavam enquanto bebiam um café que Dimi havia preparado e nós estávamos na sala, jogados nos sofás.

— O quadro ficou bem legal, Mit — Enri falou, olhando para o quadro de Tsurus, que estava de frente para nós.

— Você colou um por um? — Mel quis saber.

— Sim. Deu um trabalhão, mas valeu a pena. — Ficamos em silêncio observando o quadro. — A história dos Tsurus me encantou demais. Eles são usados como decorações de casas, festas, eventos, por representarem coisas boas. Os momentos que eles me proporcionaram com meu pai não tem dinheiro no mundo que pague. Minha vontade era fazer origamis para sempre.

Esse assunto me deu uma ideia.

— Gente, acabei de ter uma ideia! — gritei, empolgada.

Os dois me olharam assustados.

— E se criarmos uma empresa que fabrica decorações com Tsurus? — perguntei e como eles não disseram nada, continuei: — Quando não sabia o que fazer com esses que fiz com papai, pesquisei na internet e vi tanta coisa legal. Podemos criar um site de vendas quando tivermos algum material. Vocês dois não trabalham, poderiam adiantar na semana e eu ajudaria aos finais de semana.

— Parece uma ideia legal — Enri confessou.

— E se não der lucro, pelo menos faremos algo juntos — Mel completou empolgada.

— Vamos levar felicidade e esperança através de origamis. Vou comprar o material essa semana para começarmos. Vai ser legal — falei animada.

Érica se aproximou com a pequena Manuca chorando.

— O que foi, princesa do pai? — Enri a pegou no colo e ela se aconchegou nos seus braços.

— Acho que precisamos ir embora, Rico. Ela está cansadinha — sua esposa falou.

Eles combinavam tanto. E embora tivesse pouco contato com ela, por causa do trabalho que a sobrecarregava, parecia uma pessoa muito especial. Do jeito que meu amigo merecia.

Quando todos foram embora, arrumamos a bagunça juntos para conseguirmos dormir logo.

Eu estava exausta.

Lila não gostava muito de visitas, passou o jantar inteiro deitada em nossa cama. Agora aquecia os nossos pés, enquanto estávamos deitados abraçados.

Dimi acariciava a minha barriga.

— Ainda não acredito que é verdade.

— Em breve você será papai.

— Quando vamos saber o sexo?

— Precisamos passar no médico antes.

— Por falar em médico, como fica a questão da sua medicação?

— Parei por três meses para tentar engravidar. Se não conseguisse, o Dr. Gustavo me aconselharia, mas essa foi a primeira opção. Consegui no segundo mês.

— Já disse que estou feliz?

— Eu também estou, Dimi — falei e o beijei com delicadeza.

— Quero te pedir um favor.

Ele me olhou e esperou que eu falasse.

— Da outra vez foi uma loucura comprar as coisas e arrumar tudo tão depressa para o bebê. Pensei em durante os meses guardar em dinheiro tudo que gastaríamos com as compras. Não fazer o teste do sexo. Vamos descobrir no parto e só então, compramos tudo. Pode ser?

— Isso é bem inusitado — ele disse e não pareceu gostar da ideia.

— Eu sei, mas sofremos tanto da última vez.

— Vai aguentar a ansiedade? — ele me provocou.

— Faço terapia para ajudar nisso — eu me defendi.

— Eu só quero vocês, Mit.

Observei ele deitar a cabeça na minha barriga e me abraçar.

— Obrigada por ser você, Dimi. Eu te amo demais — confessei, enquanto passava a mão no seu cabelo.

— Eu que te amo — disse e sentou ao meu lado, me puxando para os seus braços.

— Gostei muito da ideia dos origamis. Não consigo acreditar que algo que falei sem pensar pudesse te inspirar desse jeito — comentou depois de um tempo.

Havia contado os detalhes da minha conversa com Enri e Mel enquanto Dimi e eu arrumávamos a cozinha.

— Poderia fazer do sótão um tipo de ateliê — falou tranquilamente e eu me afastei dele, para olhá-lo de frente.

— Dimitri! Você e as suas ótimas ideias. Vou organizar tudo. Será incrível. E pode ajudar a me manter ocupada durante a gravidez.

— Vamos tornar o melhor cantinho do mundo pra você. — Ele me puxou para voltar a deitar no seu colo. — Tenho algo para te contar.

— Algo bom?

— Sr. Braga me chamou para conversar hoje. Disse que está na hora de se aposentar.

— Nem imagino o que será da livraria sem ele.

— Eu também não. Ele falou que os filhos estão encaminhados em outros negócios e que seu maior desejo é deixar a Braga Nobel pra nós.

— Como é que é? Você não aceitou, né?

— É claro que neguei, Mit.

— Que bom. É o negócio da vida dele.

— Foi exatamente o que eu disse. Mas ele contestou dizendo que há outras unidades que os filhos já tomam conta, que essa representa uma pequena porcentagem dos bens e resolveu deixar para a neta ou neto dele, que estamos esperando.

— Mas que mentira, ele só soube da gravidez hoje, junto com vocês.

— Foi o último argumento que ele usou, eu havia negado todos os outros.

Eu ri, pois sabia como meu amigo podia ser teimoso.

O Sr. Braga não cansava de me surpreender.

— Eu não acredito, nem reparei que tiveram um momento a sós hoje. O que você falou?

— Disse que ia falar com você e ele pediu pra te dizer que não aceitaria não como resposta. Quem faz algo assim, Mit?

— O meu amigo. Esse anjo. Não faz ideia do quanto ele já me ajudou. Mas ele não me falou nada sobre isso.

— Você teria recusado. Ele te conhece.

— Com certeza. Pedir para você me contar foi golpe baixo. Pensei um pouco sobre a situação.

Sabia que o Sr. Braga estava com idade avançada, uma hora ou outra ele merecia um descanso, mas nunca imaginei que faria algo assim.

— Mas tem uma condição — Dimi falou e olhei para ele, nem imaginado o que seria. — Minha primeira tarefa como proprietário é demitir a gerente do café.

— A gerente sou eu — falei, sem entender.

— Ele falou que você já fez muito pela livraria e o café. Que agora deve cuidar dessa gravidez e de você.

— Estão preocupados por eu ser uma grávida com Esclerose Múltipla? Eu sei me cuidar e vou ter todo suporte médico. Me disseram que a gravidez deixa as pacientes muito bem.

— Só queremos tomar todas as medidas necessárias.

Observei meu namorado, em silêncio.

Eu o entendia. O trauma era grande. Coisas boas vinham acontecendo, mas melhor do que qualquer outra pessoa, eu sabia que coisas ruins também aconteciam e nem sempre dava para evitar.

— E quando falou dos origamis hoje, pensei que fosse um sinal. Você poderá trabalhar em casa, com seus amigos. Não tem necessidade de sair todos os dias. Ainda mais agora, que a grana será suficiente para nós. Segunda-feira o Sr. Braga vai começar a me passar tudo. Não precisa ir mais — ele disse.

— Mas eu amo servir café, o clima da livraria e você não pode demitir uma funcionária grávida! — Terminei a frase gritando.

— Óbvio que tomaremos todo cuidado com as leis, moça. — Ele encostou um dedo no meu nariz enquanto falava.

— Não entendo, como ele decidiu tudo isso essa noite?

— Ele me contou hoje, mas não parece ter decidido recentemente.

Eu faria qualquer coisa pelo Sr. Braga. Tinha uma dívida eterna com ele, por tudo que fez por mim. Se ele acreditava que Dimitri seria bom o suficiente para cuidar da livraria, eu precisava entender a grandiosidade desse pedido.

Também tinha o fato de eu não saber o que seria do futuro e a partir de agora as minhas escolhas envolviam a pequena vida que crescia dentro de mim.

Pensei que talvez fosse o melhor agora e se as coisas mudassem depois, aí sim caberiam novas decisões.

Uma coisa que aprendi com essa doença é viver intensamente um dia de cada vez.

— Acho que pode ser — disse, finalmente.

Dimitri sorriu.

— Essa é a minha garota. Vou querer metas de Tsurus — ele brincou. — Agora vamos descansar. Amanhã é dia de levar a Lila no parque.

Ele beijou os meus lábios de forma delicada, se acomodou e fechou os olhos. Ainda fiquei o observando e em segundos ouvi sua respiração mudar, o sono o levando para longe.

Senti inveja, pois mesmo cansada, o dia foi tão agitado que os pensamentos me consumiam.

Capítulo 33

Nunca mais voltei a ver Dr. Antônio. Não que ele fosse um médico ruim, mas gostava da acessibilidade do Dr. Gustavo, me sentia acolhida. Ele me ajudava em todas as áreas e sempre tinha recomendação de especialistas das outras áreas que eu precisasse.

Rora continuava ausente. Sabia que Dimi conversava com Fi, se eles precisassem de algo eu saberia. Não era o relacionamento que eu esperava, mas ela me obrigava a isso, com seu gênio de demônio.

Eu tentava manter o meu emocional equilibrado, pela minha saúde e pelo bebê que crescia dentro de mim. Todas as vezes que a curiosidade pelo sexo me dominava, me jogava de cabeça em fazer Tsurus.

Cada coisa no seu tempo. Eu teria o resto da vida para ficar com o bebê.

— Acho que a nossa empresa deveria ter um nome — Enri comentou enquanto fazíamos origamis.

Manuca dormia tranquilamente em um chiqueirinho que colocamos para ela no sótão. Adaptamos a escada para ser mais grossa e ter corrimão, até Lila conseguia subir e agora estava deitada próxima aos meus pés.

— Ainda não somos uma empresa — retruquei, achando graça da conversa.

— Claro que somos. Olha a quantidade de pedidos que temos — Mel disse, mostrando o seu controle de clientes.

O pessoal da ONG gostou da nossa ideia e nos divulgavam. Em poucos meses, fazíamos quadros, cortinas, arranjos de Tsurus para festas, eventos, casamentos ou apenas para decoração. Eu precisava concordar que ainda que fosse pequena, era uma empresa, sim.

— Pensou em algum nome? — perguntei para Enri.

— Queria algo que tivesse a ver com esclerose. Seria bem simbólico.

— Só esclerose não seria legal — Mel falou pensativa.

— Esclerose Tsurus? — arrisquei, mas não achando muito criativo.

— Pode assustar os clientes com um nome desses — ela brincou.

— E se camuflássemos a Esclerose no nome? — Enri sugeriu.

— Em outro idioma? Como se escreve esclerose em inglês? — Peguei o celular para abrir o tradutor.

— Não. Em inglês não faria sentido e deve ser parecido. E se fosse em japonês? — Mel disse empolgada.

Ela tinha esse dom de se animar com as coisas. Era o que fazia qualquer coisa mais legal com ela.

Mudei o idioma no tradutor para japonês.

— Esclerose em japonês se escreve Kōka-shō — li com dificuldade e em seguida cliquei no ícone que nos permitia ouvir a palavra.

Rimos do sotaque japonês da gravação da internet.

— Eu amei! — Mel falou tão alto que acordou a Manuca e fez Lila rosnar.

— Poxa, Mel — Enri falou irritado e foi acolher a bebê que chorava assustada.

— Desculpa... — ela disse constrangida.

— Sua tia é uma maluca, filha — ele brincava com a filha que já mostrava os pequenos dentinhos em um sorriso simpático. — Mas confesso que também amei — disse olhando para Mel.

— Vamos mudar o site e criar uma marca. A partir de agora, somos a Kōka-shō — falei. Também estava empolgada.

Olhei para Mel que pareceu séria de repente.

— O que houve? — perguntei.

Ela sentou e passou as mãos nas canelas.

— Estava achando que era impressão, mas acho que o formigamento está subindo — desabafou.

Nós nos aproximamos dela, sabendo o que essas palavras significavam. Esse era um dos sintomas que garantiam a chegada de uma nova crise.

Eu não sabia o que dizer.

— Estaremos com você, Mel — Enri rompeu o silêncio.

— A minha mãe tem nos deixado malucos — soltou, de repente.

Ela não falava muito da vida, então deixamos que desabafasse.

— Fica querendo pegar dinheiro do meu pai, mas já se separaram tem dez anos e ele que ficou comigo. Sei que ele tem dinheiro, mas é nosso. Ela nunca ajudou em nada. Minha avó acha que ela deu o golpe da barriga nele, diz que ela nunca a enganou. Eu fico nervosa, porque vejo o quanto ela faz mal para a minha família, em vez de trabalhar e criar o próprio sustento.

— Que coisa horrível — consegui dizer.

— Já falei pra você não deixar essas coisas te afetarem. Sua saúde vem em primeiro lugar — Enri comentou, mas sem paciência.

— Olha quem fala. Você perde a cabeça quando sua mãe esquece de colocar a touca na Manuca. Uma vez, Mit, ele gritou tanto que assustou a menina.

— É minha filha. Quero o melhor para ela — ele se defendeu, de forma grosseira.

Enquanto eles discutiam sobre quem era mais inconsequente, percebi que nenhum de nós sabia controlar as emoções como deveriam. Talvez isso fosse sintoma da Esclerose Múltipla. A impotência de controlar os problemas nos saturou tanto, ao ponto de nos deixar doentes. E no que isso ajudou? Pois os problemas continuavam aparecendo.

Comecei a sentir necessidade de mudar e não apenas por já ter um diagnóstico, mas por não saber a infinidade de coisas que poderia acarretar em mim se continuasse da mesma maneira.

A crise da Mel foi confirmada e ela foi internada. Não pude ficar no hospital com eles, por causa da gravidez, mas todas as tardes conversávamos por vídeo. Além das espinhas, quando saiu do hospital, suas pernas não ficaram 100%. O equilíbrio ficou debilitado. As fisioterapias iriam ajudar, mas para evitar se machucar, compramos uma bengala bem linda para ela. Tínhamos a nossa própria versão feminina de Charles Chaplin. Ela jamais perderia a elegância e muito menos a graça.

Os meses estavam passando rápido e embora eu me sentisse bem em relação à doença, a gravidez não era uma coisa tão bonita. Senti muito enjoo, depois azia. Era um cansaço constante e minha bexiga parecia furada. Fazia xixi o tempo todo.

Dimi estava muito ansioso em relação ao bebê. Não resolver nada antes do parto o estava enlouquecendo.

Procurei algumas decorações de quartinho, mas nada que chamasse a minha atenção. Queria dar algo para o meu namorado, um presente pelo respeito que demonstrava com a minha vontade. Depois de dias de pesquisa, meus amigos me ajudaram a encontrar a empresa perfeita, que faria tudo em um dia.

Só queria pintar as paredes, dar uma cor para esse momento, mas a empresa foi muito além do que eu imaginava. Fizeram uma entrevista comigo, onde contei o que esperava encontrar quando entrasse no quarto. Expliquei que era algo mais focado no que o pai do bebê esperava. O esboço, feito por um programa de computador já ficou incrível, só era difícil imaginar que ficaria parecido na parede.

Mas ao finalizarem, ficou ainda melhor. Meu Deus do céu! Achei que fosse morrer de ansiedade até Dimitri chegar do trabalho.

— Oi, família — ele disse enquanto entrava em casa e logo foi atacado por uma Lila cheia de saudade. — Quem é a princesa do pai? Quem é? — brincou com a dálmata.

Percebi que ele mexeu o nariz, reparando no cheiro diferente da casa.

— Que cheiro é esse? Tinta? Cola? O que você e seus amigos inventaram hoje? — Chegou a minha vez de abraçá-lo. Recebi um beijo na testa, outro nos lábios e por último na barriga. — Estão bem? — ele quis saber.

— Muito bem — respondi animada. — Tenho algo para te mostrar. — Puxei Dimi pelo braço.

Subimos as escadas até o quarto que seria do bebê. A porta estava fechada.

— Abre — pedi com carinho.

Ele me observou curioso por um momento e em seguida abriu.

Enquanto ele entrava, acendi a luz que ainda era só uma lâmpada pendurada por um fio no teto. Ele foi até o meio do quarto e ficou mudo, observando as paredes.

Não sabia o que os olhos dele viam ou como ele se sentia, mas as paredes se transformaram em nuvens que misturavam tons de cinza, como um céu nublado. Era como estar no meio das nuvens carregadas, mas de um jeito lindo e delicado. O teto ainda tinha um pouco delas, mas se afastavam da parte do meio, onde estava a lâmpada, como se revelassem uma parte do céu, onde havia o desenho de um perfeito céu estrelado. O trabalho ficou impecável. A qualidade do desenho dava vida, um toque de realidade.

— É incrível. Como você fez?

— Contratei uma empresa. Não imaginei que fosse ficar tão perfeito. Pedi uma mistura de dias nublados com estrelas, mas sem perder a delicadeza para um bebê.

— Ficou suave, como uma noite nublada, mas que nos permite ver as estrelas. Você juntou tudo que eu gosto. — Ver a felicidade dele fez tudo valer a pena. — O bebê vai dormir aqui?

— É o quarto que combinamos para ele, lembra? Quando colocarmos os móveis vai ficar com mais cara de quarto de criança. Vou procurar um lustre redondo e branco, vai parecer a lua no meio das estrelas.

— Vai ficar perfeito. Obrigado, Mit. — Ele me abraçou e beijou a ponta do meu nariz, enquanto Lila cheirava todos os cantos do quarto, acho que também estranhando o cheiro de tinta e qualquer outro produto que eles tivessem usado. — Não vejo a hora de ter ele aqui completando a nossa família. Podemos pelo menos falar de nomes? — ele pediu.

— Dimitri, já falamos disso.

— Pelo menos vamos entrar em algum acordo agora. Só para eu me acalmar.

— Estou vendo que vou ter dois filhos. Você e o bebê — disse, me divertindo com a ansiedade dele.

Nossas risadas faziam eco no quarto vazio.

— Vamos combinar o seguinte, se for menina você escolhe, se for menino eu escolho. Cada um pensa no nome e só revela após o parto — eu propus.

— Isso me parece tortura — ele resmungou.

— Temos um acordo?

— Tudo bem — respondeu contrariado.

Admiramos mais um pouco o nosso céu particular, que era peculiar como tudo que vivemos até hoje, e que em breve, abrigaria o nosso pequeno mundo.

Capítulo 34

Acordei exausta, me sentia inchada, tudo incomodava. Dormir havia se tornado um luxo, então eu só cochilava e meio que sentada, pois não encontrava posição confortável.

Levantei com dificuldade e tentei achar o chinelo, a barriga atrapalhando a minha visão.

O parto estava marcado para o dia seguinte. Cesariana, pois o que ouvi sobre parto normal me assustou, mesmo com todos os benefícios que me foram explicados. Se existia a comodidade, eu preferia. Mas fui julgada por quem era muito a favor de ser algo da natureza da mulher. Não me abalei, o corpo era meu, afinal.

A campainha tocou e senti a irritação aumentar. Não queria ver ninguém. Só queria que esse dia acabasse e o bebê estivesse logo fora do meu corpo. Sentia saudade de ser a dona de tudo em mim.

Ouvi que Dimi foi atender e aproveitei para escovar os dentes e me trocar. Fazia frio e eu agradecia por isso. Todo lugar que eu ia, encontrava alguém para puxar assunto, me lembrar das partes ruins da gravidez e prever as ruins que viriam. Então, eu sabia que esse final no calor teria sido bem pior.

Desci e encontrei Mel e Enri sentados no sofá cheios de coisas de bebê espalhadas em volta deles.

Olhei para Dimitri, irritada.

— Nem olhe para mim. Acabei de saber também.

— Antes de ficar nervosa, nos escute. — Mel veio mancando na minha direção e me arrastou para o sofá.

— Já estou nervosa.

— Então, só nos escute. Não sei como você esperava sair da maternidade com um bebê pelado — Enri brincou. — Mas algumas coisas são essenciais. Foi só o que compramos. Por isso, veja tudo antes de começar a nos xingar — ele pediu.

Observei enquanto eles me mostravam fraldas, roupinhas para o hospital, para o dia da alta, entre muitas outras coisas. Meu amigo explicava cada detalhe, mostrando toda a sua experiência de pai.

Aos poucos meu humor foi suavizando e dando lugar para uma ansiedade imensa.

— Ficaremos com você o dia todo — Mel falou.

— Vou fazer café para nós — Dimi avisou e saiu.

— Ele está feliz? Espera só para ver a cara dele segurando o bebê — meu amigo comentou.

— Não faz ideia do que seja? — Mel perguntou.

— Suspeito que seja menino, pelo que me falaram de formato da barriga e sensações. Mas é difícil falar com certeza. Tenho medo de ser menina e ela achar que eu não a queria.

— Claro que não! — Eles riram de mim. — Talvez só na adolescência, quando tudo se torna meio conturbado na cabeça deles.

— Não vou deixar a Manuca ser assim.

— Para de ser irritante, Enri, toda pessoa passa pela adolescência. Vai pular essa fase da sua filha?

— Serei um bom pai e seremos parceiros. — Foi a vez de rirmos dele.

— Voltamos a nos falar quando minha sobrinha fizer onze anos. Para sorte dela, a tia Mel estará lá para ajudá-la a lidar com o pai esquisito — ela provocou.

— *O café está na mesa!* — Dimi gritou da cozinha e fomos comer por lá mesmo, onde a mesa era menor e menos informal que a de jantar na sala.

Lila dormia estendida no tapete. Dizem que essa raça gosta de atividade física, porém a minha dálmata veio com defeito. Ou melhor, veio perfeita para a mamãe esclerosada. Apenas alguns passeios no parque pareciam satisfazê-la.

— Ei, Mel — chamei minha amiga enquanto os meninos estavam distraídos.

— Está se sentindo bem? — perguntou, se aproximando e me analisando de todos os ângulos.

— Estou. Mas quero saber de *você*. Como realmente está se sentindo depois da última crise?

Ela suspirou de forma cansada.

— Eu ia conversar com vocês depois do parto e que tudo se acalmasse. Há tempos conheci uma forma de tratamento alternativo à base de uma vitamina, vou arriscar.

— Eu não conheço esse tratamento, mas vou te apoiar no que decidir. Sabe disso, né? — Segurei a sua mão e ela sorriu.

— Sei sim, Mit. Obrigada.

Ficamos em silêncio por algum tempo. Não sabia o que dizer.

— Sempre explicamos na ONG que o tratamento eficiente para cada pessoa nem sempre é o mesmo. Talvez eu ainda não tenha encontrado o meu. Não aguento mais sofrer com calçadas ruins, entrar em desespero com os dias chuvosos por medo de escorregar. Preciso me sentir melhor e agora, sabe? Estou cansada — ela confessou.

Ver seus olhos cheios de lágrimas partiu o meu coração e a abracei. Eu compreendia tanto essa sensação e não pude deixar de pensar que em algum momento poderia ser eu ali.

Me sentia horrível por gostar de ter alguém que sentia o mesmo que eu por perto, mas era inevitável o conforto que a Mel e o Enri trouxeram para a minha vida.

Pessoas que eu jamais conheceria se não fosse por essa doença.

— Por que vocês estão chorando? — Enri disse ao se aproximar.

— Vou tentar um tratamento alternativo, mas prefiro falar disso depois do parto — Mel disse, bateu palmas e depois limpou as lágrimas. — Hoje é dia de cuidar da Mit e do bebê.

— Vou querer saber tudo depois — nosso amigo a intimou.

Ela apenas concordou com a cabeça e deixou que ele a abraçasse.

Os três me distraíram o dia inteiro. Arrumamos a malinha que eu levaria para a maternidade, também doada pelos meus amigos, com a supervisão de Enri sobre onde seria melhor colocar cada coisa.

Mas conforme foi escurecendo, comecei a não me sentir muito bem. Com mal-estar e dores na barriga. Fiquei assustada. Ligamos para Érica, que comentou que eu parecia estar entrando em trabalho de parto. Não entendi muito bem. Imaginava que a bolsa precisaria estourar antes, mas resolvemos correr para o hospital.

Lá foi confirmado, o bebê parecia ser compatível com a minha ansiedade e também queria dar as caras logo.

Conseguiram antecipar a cesariana.

O meu médico já estava a caminho do hospital.

Só Dimitri poderia entrar, onde eu estava esperando mas me deixaram ficar com o celular. Mandei mensagem para o nosso grupo, para tentar me distrair.

Grupo: Esclerosados

> Oi.

> **Mel**
> Ei, como estão as coisas?

> Só me distraiam.

> **Enri**
> Manda foto.

Tentei fazer o meu melhor sorriso.

> (foto)

> **Mel**
> Tem alguém com você?

> **Enri**
> Cadê o Dimitri?

Abri a foto para olhar e percebi que meu rosto estava deformado de tão inchado.

> Gente, eu estou inchada demais. Será que isso é normal?

Eles não responderam, mas em seguida Dimi entrou no quarto e apareceram enfermeiras. Tudo aconteceu muito rápido. Fui transferida para um quarto que pensei que fosse parecer cirúrgico, mas achei bem comum. Pensei que haveria muitos equipamentos e máquinas, mas só havia uma cama de ferro no meio, um berço de plástico no canto do quarto e algumas pessoas. Fui anestesiada, achando que doeria mais, mas tudo em volta e a ansiedade pelo que viria me distraía. Os enfermeiros agiam rápido e graças a Deus pareciam saber o que estavam fazendo, me acomodaram na cama e colocaram um pano que cobria do meu peito para baixo. Amarraram meus braços, como se eu fosse Cristo pregado na cruz.

Em seguida, Dimi apareceu com seu sorriso, iluminando a sala.

— Oi, já vão começar. Como você está?

— Nervosa — confessei.

Minha respiração estava ofegante.

— Daqui a pouco seremos três aqui — ele disse, animado.

Típico de homem. Para mim, já éramos três, desde o primeiro momento que soube da gravidez.

— O que está acontecendo? — eu quis saber.

— Vamos começar, mamãe. — Ouvi a voz do médico. — Qualquer coisa é só me chamar.

Mas eu não sentia nada, só percebia o meu corpo balançar às vezes. Contratamos uma empresa para filmar o parto, pois não queria que Dimi saísse do meu lado. Ficamos nos olhando até que em minutos ouvimos o choro.

Não conseguia ver Dimitri, pois meus olhos se encheram de lágrimas.

Que momento mágico.

Saber que o bebê saiu de mim e que essa era a primeira vez que fazia algum som fora da minha barriga, a primeira vez que via o mundo aqui fora.

O doutor colocou a cabeça no meu campo de visão e disse:

— Já posso falar agora? — perguntou, pois havia acompanhado e respeitado o nosso desejo de não saber o sexo até o parto.

Dimi me olhou ansioso. Balancei a cabeça dizendo que sim.

— É um lindo meninão — disse animado e vi Dimitri sorrir para mim, ao mesmo tempo que lágrimas escorriam pelas suas bochechas.

Uma pediatra pegou o bebê, o levou até o berço de plástico para algumas avaliações e em seguida o trouxe enrolado em um pano, entregando-o para Dimi. Eu só conseguia enxergar alguma coisa quando as lágrimas transbordavam dos meus olhos, já que as minhas mãos permaneciam amarradas.

Quem consegue explicar algo assim? Uma pessoa nova no mundo, que saiu de mim.

Dimi aproximou o pequeno que — dizer que chorava seria pouco — berrava. Mas quando sentiu a pele do meu rosto, se calou, como se me reconhecesse.

— Oi, meu amor. É a mamãe, sim. Nunca vou deixar você.

— Ele é quentinho. Você viu? — Dimi dizia entre soluços, enquanto o mantinha próximo de mim.

— Sim — eu falei, emocionada. — Ele é nosso, Dimi.

— Você foi muito valente, minha moça — ele disse e beijou meus lábios com delicadeza.

Em seguida, pediram que ele saísse, para finalizarem o procedimento do parto, mas eu nem percebi nada. Fiquei em silêncio, aguardando e só conseguia pensar no cheiro da cabecinha do meu filho, no som do seu choro, no olhar de Dimitri de mim para o bebê, do bebê para mim. Não lembrava de ter me sentido tão feliz na vida.

Algumas horas depois eu estava no quarto, deitada e exausta. Já sentia as minhas pernas, quer dizer, o que a Esclerose Múltipla me permitia sentir delas. Estava ansiosa para ver o bebê de novo.

Dimi entrou com Mel e Enri.

— Nossa, agora seu rosto está melhor. Quando vimos a sua foto, tentei ver se nos deixavam entrar. Você estava horrível.

— Obrigada, Melissa — ironizei. — Eu estava parindo, não sei se notou.

— Ficamos assustados mesmo — Enri falou.

— Mas já passou — Dimi comentou, se aproximando de mim. — Você se saiu muito bem e está ainda mais linda. — Beijou a minha testa.

Uma enfermeira entrou trazendo o bebê vestido e dormindo tranquilamente em um cobertorzinho dado pelos meus amigos.

Parecia um anjinho. Ela o acomodou no meu colo.

— Oi, bebê — sussurrei.

Observei tudo nele ao mesmo tempo e cheirei o seu nariz.

— Vou dar um tempo pra vocês e já retorno para tentarmos amamentar — a enfermeira falou.

— Oi, bebê — Dimi repetiu o que eu havia dito e segurou a mãozinha pequena em um dedo seu.

Era uma emoção que até doía no peito. Uma vontade de não soltá-lo nunca mais.

— Como é menino, você que escolhe o nome. Qual escolheu? Não aguento mais chamá-lo de bebê — ele quis saber.

— Eu... — comecei a falar, mas parei.

Olhando o rostinho dele, nenhum nome parecia adequado ou bom o suficiente para que ele carregasse pelo resto da vida.

— Acho que ele tem cara de Maurice — Dimi sussurou e olhei para ele assustada.

— Maurice? — Meus olhos passaram por mais uma inundação de lágrimas. Pisquei e elas escorreram pelas minhas bochechas.

Olhei mais uma vez para o rosto do pequeno e tive certeza.

— É. É Maurice. — Sorri para Dimi. — Obrigada — falei emocionada e em seguida pensei melhor. — Mas o nome de papai se escreve Maurice, mas se lê *Mourrici*. Podemos manter o do bebê como Maurice ao ler e falar. Assim ele sofrerá menos para aprender. — Todos riram e meus amigos se aproximaram de nós.

— Olá, Maurice. Eu sou a tia Mel.

— Posso segurar?

— Claro, Enri. — Passei o pequeno para o colo dele.

— Oi, rapaz. — Enri o sacudia no ar, mas nem precisaria, Maurice apenas dormia. — Nada de paquerar a minha filha. — Nossas risadas preencheram o quarto do hospital.

— Rora soube? — perguntei para Dimi, que apenas concordou com a cabeça de um jeito triste.

Pelo jeito, nem o nascimento do sobrinho amoleceu aquele coração.

Enquanto eu ficava com Mel e Enri no hospital, Dimi organizava e comprava tudo para o nosso Maurice. Deixei que ele escolhesse como quisesse e desfrutasse desse momento que tanto sonhou.

O medo de algo acontecer interrompendo mais uma vez a gravidez era imenso. Não ia aguentar passar por tudo aquilo de novo. Sei que pareceu exagero, mas traumas são bem individuais. Por sorte, o meu namorado entendeu e agora estava vivendo tudo que segurou esses meses todos. Quando eu saísse, teria tempo de comprar tudo que julgasse necessário para completar o enxoval.

Com meu filho nos braços eu sentia vontade de tudo.

Foram três dias de internação. Maurice pegou bem o peito e mamava como um bezerrinho esfomeado.

No dia da alta eu estava feliz por ir para casa, ansiosa para ver tudo arrumado e morrendo de medo por ter que viver sem as enfermeiras dali para frente, já que elas faziam parecer fácil cuidar de um bebê.

Assim que Dimi embicou o carro na garagem, percebi que uma *intrusa* havia pulado o portão e sentara nas escadas, perto da porta de entrada.

— Pega o Maurice quando estacionar — falei para Dimi, desci do carro e caminhei até a visita.

Aurora levantou e segurava uma sacola, com um embrulho de presente dentro. Eu me aproximei dela, mas não consegui dizer nada.

— Oi. — A voz dela saiu meio fraca e ela estava muito sem jeito.

— Resolveu aparecer.

— Eu acompanhei tudo pelo Fi.

— A sua cara não imaginar que eu poderia precisar de você. — Ela me olhou assustada. Confesso que eu também estava, mas se tem uma coisa que aprendi nesses últimos tempos era não engolir mais nada.

— Eu sinto muito, Mit. Nem sei o que dizer.

— Pois eu sei. Eu sempre fui tudo que você precisava, embora não pudesse ter todas as respostas para os problemas que você criava na sua mente ou que foram consequências das suas escolhas. Mas a única vez que realmente precisei de você...

— Não sabia o que fazer...

— Então, decidiu fazer o que faz de melhor, não é mesmo? Foi autoritária, me impondo o que você achava correto e quando eu não acatei, porque eu sou humana, sabia? Tenho vontades também. Resolveu se afastar. Emburrada e orgulhosa. Vou te contar um segredo, Rora — apontei o dedo para seu nariz —, Tia Léia errou feio em uma coisa nessa vida, ela criou você mimada e hoje só consegue ver o próprio umbigo. Mas pelo seu bem eu preciso dizer, o mundo não gira em torno de você. Se não aprender isso, vai acabar sozinha. — Ela abaixou os olhos e começou a chorar.

Doeu no fundo da minha alma. Mas se eu não dissesse agora, perderia a chance e a coragem.

— Pode me perdoar, Mit?

— É claro que posso, você é minha irmã. — Agora nós duas chorávamos. Ela me abraçou com tudo. — Ei, cuidado. Tenho pontos aqui — resmunguei e ela sorriu limpando as lágrimas.

— Eu amo você.

— E eu amo você. Vamos entrar.

Dimi já havia entrado pela garagem. Maurice dormia no bebê conforto.

— Eu fiz chá — Dimi comentou, entregando uma xícara para cada uma. — Achei que iam precisar. — Piscou para mim.

Tomei um gole e senti o meu coração ser aquecido, lembrando das muitas vezes que a tia Léia melhorava a vida com os seus chás.

— Vem conhecer o Maurice.

— Maurice? Como se escreve o nome do tio Mou?

— Sim — falei, sorrindo.

— Não é esquisito?

— Falou a maluca que deu o nome de BB8 para a cadela e não tem moral para palpitar — caçoei.

— Grossa — me xingou, mas rindo e seu rosto se suavizou quando espiou o bebê conforto. — Oi, Maurice — ela disse.

Dimi me abraçou pelas costas, enquanto observávamos Rora conhecer o nosso filho.

— Essa é a tia Rora, filho. Ela dá medo, mas você aprende a gostar — Dimi falou.

— Pode chamá-la de madrinha, filho — falei e ela me olhou com cara de espanto e choro.

— Meu Deus — a ouvi dizer.

Pegou Maurice no colo e o abraçou apertado.

— Já vai matar a criança — Dimi brincou.

— Eu não acredito. Não mereço, Mit.

— Não mesmo. Mas não escolhemos quem amamos. Se magoar meu filho, eu te mato. — Ela gargalhou.

— Não vou magoar. Certeza que quando crescer ele vai até querer morar comigo.

— Aí eu que serei obrigado a te matar — Dimi ameaçou. — Já conta para o Fi que ele não tem escapatória. Será o padrinho. Vem com ele jantar hoje e comemoramos.

Mesmo exausta, tive que receber nossos amigos e familiares para jantar. Todos babaram em Maurice e trouxeram muitos presentes, já que agora eu aceitava. Até que foi gostoso ter todos ali. Mas principalmente, poder apresentar Rora para os meus amigos. Eu falava demais dela.

Não seríamos um quarteto. Ela não entenderia muito sobre nós, mas só por tê-la de volta, já me sentia completa.

Sorri ao observá-la monopolizando o afilhado ou higienizando as mãos de quem fosse segurá-lo. Ela continuaria sendo ela, mas agora sabendo o que as suas atitudes poderiam nos causar. Esperava que pensasse melhor antes de fazer qualquer coisa na vida daqui em diante, por mais que fosse por excesso de preocupação e cuidado.

Quando todos foram embora, ficamos pela primeira vez sozinhos.
— Ele vai dormir por umas três horas. Acha que devemos colocá-lo no berço?
— Acho que sim, assim podemos abrir alguns presentes — Dimi sugeriu e saiu com o Maurice no colo.
A casa inteira cheirava a bebê.
Fui atrás deles, já que os presentes estavam no quartinho e acendi a luz, enquanto Dimi o acomodava no berço.
Olhei em volta mais uma vez. O quarto tinha sido decorado com o tema *Star Wars*. Não sei como não havia pensado nisso. Combinou perfeitamente com as paredes nubladas e o céu estrelado. A luz, agora um lustre branco e redondo representando a lua, podia ser controlada em níveis de claridade. Mantive o mais sutil possível, para não incomodar o sono do pequeno.
— Quer abrir o da Rora primeiro? — ele perguntou. Concordei e peguei o pacote.
Era um móbile artesanal, feito com Tsurus em papel de estrelas. Só alguém que nos conhecia muito bem escolheria algo assim.
Tinha um cartão que dizia "Escolhi os Tsurus e Fi, o papel".
— E nós escolhemos os melhores padrinhos — falei.
Dimi foi até o berço e tirou o antigo móbile com personagens do seu filme favorito e colocou o presente.
Observei Maurice dormindo tranquilamente. Ao seu lado havia a almofada do filme, que Dimi havia comprado na primeira gravidez. Senti uma onda de emoção e medo me invadir e percebi que estava errada sobre achar que o meu corpo voltaria a ser meu após o parto. Tudo em mim pertencia a esse pequeno ser e algo me dizia que seria eternamente assim.

Epílogo

2 ANOS DEPOIS

Consegui amamentar por uns três meses, depois seria perigoso não manter a medicação da Esclerose Múltipla. Mas Maurice se deu bem com a mamadeira.

Ele crescia saudável e esperto. Era tudo que uma mãe precisava.

Não tive mais crises e vinha equilibrando bem a doença. O que era tudo que uma mãe *esclerosada* precisava.

Sentia muito cansaço e na maioria das vezes, do nada. O médico chamou isso de fadiga. Não encontrei medicamento eficiente no meu caso. Quando o cansaço me pegava de jeito, eu sentava e esperava aliviar.

Maurice parecia feito para mim, me ajudava na maioria das vezes. Era muito tranquilo.

Resolvemos tirar umas férias, trouxemos nosso pequeno para conhecer a praia. Quando colocamos os pezinhos dele na areia próxima do mar e uma onda nos molhou, ele sorriu me olhando. Em seguida Lila o provocou e ele saiu correndo atrás dela. Observei os meus dois filhotes, pedindo a Deus que nenhuma enfermidade tocasse a vida de Maurice, que eu recebesse toda a cota de dor que poderia ser destinada a ele.

Sentei com Dimitri na areia fofa e senti a mão esquerda um pouco mais fraca. Na verdade, vinha tendo dificuldade de segurar algumas coisas e piorava quando eu saía do banho quente.

— No que está pensando? — Dimi interrompeu os meus pensamentos.

Abri e fechei a mão, testando a força e percebendo estar debilitada mesmo, falei:

— Acho que estou com alguns sintomas novos.

Maurice passou por nós correndo e Lila agora o perseguia. Dimi observou os movimentos que eu fazia com a mão e a segurou levando-a aos lábios.

— Marcaremos consulta assim que voltarmos amanhã. Porque na outra semana quero aproveitar os últimos vinte dias de férias em uma lua de mel, com você e o Maurice. — Olhei para ele surpresa.

— Pensei que essa fosse a nossa viagem de férias.

— Dois dias de praia? Não, minha esposa merece algo mais à altura dela.

— Mereço, é?

— Uma vez eu te disse que realizaria todos os seus sonhos — ele disse.

— O que isso quer dizer? — perguntei, confusa.

Ele sorriu.

— Vamos pra Eguisheim, minha princesa. — Levei as mãos aos lábios, desesperadamente empolgada.

— *AI, MEU DEUS!* — berrei — Você é o melhor marido do mundo! — Pulei em cima dele, que caiu por ter sido pego de surpresa.

Em seguida, fomos atacados por um bebê sorridente e uma dálmata ciumenta.

Hoje eu consigo entender que não existe situação que não possa ser contornada quando temos o presente de viver. Então viva, se não por você, por quem não possa mais escolher.

Fim

Agradecimentos

Nunca sonhei em ser autora, nem me imaginei publicando um livro. Mas descobri na escrita um meio de conscientizar sobre a Esclerose Múltipla, uma maneira de tornar meus *dias cinzas* em aprendizado e compartilhá-lo. Desde então, passei a ter o sonho de que mais pessoas pudessem ter acesso a esse livro. Se tornou o foco da minha vida e a descoberta de uma missão: contar ao mundo que há vida após um diagnóstico. A editora Martin Claret topou me ajudar a realizar esse sonho e deixo aqui todo meu amor por essa empresa, pois sem eles não seria possível. Principalmente à Mayara Zucheli, que sempre me tratou com carinho e recebeu essa história de braços abertos.

Só que um sonho não se constrói sozinho, não é mesmo? Há uma lista de pessoas que me ajudaram a chegar até aqui.

Não quero ser *puxa-saco*, mas no topo desta lista preciso que esteja cada leitor deste livro. Seja você que acabou de ler, ou os que leram na primeira edição, ou cada um que me mandou mensagem agradecendo, elogiando... dando cor à minha vida e me fazendo acreditar que fiz a coisa certa quando criei a Mit.

Essa nova edição é para todos vocês e minha eterna gratidão.

Preciso confessar que eu não leio os agradecimentos nos livros. Sim, sou uma pessoa horrível, mas não me julguem. Geralmente são nomes soltos e não fazemos ideia de quem sejam. Acho algo tão pessoal do autor que até me sinto invadindo sua privacidade. Então aqui, em vez de nome, vão encontrar o login de cada uma dessas pessoas. Você pode ler aqui e *stalkear* no instagram ao mesmo tempo.

@ze_carrasco, meu marido e amor da minha vida. Obrigada por ter segurado a minha mão desde os primeiros sintomas, mas principalmente por um dia ter me dito: *se não consegue falar, tente escrever.* Veja só onde esse conselho nos trouxe! Sem você eu não teria suportado essa doença, essa vida.

@mmafra_, minha irmã e a minha versão real da Aurora, com todo o drama envolvido. Obrigada por ter carregado o mundo por nós quando eu não tive forças e por quase nunca respeitar o meu espaço. rs Eu te *tudo*!

@tatahonorato e @natipmora, minhas esquiletes e melhores de tudo! Quase todos os momentos da Mit eu vivi com vocês. Será que são especiais? Hehe Obrigada por terem me dado o livro *A Culpa é das Estrelas*, mesmo sabendo que eu não queria ler nada sobre doenças e ainda me obrigarem a ler. Graças a esse livro eu comecei a escrever para conseguir me comunicar com quem quisesse notícias minhas, através do Blog Diário da Esclerosada (encerrado em 2015), aceitando os primeiros conselhos do meu marido e o resto da história vocês já conhecem (pra quem não conhece, leia mais no meu site www.marinamafra.com). Me emocionaram ao aceitarem ler *De repente, esclerosei* pelo celular, quando ele era apenas capítulos soltos no Word. Sou maluca por vocês!

@leotmarch, obrigada pela inspiração na construção da história e por ter me apresentado a Lenda dos Tsurus.

@johngreenbooks, meu *crush*. Obrigada por ter escrito *A Culpa é das Estrelas*. Queria poder te abraçar, mas provavelmente eu surtaria — *literalmente* — antes. Haha

@bruno_buchner, obrigada por ser o meu Enrico, por me emprestar a sua história e facilitar a minha vida compreendendo cada gota dessa doença que nos uniu.

Tive um time admirável de betas... tá bom, eu sou suspeita, mas não daria para escrever um livro sem elas: @oreinodaspaginas por seus "acho que isso está confuso", @foxliteraria por sua falta de paciência com a minha baixa autoestima, @vampliteraria por não ter me deixado desistir, @retipatia pela sinceridade quando algo estava mais para *fezes* do que texto, @hannahmonise pela paciência em apontar cada erro e @sapekaindica por me fazer chorar de emoção e de rir com seus áudios dramáticos. haha Meu amor por vocês possui características individuais, mas o que as torna iguais é a necessidade que tenho de que estejam na minha vida. Só vocês sabem como cada parágrafo foi suado, escrito e reescrito neste livro que quase não saiu. hehe

@_camilantunes, não sei como me aguenta, mas por favor continue. Suas dicas e ajudas fazem eu me sentir uma escritora. Menos nos dias em que dividimos a ansiedade, mas obrigada por isso também.

@michellimoraes.escritora, cara, você ler algo meu pareceu sonho. Significou muito, mesmo sabendo que não conseguiria chegar aos pés do que as suas histórias me causaram. Você é maravilhosa!

@msfayes, minha musa, minha diva. Você é a minha meta de ser humano, mas se conseguir ser metade disso, já fico bem feliz. Dizer obrigada por ter lido essas humildes palavras, perto do universo literário que você representa, chega a ser medíocre. Você tem a minha admiração e o meu coração eternamente. Obrigada também por ter me apresentado a @drizinhaa e a @cristianesaavedraedicoes, sem vocês a primeira edição não teria saído.

@lenmarck, obrigada por toda sinceridade e dedicação na revisão. Sou fã de tudo que você faça.

@becamackenzie, obrigada por ter me socorrido nos últimos minutos e ter deixado seu toque com a revisão final, mas principalmente por me ensinar a levar em consideração as críticas relevantes no livro e na vida. Você foi um presente de Deus nesses detalhes finais.

E por falar em Deus...

Não o deixei por último por não ter importância, mas por ser o centro e a base de tudo. Obrigada por não ter desistido de mim, mesmo nos momentos em que me vi chateada e não quis papo Contigo. Fui ingrata e mimada, mas hoje eu sei, tudo fazia parte de um plano Teu. Como eu fui ousada por querer compreender. Obrigada por ter me tornado um milagre, que tem o prazer de degustar do Seu cuidado diário. O que não significa que eu compreendo, viu? Mas ainda assim eu sou grata pelo privilégio de existir e viver.

Marina Mafra

De 1988, viciada em coca-cola, foi diagnosticada com Esclerose Múltipla em 2012, desabafa no seu diário, o blog Sra. Múltipla e fala sobre a rotina de paciente em posts para o blog da ONG Amigos Múltiplos pela Esclerose. Apaixonada pela magia dos livros, faz resenhas literárias desde 2015 no seu blog Resenhando. Resolveu escrever para conscientização da sua doença. E quando não está lendo ou escrevendo, provavelmente está dormindo.

www.marinamafra.com

Saiba mais sobre a Esclerose Múltipla:

Dr. Guilherme Sciascia Olival
Neurologista e neurocientista
http://www.esclerosemultipla.med.br/

ONG Amigos Múltiplos pela Esclerose
https://amigosmultiplos.org.br/

ONG ABEM — Associação Brasileira de Esclerose Múltipla
http://abem.org.br/

Aprenda a fazer tsurus

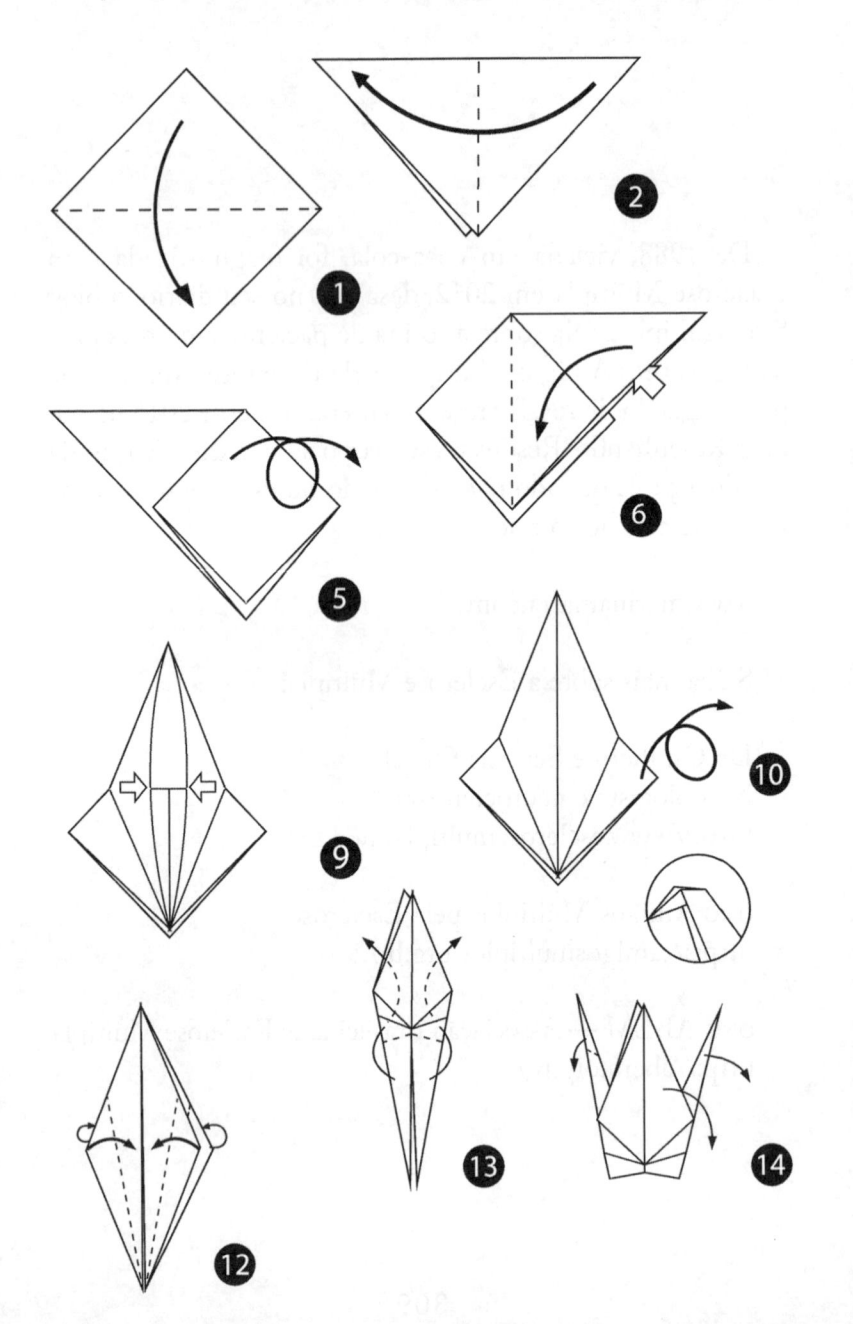

3

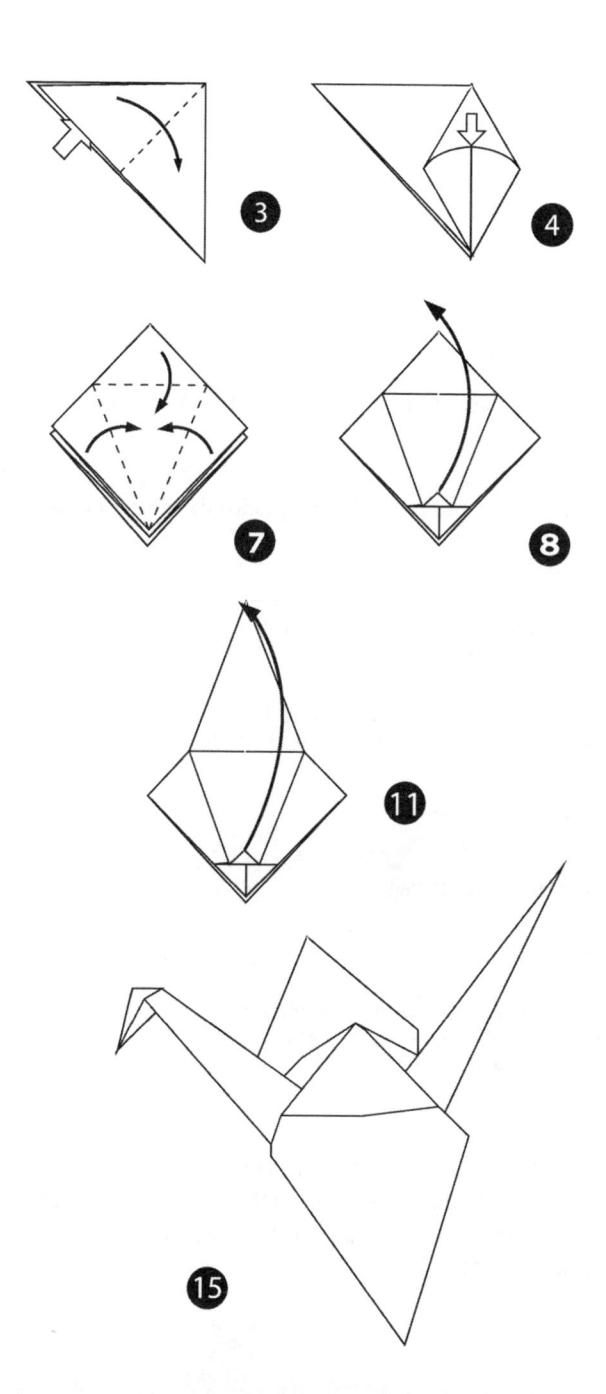

4

7

8

11

15

© Copyright desta edição: Editora Martin Claret Ltda., 2019.

direção MARTIN CLARET

produção editorial CAROLINA MARANI LIMA
                    MAYARA ZUCHELI

direção de arte JOSÉ DUARTE T. DE CASTRO

Capa FERNANDA MELLO

diagramação GIOVANA QUADROTTI

revisão FERNANDA BELO

impressão e acabamento GEOGRÁFICA EDITORA

Este livro segue o novo Acordo Ortográfico da Língua Portuguesa.

Dados Internacionais de Catalogação na Publicação (CIP)
(Câmara Brasileira do Livro, SP, Brasil)

Mafra, Marina.
  De repente, esclerosei: um faz de conta de verdade /
Marina Mafra. — São Paulo: Martin Claret, 2021.

ISBN 978-65-5910-021-7

1. Ficção brasileira I. Título

21-55172   CDD-B869.3

Índices para catálogo sistemático:
1. Ficção: Literatura brasileira B869.3
Cibele Maria Dias – Bibliotecária – CRB-8/9427

EDITORA MARTIN CLARET LTDA.
Rua Alegrete, 62 – Bairro Sumaré – CEP: 01254-010 – São Paulo - SP
Tel.: (11) 3672-8144 – www.martinclaret.com.br
Impresso em 2021

CONTINUE COM A GENTE!

- Editora Martin Claret
- editoramartinclaret
- @EdMartinClaret
- www.martinclaret.com.br

IMPRESSO EM PAPEL
Pólen
mais prazer em ler